Júlio Ribeiro (1845–1890)

A CARNE

Clássicos Ateliê

Direção
Ivan Teixeira (*in memoriam*) e Paulo Franchetti

Júlio Ribeiro

A Carne

Apresentação, Notas e Estabelecimento do Texto
Marcelo Bulhões

Ilustrações
Mônica Leite

Direitos reservados e protegidos pela Lei 9.610 de 19 de fevereiro de 1998.
É proibida a reprodução total ou parcial sem a autorização,
por escrito, da editora.

1ª edição – 2002
2ª edição – 2015

Dados Internacionais de Catalogação na Publicação (CIP)
(Câmara Brasileira do Livro, SP, Brasil)

Ribeiro, Júlio, 1845-1890.
  A Carne / Júlio Ribeiro; apresentação, notas e
estabelecimento de texto Marcelo Bulhões; ilustrações
Mônica Leite – 2. ed. – Cotia, SP: Ateliê Editorial, 2015.
(Coleção Clássicos Ateliê)

  ISBN 978-85-7480-706-5
  Bibliografia.

  1. Romance brasileiro I. Bulhões, Marcelo.
II. Leite, Mônica. III. Título.

15-04969   CDD-869.3

Índices para catálogo sistemático:
1. Romances: Literatura brasileira   869.3

Direitos reservados à
ATELIÊ EDITORIAL

Estrada da Aldeia de Carapicuíba, 897
06709-300 – Cotia – SP – Brasil
Telefax: (11) 4612-9666
www.atelie.com.br
contato@atelie.com.br
2015

Impresso no Brasil
Foi feito depósito legal

Sumário

Leituras de um Livro "Obsceno" – *Marcelo Bulhões* . . 9
  Fama e Infâmia 9
  Um Parto Monstruoso 13
  Elogio e Permanência 21
  A Leitura Proibida 26
  O Ritual de Passagem 39
  Conflito e Representação 45
  O Livro do Desejo 55

Nota ao Texto 61

A Carne

Capítulo I 69
Capítulo II 75
Capítulo III 81
Capítulo IV 89
Capítulo V 95
Capítulo VI 103
Capítulo VII 113

CAPÍTULO VIII 123
CAPÍTULO IX 135
CAPÍTULO X 149
CAPÍTULO XI 159
CAPÍTULO XII 183
CAPÍTULO XIII 203
CAPÍTULO XIV 223
CAPÍTULO XV 237
CAPÍTULO XVI 243
CAPÍTULO XVII 253
CAPÍTULO XVIII 265

GLOSSÁRIO 287

NOTA SOBRE ORTOGRAFIA 291

NOTAS 297

APÊNDICES

Breve Histórico das Primeiras Edições de *A Carne*
— *Israel Souza Lima* 323
A Carne de Júlio Ribeiro — *Alfredo Pujol* 327
Centenário de Júlio Ribeiro — *Manuel Bandeira* . . . 341
Bibliografia 357

Leituras de um Livro "Obsceno"

Fama e Infâmia

Se percorrêssemos os volumes de uma biblioteca imaginária da literatura brasileira, não seria difícil localizar as obras que se tenham destacado pelo escândalo sexual. Dentre elas, coloca-se em primeiríssimo plano um pequeno romance, publicado em 1888 pela editora paulista Teixeira & Irmãos, que haveria de se tornar um dos livros mais discutidos e mais populares do país: *A Carne*. Seu autor, Júlio Ribeiro, na aparência um pacato professor de latim e gramático de língua portuguesa, embora também conhecido por sua vocação de polemista exercida na atividade jornalística, é apresentado com discrição, e até com desprezo, pela historiografia literária brasileira, quando não como autor de obra fracassada ou mesmo ridícula.

Muito antes de *A Carne*, Júlio César Ribeiro Vaughan (1845-1890), mineiro de Sabará, esteve no Colégio Militar do Rio de Janeiro e, depois, em São Paulo, para se dedicar ao magistério. A incursão pelo jornalismo dataria de 1870, ano

10 — MARCELO BULHÕES

em que funda um periódico em Sorocaba, *O Sorocabano*. A pretensão literária viria com o romance *Padre Belchior de Pontes*, lançado em 1876. Entre 1880 e 1881, Júlio Ribeiro exibe sua feição de linguista e gramático, publicando os *Traços Gerais de Linguística* e a *Gramática Portuguesa*. A notabilidade viria com o escândalo de *A Carne*, impingindo-lhe a aura de obsceno, que o acompanharia até 1890, ano em que morreu tuberculoso, em Santos. Tal imagem sempre foi acompanhada da condenação de *A Carne* por parte da crítica.

No entanto, ao contrário do que se poderia supor, uma pesquisa atenta demonstra que, apesar da condenação veemente de boa parcela de críticos e historiadores, não houve unanimidade na apreciação de *A Carne*. A respeito disso, escreve Josué Montello:

> Nenhum livro brasileiro congregou, como *A Carne*, desde a hora de seu aparecimento, as mais contraditórias opiniões. Se José Veríssimo, com desassombro, acoimou a obra de "parto monstruoso de um cérebro artisticamente enfermo", Tito Lívio de Castro, na mesma época, externava esta opinião entusiástica: "O Naturalismo está vitorioso e a vitória é assegurada pela *Carne*"[1].

A divergência de opiniões a respeito do romance não se restringia, evidentemente, a questões de apreciação estética. Ou melhor, nesse caso, não apenas foi impossível isolar o estético enquanto categoria relativamente autônoma, o que seria um desafio, como o estético foi inteiramente tomado por outra preocupação. A narrativa trazia uma protagonista em flagrantes manifestações de desejo sexual, cenas de sadismo,

---

1. Josué Montello, "A Ficção Naturalista – Aluísio Azevedo, Inglês de Sousa, Júlio Ribeiro, Adolfo Caminha", em Afrânio Coutinho (org.), *A Literatura no Brasil*, Rio de Janeiro, Sul Americana, 1969, p. 68.

Leituras de um Livro "Obsceno"

ninfomania, perversões, nudez, encontros da heroína com um homem mais velho, casado, entregas dos amantes sem meios tons; sexo, enfim. Com tudo isso, o estético, se não ficava em um segundo plano, era tangenciado, comprometido por um grave problema; o olhar sobre o romance esteve afetado por uma incômoda discussão de natureza moral. A publicação do romance promovia um indisfarçável mal-estar na crítica do tempo. Em 1888, a polêmica e o escândalo pareciam ser inevitáveis.

Mas na recepção de *A Carne* há ambivalência. O mal--estar foi acompanhado de sucesso. O romance tornava-se, a partir de sua publicação, um dos mais lidos, procurados por leitores, na maioria adolescentes (pelo menos segundo depoimentos de alguns historiadores), reproduzido em seguidas edições. O romance vivera, sobretudo no período imediatamente posterior à sua publicação, de fama e infâmia; fora objeto de ataques violentos e do desejo de muitos leitores. Polêmica e escândalo em torno do componente sexual enquanto aspecto indispensável da corrente literária – ou "escola" – ao qual se dizia pertencer, o naturalismo, uma vez que Júlio Ribeiro dedica o romance a seu "mestre", Émile Zola. Polêmica e escândalo foram reações presentes também na repercussão de outros romances do período. Adolfo Caminha também teve seus romances *A Normalista* e *Bom-Crioulo* estigmatizados[2]

2. Numa carta para a *Gazeta de Notícias*, em 1893, intitulada "Em Defesa Própria", Adolfo Caminha, contestando a crítica dos "nefelibatas" simbolistas que naquela ocasião propagavam que o naturalismo estava morto, vem prestar apoio ao seu romance *A Normalista*, contra a crítica que enxergou no livro uma "simples reprodução de velhos processos, hoje *fora de moda*, emprestando-lhe feições *libidinosas*, e por conseguinte, nocivas à moralidade social". Em resposta, afirma Adolfo Caminha: "Eu desejaria que me apontassem as cenas libidinosas da

e o mesmo se pode dizer com relação a alguns de Aluísio Azevedo. Mas o livro de Júlio Ribeiro adquiriu o estatuto de maldito e a obra sobreviveu durante décadas de alguma maneira mistificada pelo que nela poderia ser considerado proibido, obsceno ou pornográfico. O romance teve várias edições e ainda podem-se encontrar algumas, populares, de décadas recentes; às vezes, em prateleiras de bancas de jornais, em rodoviárias, por exemplo, misturadas a publicações eróticas, revistas pornográficas, sobrevivente. Por outro lado, o romance não ficou deslocado do *status* das edições que se expõem como "obras imortais da nossa literatura" (e seu autor não ficou à margem, proscrito, mas incorporado às cadeiras acadêmicas). *A Carne*, portanto, vive de certa ambivalência, talvez como nenhum outro romance da literatura brasileira. Se na atualidade o romance é pelo menos admitido e incorporado aos estudos que promovem a relação da literatura com outras áreas, tais como a história, a sociologia e a antropologia, na época de sua publicação foi perseguido e, na corrente oposta, aplaudido e exaltado. Pode-se, sem risco, admitir que no panorama da literatura brasileira nenhum livro provocou tanto a ira dos moralistas e educadores como *A Carne*, sendo acusado de corromper os costumes, incitar à libertinagem e perturbar a paz de colegiais e seminaristas:

> *Normalista*, singela narrativa de um escândalo de província, muito natural e muito sóbria de comentários, desenrolando-se de princípio a fim com firmeza de observação, levemente penumbrada de um pessimismo irônico e sincero, que está no meu próprio temperamento". "Em Defesa Própria", *Cartas Literárias*, Rio de Janeiro, Typ. Aldina, 1895, pp. 82-83.
> A respeito da polêmica envolvendo os romances de Adolfo Caminha, pode-se ler o artigo de Frota Pessoa, "Adolfo Caminha", *Crítica e Polêmica*, Rio de Janeiro, Artur Gurgulino, 1902.

O livro não se impõe por sua força literária. Nem pelo vigor de suas personagens. Ou pelo interesse de sua ação geral. A única razão, a assegurar-lhe perenidade, estará no vigor de suas cenas eróticas. *A Carne* é obra proibida que se descobre quase sempre na adolescência. Por isso, raramente se lhe dará atenção aos possíveis merecimentos literários. O que se observa, com a curiosidade de quem devassa o caminho interdito, é o sensualismo que se desprende do livro, derramado ao longo de suas páginas sob o pretexto – que talvez haja sido sincero – do Naturalismo mais audaz e corajoso. Esse sensualismo é ponto de contato natural entre as gerações que se sucedem. E é disto que se aproveita possivelmente o romance de Júlio Ribeiro, daí derivando a sua perenidade, a despeito de todo o mal que dele se tenha dito, em mais de meio século[3].

Um Parto Monstruoso

E o que do romance se disse de mal, em mais de meio século?

Acompanhar alguns tópicos dessa trajetória de infâmia é necessário.

Em 12 de agosto de 1888, Alfredo Pujol lançou no *Diário Mercantil* o artigo "*A Carne* de Júlio Ribeiro", o qual foi depois recolhido na *Revista do Brasil*. Trata-se de um ataque violento ao romance. Para Alfredo Pujol, Júlio Ribeiro abdicou do mérito em favor do escândalo e realizou um "trabalho falso, sem orientação estética, escrito com o propósito da pornografia, querendo, tentando arrastar a arte sagrada até a baixa craveira da imoralidade proposital em que ele se empoleirou"[4]. Mas a polêmica seria deflagrada por outro nome, o do padre Senna Freitas,

---

3. Josué Montello, *op. cit.*, p. 69.
4. Alfredo Pujol, "*A Carne* de Júlio Ribeiro", *Revista do Brasil*, Ano II, vol. VI, São Paulo, novembro de 1917, p. 393.

que em 26 de setembro de 1888 iniciou, também pelo *Diário*, uma série de ataques, os quais foram rebatidos por Júlio Ribeiro e anos depois reunidos no volume *Uma Polêmica Célebre*[5]. No artigo deflagrador, "A Carniça", Senna Freitas assume em sua voz de protesto a suposta indignação pública e toma partido de instituições que diz defender. Estrategicamente, Senna Freitas explora algumas possibilidades de aplicação semântica em torno da palavra "carne", operando um resgate de seu sentido literal para, a partir dele, extrair outros, metafóricos, atribuindo-se o papel de saneador, higienista:

[...] aviso o estômago público contra essa venda ilícita de carne pú-trida, exibida a 3$000 a posta, nos açougues literários de São Paulo e de que Júlio Ribeiro se constitui megarefe[6].

Assim, na aproximação da literatura com a gastronomia, do romance com uma iguaria apodrecida, o discurso de Senna Freitas assume a tarefa de preservar a atividade de lei-tura, livrar o leitor do prejuízo do contato com o romance, como se livra o gastrônomo do prato indigesto:

[...] um ofício higiênico para com aqueles que na sua lista de mesa escrupulizam em incluir as iguarias que provocam as náuseas e de-terminam as gastrites[7].

5. A respeito do interesse pela obra, informa Brito Broca: "O livri-nho despertou tanto interesse que, em pouco tempo, se esgotou, tornando-se uma raridade bibliográfica nos sebos". Brito Broca, *Naturalistas, Parnasianos e Decadentistas: Vida Literária do Realismo ao Pré-Modernismo*, Campinas, Editora da Unicamp, 1991, p. 107.
6. Júlio Ribeiro & Padre Senna Freitas, *Uma Polêmica Célebre*, São Paulo, Edições Cultura Brasileira, s/d, p. 31.
7. *Idem, ibidem.*

Capa da edição de *Uma Polêmica Célebre*, reunião dos artigos do embate travado entre Júlio Ribeiro e o Padre Senna Freitas a respeito de *A Carne*.

Esse higienista das letras supõe e afirma que no processo de leitura o leitor repudia a obra e se afasta dela. Mas é necessário também supor que a leitura se realize. Há, em outro momento da argumentação, a licença dessa suposição: um estudante, interessado por conhecer a "última novidade", dirige-se a um livreiro de São Paulo e este lhe apresenta o romance. Em casa, o rapaz "enterra-se na *chaise-longue*" e depois de três horas tem a obra lida. Senna Freitas lança, retoricamente, uma interrogação sobre o que foi exposto ao rapaz. E responde:

> A sala de operações da *alta* escola do vício, a pornografia *pela* pornografia, como se faz arte, pela arte, sem nem sequer o salvo--conduto plausível[8].

No discurso de Senna Freitas, o livro de Júlio Ribeiro é uma afronta a um leitor sempre "virtuoso". Num fragmento notável, as filhas e a esposa de Júlio Ribeiro são citadas como exemplo desse público que poderia ser corrompido com a leitura de *A Carne*:

> O público é a moça honesta e pudica que V. Sa. nivela com Lenita, caída de um salto, da honestidade na prostituição; é o perdão, meu colega, é a sua esposa (*hela!*), são suas filhas, suas filhinhas, que eu conheço e afaguei, tão encantadoras e tão mimosas e que amanhã saberão ler... para saberem que na província de São Paulo há ninfomaníacas da força da filha de Lopes Matoso e que a botânica é uma excelente estrada coimbrã para chegar ao amor livre...[9]

A reação de Júlio Ribeiro é meticulosamente distribuída em uma série de artigos. No primeiro, ele anuncia que

8. *Idem*, p. 48.
9. *Idem*, pp. 43-44.

pretende vingar-se de quem o atacou, castigar um insolente, a quem chama de "besta religiosa", e que sua questão não é de princípios, mas pessoal. E, de fato, *Uma Polêmica Célebre* testemunha a desforra. Júlio Ribeiro enumera uma série de proposições seguidas de "provas", retiradas de textos de Senna Freitas, que são erros gramaticais, em questões de sintaxe, ortografia, concordância verbo-nominal, e equívocos no emprego de conceitos. Mas, curiosamente, Júlio Ribeiro não entra na defesa de seu romance. Mostra-se mais interessado em atacar o padre, subjugá-lo e humilhá-lo do que em resgatar sua imagem de escritor.

Em 1889, José Veríssimo ataca o romance com o artigo "O Romance Naturalista no Brasil"[10], lançado num jornal paraense. Depois, o artigo foi publicado na segunda série dos *Estudos Brasileiros* e desde então tornou-se uma referência obrigatória na apreciação de *A Carne*, sendo sempre citado e lembrado quando o assunto era Júlio Ribeiro. Veríssimo acreditava no gosto clássico, baseado na sobriedade e na elegância do estilo, daí ser um admirador de Machado de Assis. Afirmava que o naturalismo, ao desembarcar no Brasil, estava decadente na Europa. No artigo, Veríssimo exalta o estilo de Aluísio Azevedo, "puro e límpido", em *O Homem*, embora acredite que o escritor desperdiçou talento ao se dedicar ao quadro patológico de uma histérica. Mas, se entre Aluísio Azevedo e Júlio Ribeiro há aproximação quanto ao tema, o da sexualidade reprimida, partilhada em *O Homem* e *A Carne*, para Veríssimo existe um abismo na feitura estética. É nesse ponto que ele ataca *A Carne*: "É o parto monstruoso de um cérebro

---

10. O artigo também se encontra em *Teoria, Crítica e História Literária* (seleção e apresentação de João Alexandre Barbosa), São Paulo, Edusp, 1977.

Da esquerda para a direita: Ramalho Ortigão, Antônio Trajano e Júlio Ribeiro. Foto de 1886.

artisticamente enfermo". E por quê? Quais seriam, segundo o crítico, os sintomas dessa enfermidade? Em primeiro lugar, a protagonista. Lenita estaria envolvida num "aparato descritivo do mais piegas e vulgar romantismo". Além disso, seria falsa, inverossímil. Neste ponto, José Veríssimo não aceita a concepção naturalista da fatalidade do desejo. Veríssimo não aceita a queda de Lenita, um cair sem lutar, "sem nenhum sentimento que lhe enobreça a queda". Afinal, a convicção do crítico vai contra a postura naturalista que atira o ser humano à criminalidade sem resistência. Ou, como diz Veríssimo, "o homem não é somente um animal". Por fim, ele não perdoa a concepção estética e aponta o fracasso na tessitura da narrativa: os episódios estariam desligados entre si, careceriam de necessidade, haveria ideias pueris e o cúmulo das citações de nomenclatura científica; quanto à linguagem, esta seria "sem relevo" e repleta de "expressões falsas". Numa segunda oportunidade, na *História da Literatura Brasileira* de 1916, Veríssimo ameniza o tom de condenação, admitindo que o "vigor" de algumas descrições salva o romance do fracasso absoluto, e aponta para uma filiação aos "mais apertados moldes do zolismo" e a "feição escandalosamente obscena do romance".

A posição de outro importante crítico, Araripe Júnior, chama a atenção. Lançada no momento imediatamente posterior à publicação do livro, no ambiente tumultuado das opiniões apaixonadas, entre as quais os ataques de Alfredo Pujol e Senna Freitas, destaca-se pela ponderação e equilíbrio. Na verdade, o artigo "*A Carne* por Júlio Ribeiro" foi lançado em duas partes: a primeira em novembro de 1888 e a segunda em abril de 1889[11]. A visão de Araripe Júnior é

---

11. Originalmente, o artigo foi lançado no suplemento "Treze de Maio", Rio de Janeiro, I/1, novembro de 1888, abril de 1889. Para nossas

marcada por um intuito analítico, segundo suas concepções e critérios de apreciação estética. Assim como Veríssimo, Araripe reclama do romance uma falta de coesão:

> Compreendo que, ao contrário dos antigos romancistas, que baseavam todo o interesse da obra na curiosidade despertada pela ocultação das causas das ações dos personagens, os modernos procuram provocar, com o livro, uma sensação integral, uma ação sinérgica. Júlio Ribeiro tratou de dar ao seu livro toda essa coesão que caracteriza os livros dos mestres atuais. Parece-me, contudo, que na exuberância da produção, no atropelo da composição, não só lhe escaparam alguns elementos indispensáveis a essa coesão, como também se introduziram outros mais próprios para afrouxá-la do que para cerrá-la, embora a contra gosto do artista[12].

Mas Araripe Júnior, embora denunciando a desarticulação na composição da narrativa e, segundo sua expressão, "hiatos no desenvolvimento dos caracteres" e no todo manifestando opinião desfavorável, reconhece que *A Carne*, "não obstante esses defeitos de construção, tem vida, – vida tumultuosa".

Álvaro Lins, em texto lançado originalmente no *Correio da Manhã* em 1941, republicado no *Jornal de Crítica* (1943) e depois recolhido no volume *Os Mortos de Sobrecasaca*, ataca duramente o romance, a ponto de afirmar que um estudo da obra significaria fazer uma homenagem que ela não merece. Para o crítico, *A Carne* não constituiria um romance na medida em que não pertenceria ao universo da literatura. Júlio Ribeiro seria, então, um equívoco como escritor:

---

transcrições, utilizamos a edição da seguinte referência: Araripe Jr., "*A Carne* por Júlio Ribeiro", *Obra Crítica* (1888-1894), Rio de Janeiro, MEC/Casa Rui Barbosa, 1960.

12. *Idem*, p. 120.

Ao lado de Aluísio Azevedo costuma-se colocar Júlio Ribeiro como um outro autor representativo do naturalismo brasileiro. Não sei de equívoco maior do que este. Júlio Ribeiro não chegou sequer a ser um mau romancista[13].

Nessa linha de raciocínio, o crítico discute a suposta imoralidade do livro:

Tudo neste livro é tão absolutamente *bête* que não há nele o menor lugar para a imoralidade. Não há lugar para sentimento nenhum, pois toda a sua leitura provoca uma invencível repulsa de ordem intelectual. Somente para os adolescentes e imbecis *A Carne* poderá ser um "excitante"[14].

Elogio e Permanência

Para Lúcia Miguel-Pereira, entretanto, não haveria no autor de *A Carne* a intenção de, pela via da imoralidade, provocar escândalo: "Façamos a Júlio Ribeiro a justiça de não acreditar que houvesse deliberadamente recorrido à pornografia, ao desejo de escandalizar"[15]. Para ela, o escritor cometera um equívoco, acreditando que ser naturalista consistiria em "descer a minúcias por vezes repugnantes".

Deliberadamente ou não, o sucesso de público parece ter sido alcançado exatamente por sua feição obscena. Otto Maria Carpeaux é um dos que indicam a oposição entre

13. Álvaro Lins, *Os Mortos de Sobrecasaca.* (1940-1960): *Obras, Autores e Problemas da Literatura Brasileira,* Rio de Janeiro, Civilização Brasileira, 1963, p. 217.

14. *Idem*, p. 218.

15. Lúcia Miguel-Pereira, "Prosa de Ficção (de 1870 a 1920)", em Álvaro Lins (dir.), *História da Literatura Brasileira*, Rio de Janeiro, José Olympio, 1950, p. 130.

a má recepção da maior parcela da crítica e o sucesso de público:

> A partir da hora da publicação, *A Carne* foi chamado livro escandaloso, pornográfico, sem valor literário; por outro lado, é incontestável o grande sucesso popular do romance, por ventura causado por aqueles defeitos[16].

Brito Broca oferece um valioso serviço ao compor uma espécie de trajetória da recepção crítica de *A Carne* e da polêmica envolvendo Senna Freitas e Júlio Ribeiro, ao mesmo tempo em que aproveita para realizar sua apreciação do livro:

> Trata-se de uma obra fracassada, cujo sucesso resultou unicamente do seu caráter escandaloso, dos ingredientes eróticos, apresentados ao público como a última novidade do Naturalismo no Brasil, no ano remoto de 1888, quando Zola já estava em vias de encerrar o ciclo dos Rougon-Macquart[17].

Mas não se pense que a condenação foi unânime. Tomando ainda os serviços de Brito Broca, é curioso constatar que, ao lado de tantas condenações, houve elogios e entusiasmo. Segundo o crítico, a partir do lançamento do livro a maior parte dos naturalistas lhe foi bastante favorável:

> Causa estranheza, por exemplo, ver-se um espírito como Tito Lívio de Castro dizendo, em *A Província de São Paulo* (a 18 de setembro de 1888): "A grande qualidade de *A Carne* é a sua psicologia". O romancista é um psicólogo provecto da primeira à última página[18].

---

16. Otto Maria Carpeaux, *Pequena Bibliografia Crítica da Literatura Brasileira*, Rio de Janeiro, Edições de Ouro, s/d, pp. 232-233.
17. Brito Broca, *op. cit.*, p. 100.
18. *Idem*, p. 102.

Entre os que elevaram a figura de Júlio Ribeiro e admitiram a importância de *A Carne*, sem dúvida o nome de maior peso é o de Manuel Bandeira. Em duas oportunidades o poeta exaltou o romancista: no discurso de sua posse da Academia Brasileira de Letras, em 1940, quando legitimou a perenidade de *A Carne*, ao dizer que a obra "mereceu ficar, como tantos outros romances românticos e realistas, na história literária do Brasil" e na conferência "Centenário de Júlio Ribeiro", realizada em sessão pública da Academia em 1945, quando traçou um perfil biográfico do escritor. Entrando para a Academia, Bandeira passava a assumir a cadeira de número 24, cujo patrono é Júlio Ribeiro; e no discurso de posse, queixa-se da injustiça que teria sido cometida contra o escritor, cujo cinquentenário de morte, lembra Bandeira, tinha passado praticamente despercebido. Bandeira declara ter relido as obras de Júlio Ribeiro e delas ter saído

[...] com o coração pesado das injustiças que envenenaram os dois últimos anos do romancista d'*A Carne*. Ao escritor vibrátil e inovador, que tinha até o ridículo a paixão das ideias, não lhe reconheceram os contemporâneos senão a glória de gramático[19].

Pois para ele, enquanto a *Gramática Portuguesa* envelhecera, o mesmo não aconteceu com os textos jornalísticos de Júlio Ribeiro e seus dois romances, *Padre Belchior das Pontes* e *A Carne*. Bandeira parecia estar tão convicto de seu elogio que contraria aqueles que atribuem a permanência de *A Carne* à ousadia do tema e aos "episódios escabrosos". Para ele, os dois romances estão incorporados ao patrimônio da

19. Manuel Bandeira, "Discurso de Posse na Academia Brasileira de Letras", *Obras Completas*, vol. II, Rio de Janeiro, José Aguilar, 1958, p. 964.

Émile Zola (1840-1902), o maior nome do naturalismo francês, autor do ciclo de romances dos Rougon-Macquart, a quem Júlio Ribeiro dedicou *A Carne*.

literatura brasileira. E mais: Manuel Bandeira contraria José Veríssimo, não aceitando o juízo que havia decretado ser o livro o "parto monstruoso de um cérebro artisticamente enfermo". É claro que o poeta reconhece falhas no romance – a presença de episódios "soltos", desligados do tecido do enredo, o didatismo exagerado –, mas argumenta que tais defeitos foram menos explorados pela condenação da crítica do que o "gosto do escândalo", que

> [...] se existiu foi no público, não no autor. Júlio Ribeiro pagou muito caro a glória relativa de ser o iniciador em nossa ficção daquela coragem de dizer quase tudo. Confundiram-no com os devassos, com o Bocage do sétimo volume[20].

Passados os anos e o tumulto, o olhar da crítica foi encontrando uma focalização mais ponderada. Massaud Moisés, por exemplo, em sua *História da Literatura Brasileira*, prefere a declaração de que desconhecer o romance "seria empobrecer o nosso espólio literário e colaborar para uma visão deficiente do naturalismo entre nós"[21]. Lêdo Ivo, por sua vez, avalia que o livro de Júlio Ribeiro conseguiu atravessar os anos, alcançando gerações distintas e, de algum modo, superando a crítica adversa que estava em posição hegemônica no século XIX. Neste sentido, o romance sairia vitorioso:

> Apesar das eriçadas oposições da crítica oficial, a permanência de *A Carne* no universo do leitor comum, graças às edições sucessivas nem sempre fidedignas que atravessam as gerações e mudanças do

20. *Idem*, p. 971.
21. Massaud Moisés, *História da Literatura Brasileira – Realismo*, vol. III, São Paulo, Cultrix, 1984, p. 137.

gosto público, comprova que Júlio Ribeiro está longe de ter perdido a questão[22].

Esse breve passeio pela recepção crítica de *A Carne*, em que foram colhidas algumas posições de destaque, pode ser útil para alguns momentos de especulação, entre as quais, a que identifica uma sensação de mal-estar. Afinal, essas "leituras" do livro de Júlio Ribeiro, algumas baseadas em exacerbações, protestos e indignações, outras no esforço de compreensão com equilíbrio, revelam a grande dificuldade da convivência com a matéria sexual. Mas se deve anunciar que, ao lado do mal-estar no percurso acidentado da recepção da obra, há o componente oposto: fascínio e sedução.

A Leitura Proibida

É curioso notar que as posições sobre *A Carne* emitidas em tempo próximo à publicação do livro, sobretudo aquelas produzidas logo depois do lançamento da obra, são as mais exaltadas, o que parece bastante compreensível, em princípio, em razão da novidade do acontecimento; anos e décadas mais tarde, pode-se esperar que o caso não apresente o mesmo interesse. No entanto, não se pode negar que o elevado calor das discussões e da polêmica diz respeito à temperatura moral da época. Nesse sentido, observar a recepção do livro é precioso. A história, a antropologia, sem falar na própria história da literatura, podem tirar muito proveito de tais momentos ruidosos.

22. Lêdo Ivo, "O Olhar Clandestino de Júlio Ribeiro", *A República da Desilusão*, Rio de Janeiro, Topbooks, 1994, p. 73.

Antes de se perguntar se *A Carne* é obra que mereça alguma atenção numa perspectiva de discussão estética, deve-se perceber que o livro já merece atenção pelos lances de sua recepção. Concorde-se com aqueles que os consideraram um romance menor e detestável ou com aqueles que o exaltaram, o livro interessa pelo fogo que em torno dele se acendeu, quer para queimá-lo, quer para festejá-lo. Ao se tornar uma leitura de alcova, segundo alguns testemunhos, ou se transformar em objeto de protesto, o romance passa a ser o flagrante de um impasse: a obra é intensamente absorvida, tornando-se um sucesso popular, ao mesmo tempo em que é execrada pela maioria da crítica. Condena-se, mas multiplica-se sua leitura.

E, ao se perceber que a leitura é intensa, lança-se alguma luz para o tempo: o de uma sociedade em entraves morais e sociais, a do século XIX, com seus ritos conservadores, dominada por uma religiosidade que, se não é exatamente claustrofóbica, não deixa de ser punitiva e centralizada na ideia da culpa, que estabelece privações e prescrições à vivência sexual. Depreende-se de tudo isso que o sexo ficou resguardado no mais recôndito espaço da intimidade: o quarto da família burguesa. Fazer sexo e falar de sexo são, no panorama geral do século XIX, atividades extremamente resguardadas. É verdade que um dos principais estudiosos da sexualidade do período, Michel Foucault, afirma na sua *História da Sexualidade* que, ao invés de ficar escondido, o sexo foi estimulado a se manifestar e a produzir discursos. Mas a formulação de Foucault não contradiz a afirmação de que o sexo ocupava, no contexto da moral burguesa do século XIX, o território íntimo e resguardado. O que Foucault afirma é a cooptação do sexo pelo saber das instituições, principalmente a Igreja e a ciência médica,

JULIO RIBEIRO

PADRE BELCHIOR DE PONTES

ROMANCE HISTORICO ORIGINAL

Tomo I

CAMPINAS

EDITORA A GAZETA DE CAMPINAS

1876

Página de rosto (Tomo I) da primeira edição de *Padre Belchior de Pontes*, romance de estreia de Júlio Ribeiro.

as quais foram responsáveis pela subordinação do desejo a mecanismos de controle sob as formas da confissão religiosa e da atividade clínica.

Com o passar dos anos, seria esperado que em torno do romance houvesse um afrouxamento do discurso que sinalizava um escândalo. De fato, as tintas da condenação foram se enfraquecendo e, atualmente, seria absurdo supor que o romance pudesse despertar algum rubor prolongado. Afinal, convive-se permanentemente com fontes diversas e explícitas de estimulação erótica. A indústria cultural oferece um sortido repertório do sexual em vários formatos e gostos; a oferta de nudez atinge a saturação. Somos estimulados pelo erótico no ritmo acelerado da produção em massa, em contato com essa mercadoria que é o corpo. A mídia impressa, o cinema, a televisão, o computador e a internet oferecem um manancial intenso do espetáculo sexual, superando em anos-luz a capacidade de estimulação que a literatura do século XIX conseguia proporcionar. Há muito a literatura perdeu para outros veículos e linguagens a disputa pela hegemonia da estimulação das necessidades de ficção e fantasia das massas. O romance de folhetim, aliás, há muito perdeu essa disputa. O cinema e a televisão, para ficarmos somente nesses dois casos, são muito mais eficazes na dinamização do imaginário popular. Quanto à matéria sexual, ela não haveria de ser exceção no que se refere aos modos de produção simbólica.

Vive-se um tempo em que o sexo não foi exatamente liberado, mas captado como espetáculo poderoso para consumo. Vive-se um outro tipo de mal-estar, bastante distinto daquele do século XIX. De qualquer modo, no entanto, o romance de Júlio Ribeiro pode ser tomado para que também se examine o sexo enquanto espetáculo; para que se adentre o fascínio do erótico e para que, paradoxalmente, se possa constatar o mal-estar de seu tempo. Uma espécie de biógrafo autorizado de Júlio Ribeiro, José Aleixo Irmão, apontou com acerto:

> Hoje, os que negam a existência de Júlio Ribeiro, até como escritor, repelem *A Carne*, mas às escondidas, marotamente, na solidão do quarto, olhando de viés, abrem a gaveta do criado-mudo e refocilam-se, gostosamente, em *Trópico de Capricórnio* e outros nacionais da mesma linha[23].

O livro de Júlio Ribeiro parece ser uma leitura feita às escondidas, mesmo pelos leitores mais sisudos. Se sua avaliação crítica foi exibida nos jornais sob a forma de escândalo, sua leitura teria ficado protegida no ambiente da alcova, do quarto de dormir, ou na forma de um segredo quase indevassável, compartilhado com poucos.

Mas seria possível estudar essa leitura íntima? Haveria, pelo menos, sinais ou vias para conhecermos alguns de seus contornos? Haveria pistas que comprovariam o interesse e a atração que ela despertaria?

Parece que sim. Afinal de contas, a repercussão de *A Carne* não foi exatamente discreta a ponto de escamotear pistas, marcas que revelam também essa leitura recolhida, em cujo centro não há formulação de juízo crítico, mas a possibilidade de flagrar sensações. Esse ambiente recolhido de leitura, a alcova, tomado tanto em sentido exato quanto simbólico, relaciona-se estreitamente com o romance, uma vez que, para os componentes eróticos da narrativa, a alcova

---

23. José Aleixo Irmão, *Júlio Ribeiro*, Sorocaba, Editora Cupolo, s/d, pp. 197-198.

desempenha função primordial. A propósito, que sejam flagradas exatamente as "leituras de alcova" de *A Carne*. Tomá-las pode ser um modo *sui generis* para se chegar a questões essenciais, inclusive as de preocupação estética, que envolvem não apenas esse romance, mas outros que representam o erotismo na prosa naturalista brasileira. A opção por tomar algumas marcas dessa "leitura proibida" ainda leva em conta a associação da sexualidade do século XIX com o ambiente da casa e, em especial, da alcova como espaços de privacidade. Vale a pena lembrar que, segundo a pesquisa de Ronaldo Vainfas,

[...] a casa ainda hoje é um refúgio, e o quarto um santuário onde se pode extravasar quase tudo, do sono ao sexo [...] Casa, quarto e cama, eis o tripé, no nível do espaço, da noção contemporânea da privacidade relacionada à sexualidade[24].

A presença discursiva do componente sexual incomoda, perturba, desconcerta, mas também fascina, instiga, atrai. Esse movimento complexo e ambivalente face a uma obra "menor" vai ser tomado com algumas "impressões de leitura", espécie de depoimentos das sensações do contato com o livro, como se estivéssemos auscultando uma leitura recolhida e secreta. São textos que tratam, portanto, de uma fruição baseada na curiosidade em relação ao material considerado obsceno. São, ainda, textos que configuram uma realização intertextual, que revelam o ato de ler e acabam

---

24. Ronaldo Vainfas, "Moralidades Brasílicas: Deleites Sexuais e Linguagem Erótica na Sociedade Escravista", em Fernando A. Novais (coord.) e Laura de Mello e Souza (org.), *História da Vida Privada no Brasil 1: Cotidiano e Vida Privada na América Portuguesa*, São Paulo, Companhia das Letras, 1997, p. 253.

tematizando sobre a natureza da literatura e o universo da ficção. Agrupam, enfim, a experiência de ler e a reflexão que com a leitura se vai edificando.

São dois, os textos.

O primeiro, do acadêmico Cláudio de Souza (1876--1954), foi retirado da *Revista da Academia Paulista de Letras*[25]. O segundo apresenta um comportamento intertextual peculiar, pois faz parte da própria prosa de ficção naturalista. Trata-se de *O Urso*, romance de Antônio de Oliveira (1874--1953)[26]. Essas duas realizações discursivas podem auxiliar na elaboração de questões essenciais que tocam na representação do erotismo. Ambas remetem a aspectos básicos de nossas reflexões e, principalmente, tematizam a "leitura do desejo", ou melhor, a leitura que delineia o percurso da busca do prazer no contexto da prosa naturalista brasileira. E, por isso, constituem sinais, marcas que expõem conflitos, embates, lances de um jogo em que se enfrentam o desejo e as interdições, o prazer e as proibições, a necessidade de dizer e o dispositivo de silenciar.

Apesar de se filiarem a gêneros distintos – pelo menos segundo uma concepção tradicional dos gêneros – os dois textos escolhidos se assemelham em vários aspectos. Ambos apresentam o desenvolvimento narrativo, no qual se identificam personagens em ação e no espaço; em ambos há a tentativa de apreender o processo de leitura efetuada por uma personagem

25. Cláudio de Souza, "*A Carne* de Júlio Ribeiro", *Revista da Academia Paulista de Letras*, vol. II/7, São Paulo, setembro de 1939. Todas as citações do artigo de Cláudio de Souza foram retiradas desta edição.
26. Todas as citações do texto de *O Urso* foram retiradas da edição publicada pela Casa Durski Editora, Sorocaba, 1900. Há, no entanto, uma edição muito mais recente: São Paulo, Academia Paulista de Letras, 1976.

masculina, jovem (adolescente, rapaz), sua curiosidade diante do livro, a ansiedade envolvida na expectativa da leitura do romance e o enfrentamento de seu desejo com a atmosfera de repressão que se desprende do meio social em que ela vive.

À primeira vista, pode parecer estranho que se faça uma aproximação entre um romance e um texto lançado numa revista de crítica literária. E, de fato, o texto de Cláudio de Souza poderia estar destinado a compor o repertório de apreciação crítica e de documentação de historiografia da literatura brasileira sobre o romance de Júlio Ribeiro. Mas – como se verá – a graça do texto, seu caráter revelador e sua natureza narrativa, tudo isso contribui para que seja ultrapassada a condição de texto de apoio crítico à apreciação de *A Carne*, ao mesmo tempo em que pode prestar um valioso serviço nessa direção. O texto de Cláudio de Souza lança luz sobre o de Júlio Ribeiro, sendo, ao mesmo tempo, peça autônoma para uma deliciosa leitura. De certo modo, ele passa a ser objeto de análise tão importante quanto o *corpus* a que deveria prestar serviço.

Cláudio de Souza foi um dos fundadores da Academia Paulista de Letras, em 1913, ano em que publicou seu primeiro romance, *Pater*. Produziu extensa obra literária e científica, publicou romances e comédias de teatro, dedicou-se à crítica e à ensaística. Em 1924, tomou posse de uma cadeira na Academia Brasileira de Letras, substituindo Vicente de Carvalho, e em 1939 foi eleito seu presidente[27]. O texto de

---

27. "Professor de medicina, historiador, vulgarizador das magnitudes da terra e das letras, ele tem trabalhado incansavelmente ao longo de sua invejável existência, como romancista, novelista, contista, comediógrafo, crítico, ensaísta, viajante, deixando em todos esses caminhos os rastros luminosos de sua passagem." Afonso Schmidt, "Nota

Cláudio de Souza apresenta uma segmentação visível que o divide em duas partes. A segunda parte apresenta os contornos do artigo ou do ensaio acadêmico. A primeira é uma espécie de crônica de memórias, mas apresenta também, em grau menor, traços do conto. Aqui, pelo que já foi exposto, é esta que nos interessa, pois se trata de narrativa da busca do contato privado com a "leitura proibida", em que se lê:

> "*A Carne* de Júlio Ribeiro"
>
> *A Carne!* Li este romance quando tinha dezesseis anos. Viera passar as férias do primeiro ano médico em São Paulo com a família. Alegres férias! Tinha saído de casa um ano antes como colegial que apenas terminava o curso, sujeito ainda à disciplina severa de nossas antigas famílias (onde vai ela!...). Gozava, em seguida, da liberdade ainda com restrições do calourato na Bahia. A terra de Ruy era ainda grande cidade de província. Na parte baixa tinha movimento intenso de comércio e o aspecto de entreposto marítimo, na confusão babélica que dos *shipshandlers* se estendia aos cafés, sorveterias e calçadas. Na Cidade Alta, quando se desembarcava do Plano Inclinado ou do "parafuso" tudo era quietude, ou calaçaria numas palestras sob as sombras dos beirais, ou no terraço do "Paris", do "Sul Americano" ou da "Gruta Baiana". No seu círculo estreito de centrifugação que ia desses pontos até ao Plano Inclinado o calouro encontrava-se fatalmente com o veterano, continuando-se a dependência que na Faculdade ou na "república" lhe lembrava que ainda não se emancipara, completamente. Feitos com aprovação os exames de primeiro ano, abriam-se para ele de par em par as portas da vida. Veterano! O primeiro objeto que se comprava era uma cartola, que ao calouro era interdita. No dia imediato ao exame, ou na mesma tarde, o ex-calouro aparecia na Faculdade, no Largo do Palácio, nos Barris, na Vitória, na Barra, em

Explicativa", em Cláudio de Souza, *Um Romance Antigo*, São Paulo, Clube do Livro, 1954, p. 5. Este fragmento pode ser tomado como uma pequena apresentação para o texto "*A Carne* de Júlio Ribeiro", uma vez que apresenta características da narrativa de ficção (romance, novela, conto) somadas às do ensaio de crítica literária.

Fotograma da adaptação cinematográfica de *A Carne*, dirigida em 1924 por Leo Marteu. Em cena, a atriz Carmen Santos interpreta a protagonista, Lenita.

toda a cidade encartolado e imponente na sua "cantimploria", como a gritar aos que encontrava:

– Reparem "minha gente" num veterano!

A fazer piruetas "importantes" com a bengala, a soltar fumaçadas de charuto como a incensar-se a si próprio, a olhar atrevidamente para as meninas dos sobrados, ou a dizer chufas às mulatinhas que anunciavam mangas e tamarindos, ou às redondas e nadegudas negras, entrouxadas em amplos vestidos que, sentadas em tripeças, vendiam cuscus, bolos, cocadas e mil coisas gostosas da Bahia – aqueles primeiros dias de abolição pareciam ao novo veterano os maiores da vida! (E não o foram?)

As férias, então? Voltar para a casa veterano! Ouvir-se chamar doutor e ser citado aos amigos da família como um fenômeno:

– Só tem 16 anos e já está no segundo ano! E passou quase com distinção! – dizia minha mãe, jubilosa.

– Não, mamãe: com distinção numa, e plenamente nas outras.

– Ah, tem razão.

As distinções eram, às vezes, uns "simplesmente" magros e mal alimentados como um empregado público honesto, mas a Bahia era tão longe...

E as meninas e mocinhas que se enfeitavam, então, para a gente?...

Pareciam franguinhas ao redor de um frango apenas encristado, que se põe a ensaiar com voz rouquenha o canto do galo: ko-ko--ri...kó!

E as novenas? E a missa do domingo? Entrava-se na igreja do Carmo ou na da Sé com "importância" tão convencida que ofuscava até aos santos dos altares!

À saída, na porta, com ar de almirante que passa em revista a esquadra, colhiam-se sorrisos e olhares daqueles corações como os que num arroubo de eloquência Rafael Pinheiro exortara: Corações em continência!

Quanta felicidade boa e ingênua perdida!

Ora naquelas férias, em que tive a honra familiar de receber a chave da porta da rua, com recomendações, entretanto, de não me recolher depois das onze, ou o mais tardar, da hora de terminar o espetáculo do Teatro S. José – único teatro de São Paulo – atirei-me a todas as espécies de afirmações e abusos de liberdade.

Uma delas era a leitura de obras contra a moral e a religião. Aparecera *A Carne*, de Júlio Ribeiro, causando enorme escândalo. O padre Senna Freitas, bom estilista, misto de padre e de mosqueteiro, saltara-lhe em cima com rigor, chamando-lhe carniça, obra nefasta de realismo obsceno e repugnante. Ferira-se a polêmica violenta entre o escritor e o padre. E naquela sociedade beata, de natureza contrafeita – todos afirmavam que não leriam aquele romance, que, entretanto, se vendia como nenhum outro. Até uma voz moça, a do estudante da Faculdade de Direito Alfredo Pujol, estigmatizara a obra nestes duros termos: "*A Carne* é obra de escândalo. Não visa fim literário. É um misto de ciência e pornografia".

E depois de dizer que o livro tinha rara harmonia de estilo, descrições majestosas, coloridos "vigorosíssimos, relampejantes", concluía ilogicamente: "o todo é chocho, pulha, reles, pornográfico, chato, sem direção estética, sem unidade psicológica, sem arte, sem verdade, sem honestidade".

A popularidade do livro estava feita. Duas gerações atacavam-no e dois credos, o de intransigência dogmática do clero, o do entusiasmo emancipado da juventude da velha e gloriosa Faculdade...

Como todos, quis ler o romance já famoso. Custava, porém, se bem me lembro, três mil-réis, soma fabulosa naquela época em que me davam cinco mil-réis nos sábados para todas as despesas voluptuárias da semana!... Éramos, todos, pobres estudantes daquela época obrigados a fumar cigarros caipiras, de fumo picado e palha sem preparo, como nós mesmos... E ainda assim o dinheiro mal chegava para cigarros!

Tinha dois amigos que se chamavam Júlio César: o poeta Júlio César da Silva, o amigo encantador de feição suave, e outro que estudava Direito, mas cujo lugar numa Secretaria de Estado lhe dava dinheiro e tempo para comprar romances que lia na hora do expediente. Foi este que me emprestou o romance mal-afamado.

Recebi-o à noite num café. Não quis saber de nada mais. Comprei uma vela – em casa davam-me uma vela de três em três dias para que não me fatigasse com leituras de romance até altas horas – e toquei para casa. Ia trêmulo, ofegante, achando curtas as pernas.

Em casa encontrei visita íntima, na sala de jantar, passagem obrigatória para alcançar meu quarto, no sótão. Era a de certo padre, bom palestrador, que fumava como chaminé de hotel e acabou lesando meu pai em algumas dezenas de contos, que Deus lhos perdoe. Contava peripécias de sua viagem à Terra Santa e eu saboreava-lhe a palestra. Naquela noite, porém, eu tinha fome de

A Carne. Tratei de passar, cumprimentando-o apenas. Mas o padre farejou-me o livro:

– Menino, que livro traz na mão?

– É um livro médico.

– A apostar que é a Carniça.

– Não senhor. É um livro médico.

– Mostre-o, meu filho – disse-me minha mãe.

– Ora, minha mãe, isso não tem interesse para o padre.

O eclesiástico era fino. Compreendeu-me o embaraço e salvou-me:

– Deixe-o! Não entendo de medicina.

Percebi que ele fizera um sinal à minha mãe indicando as meninas minhas irmãs.

– Espero que você, filho de bons católicos – disse ele – de uma família de velhos paulistas saiba honrar-lhes as tradições...

(Obrigado!... obrigado!... disseram meu pai e minha mãe)... e que não irá ler aquele monturo de podridões que só um ateu ou um devasso podia ter tido coragem de escrever e publicar!

Eu sabia que o padre visitava certa mulatinha do largo do Piques... que Deus lhe perdoe também isso.

O padre, dizendo isso meteu a mão no bolso da batina, que parecia fundo como um surrão, tirou um "cebolão" de ouro e exclamou:

– Oh, senhor, ia perdendo as horas!

– Ainda é cedo! – disse-lhe meu pai.

– É muito cedo, compadre! – continuou minha mãe.

– Não quer esperar um cafezinho? – perguntou-lhe minha irmã.

– Obrigado! Tira-me o sono.

– É um instante! Temos café torrado em casa! Disse minha irmã.

– Está-me tentando, menina!

... Oh senhor, porque há gente que insiste com as visitas para que esperem pelo café! – pensei eu.

– Então mande fazer o café! ordenou meu pai.

– Não, não! – disse o padre – Tira-me o sono. Até amanhã, compadre! Adeus, comadre!

As meninas beijaram-lhe a mão. Eu fiz menção de inclinar-me para o mesmo ato. O padre ergueu-me, como de costume, o busto.

– Não leia *A Carne*, ainda que lhe deem de graça. É imundície que suja as mãos e os olhos, revolta o estômago e intoxica a alma. Adeus!...

... Finalmente!... Pedi a bênção aos "velhos" e corri a meu quarto. Devorei aquelas páginas, como o faminto engole sem mastigar os alimentos.

Que impressão tive? Não me lembro exatamente. Sei que não me sujou os olhos, não me entojou o estômago nem me intoxicou a alma. Pareceu-me o livro "estupendo". Era o qualificativo da moda. Reli as páginas em que se apregoava a emancipação do amor, e as descrições picantes que haviam provocado engulhos ao padre e revolta ao estudante (seria verdade?).

No dia seguinte contei à minha "rodinha" – que se reunia num café da rua Quinze onde um de nós pedia um café de cem réis para que dez pudessem ocupar uma mesa durante quatro horas! – o enredo do romance e suas principais passagens. Citei frases que provocavam admiração. E todos me pediram que os apresentasse àquele amigo empregado numa Secretaria do Estado que se tornara detentor de um tesouro...

....

O Ritual de Passagem

Como se vê, há um narrador que focaliza a si mesmo como adolescente que, aos dezesseis anos, leu o romance *A Carne* pela primeira vez. O narrador não é, portanto, o adolescente. Mas faz um esforço – ou pelo menos demonstra fazê-lo – para rememorar a impressão da primeira leitura. Dessa separação entre o plano da enunciação e o do enunciado, o qual faz parte de um passado já distante, também se aproveita o exercício de reflexão sobre a leitura do livro e uma tentativa de relembrar o deslumbramento perdido. O distanciamento temporal marca a separação entre duas leituras: a efetuada pelo adolescente e a realizada muitos anos depois pelo narrador-adulto: "*A Carne*! Li este romance quando tinha dezesseis anos. Viera passar as férias do primeiro ano médico em São Paulo com a família.

Alegres férias!" (p. 19) Em outro sentido, uma ocorrência intertextual se estabelece com a presença de uma narrativa que conta a experiência e o desafio, como uma aventura, diante da leitura de uma narrativa. Contando a experiência do leitor-adolescente Cláudio de Souza, pode-se identificar no ato de ler uma maneira de realização de um ritual de passagem, em cuja fronteira se encontra o romance de Júlio Ribeiro. Considerado um livro proibido, objeto de escândalo ou, como identificou Brito Broca, obra que poderia ser associada ao título "leitura para homens"[28], o romance apresenta para o adolescente o acesso ao território em que se localiza a passagem da ingenuidade infantil para a vivência adulta, passagem entremeada pelo contato com a representação narrativo-ficcional da sexualidade. E a experiência da leitura não estaria separada, nesse sentido, da experiência da própria vida. O adolescente Cláudio de Souza é um estudante em período de férias, considerando-se e considerado pelo seu meio de convivência social um "veterano", motivo de orgulho familiar. As férias são para ele a oportunidade para a ostentação de seu orgulho e para o exercício da libertinagem.

A libertinagem do momento de férias possui indisfarçável conotação sexual. Trata-se do período para a vivência do descanso e do prazer. Sintomaticamente, a experiência

---

28. "Parece-nos significativo o fato de encontrarmos em vários números da *Gazeta de Notícias*, em 1888, um dos anos mais fecundos para o Naturalismo entre nós, quando causava grande escândalo *A Carne*, de Júlio Ribeiro, um anúncio sob este título: 'Leitura para Homens'. Em que consistiam tais leituras? Em novelas fesceninas de autores anônimos, algumas decerto adaptadas de outros idiomas, pura obscenidade sem valor literário. [...] Esse anúncio, repetido frequentemente, denuncia, sem dúvida, a exploração comercial do Naturalismo", *Naturalista, Parnasianos e Decadentistas*, pp. 111-112.

Júlio Ribeiro na Escola Militar (1865-1866).

de prazer aponta, no texto, alguns indícios: o fumar, o olhar e o comer. A psicanálise já demonstrou a existência de uma organização sexual pré-genital, na qual se destaca prioritariamente a satisfação baseada na oralidade que consiste no uso sexual da mucosa dos lábios e da boca como fontes de prazer[29]. Quanto ao olhar, Freud destaca essa atividade como a via mais frequente para a excitação da libido. Além da presença do olhar, dirigido "atrevidamente para as meninas dos sobrados", o fragmento enfatiza o ato de comer imediatamente associado às mulatinhas e às "negras nadegudas". São elas que anunciam as frutas, os doces, os quitutes, as "mil coisas gostosas da Bahia". A aproximação do ato de comer com o de amar está maliciosamente aplicada à mulata ou à negra como símbolo de sedução, mito do imaginário erótico masculino e patriarcal[30]. Curiosamente, o texto flagra o contexto de início do período abolicionista como um anúncio da liberdade a ser desfrutada pelo adolescente. Mas, contraditoriamente, a imagem da mulher negra – a mulata sedutora das delícias da mesa e do sexo – está impregnada do sentido de dominação escravista.

No fragmento narrativo, não se separam a condição de veterano, as férias e a curiosidade sexual a ser exercida pelo universo da ficção. O narrador conta que naquelas férias

29. Sigmund Freud, "Três Ensaios sobre a Teoria da Sexualidade", *Textos Essenciais da Psicanálise*, vol. III. *A Teoria da Sexualidade*, trad. Inês Busse, Portugal, Publicações Europa-América, s/d.

30. Gilberto Freyre assinala com propriedade a preferência do colonizador pela mulata: "Com relação ao Brasil, que o diga o ditado: 'Branca para casar, mulata para f...., negra para trabalhar', ditado em que se sente, ao lado do convencionalismo social da superioridade da mulher branca e da inferioridade da preta, a preferência pela mulata". *Casa Grande e Senzala: Introdução à História da Sociedade Patriarcal no Brasil – 1*, Rio de Janeiro, Record, 1989, p. 10.

atirara-se a "todas as espécies de afirmações de abusos de liberdade", sendo uma delas a leitura de obras contra a moral e a religião. Quanto ao romance de Júlio Ribeiro, a polêmica entre o autor e o padre Senna Freitas e o artigo de Alfredo Pujol funcionam como estímulo para a leitura do adolescente. Adquirir um exemplar de *A Carne* é acontecimento que se aproxima da sensação de enfrentar o perigo de alguma forma de contravenção:

> Recebi-o à noite num café. Não quis saber de nada mais. Comprei uma vela – em casa davam-me uma vela de três em três dias para que não me fatigasse com leitura de romance até altas horas – e toquei para casa. Ia trêmulo, ofegante, achando curtas as pernas (pp. 21-22).

E de fato a busca do romance e da experiência da leitura precisa enfrentar uma série de obstáculos a serem ultrapassados, os quais são representados pelos valores das instituições familiar e religiosa. No ponto central da narrativa, o sentido de aventura está centralizado na ação a ser executada pela personagem de conduzir o exemplar da obra proibida do espaço da sala de visitas – o das instituições – para o espaço do seu quarto – o da intimidade indevassável – sem que o livro seja identificado pelos ocupantes da sala: os pais e um padre. É notável que esse movimento da personagem no espaço doméstico possui valor metafórico. Atravessar o espaço da sala e atingir o do quarto significa desviar-se das coerções e representações morais para se entregar ao prazer libidinoso e estimulante da ficção.

A ameaça de interdição do contato com o livro, a partir dos obstáculos representados pela família e pelo padre (seria uma alusão ao padre Senna Freitas?), funciona como mecanismo que ativa ainda mais o desejo da leitura. Com isso, antes de ser o "livro do desejo", o romance de Júlio Ribeiro assume a feição de objeto de curiosidade em relação ao desejo. E o texto de Cláudio de Souza realiza a representação da expectativa de acesso ao discurso do desejo. Assim, o erótico é vislumbrado como uma possibilidade e referido exatamente pela ameaça de sua interdição. Numa equação paradoxal, o erótico se anuncia por estar escondido, silenciado; e, metaforicamente considerando, cerrado nas páginas de um livro que, antes de ser lido, possui caráter libertino.

Com o abrir das páginas do livro e consequente revelação da leitura consumada, encontra-se o sentido de procura da saciedade. Tendo *fome* de *A Carne*, como diz o narrador, as páginas do romance são *devoradas*: "Finalmente!... Pedi a bênção aos 'velhos' e corri a meu quarto. Devorei aquelas páginas, como um faminto engole sem mastigar os alimentos" (p. 23). A ocorrência do ato de comer assume inegável conteúdo de realização erótica. Comer e ler são variantes da busca de satisfação, com a leitura adquirindo a proporção de ruptura das proibições para que se atinja prazer semelhante à experiência sexual. De certo modo, como já foi dito, há o ritual de passagem. Lendo, o adolescente se desvia da instância repressora e atinge o prazer de devassar matéria proibida.

O ritual de passagem é também o limiar que separa a narrativa que percorre a "aventura" adolescente da outra parte do texto de Cláudio de Souza, o da apreciação crítica da obra, numa segmentação reconhecível. Assumindo já no fim dessa primeira parte do texto a voz de crítico literário, identifica-se ainda a dicção de um sujeito da enunciação que, aos cinquenta anos, faz esforço para rememorar o passado:

Que impressão tive? Não me lembro exatamente. Sei que não me sujou os olhos, não me entojou o estômago nem me intoxicou a alma. [...] Reli as páginas em que se apregoava a emancipação do amor, e as descrições picantes que haviam provocado engulhos ao padre e revolta ao estudante (seria verdade?) (p. 25).

Fazendo alusão a Senna Freitas e Alfredo Pujol, respectivamente, Cláudio de Souza vai se distanciando do registro do suposto deslumbramento juvenil e dando acesso à segunda parte do texto.

Com a segunda parte, não se está mais diante de uma narrativa que flagra as impressões esperadas e a expectativa do adolescente. Há o acadêmico elaborando uma apreciação crítica e o trabalho de releitura, em dois sentidos. No primeiro caso, leitura no sentido exato, feita um quarto de século depois da primeira: "Reli, então, *A Carne* [...]. Reli-a sem o açodamento primitivo, analisando com vagar as figuras, o enredo, o estilo, e a apregoada e nem sempre real pureza vernácula" (p. 24). E na leitura em sentido exato, já se anuncia a (re)leitura que implica o sentido metalinguístico de levantamento de aspectos analíticos, enredo, estilo, personagens, assumindo o perfil de ensaio. Ele comenta a linguagem, condena a "erudição científica", a "artificialidade" e a "inverossimilhança" de diversas situações narrativas. No fim do texto, pode-se apreender um caminho que se estabelece com o cotejo de dois tempos distanciados: "Confesso que ele não me causou o mesmo entusiasmo com que o devorei aos dezesseis anos. Culpa do livro? Da idade? Do antagonismo moral das duas épocas? Quem o sabe?" (p. 29)

Conflito e Representação

O outro modo de motivar o equacionamento de questões sobre a representação do erotismo a partir de um olhar centrado na atividade da leitura de *A Carne* se encontra no interior do próprio universo ficcional do contexto realista-naturalista. Trata-se de *O Urso* de Antônio de Oliveira, romance de pouca repercussão desde o ano em que foi publicado (1901), sendo hoje praticamente desconhecido do público e relativamente esquecido pelos estudos acadêmicos, embora alguns críticos tenham assinalado, como nos casos de Massaud Moisés e Lúcia Miguel-Pereira, as qualidades da obra[31]. Narrando a trajetória de um jovem provinciano, republicano, Fidêncio (apelidado de "o Urso"), saído de Juiz de Fora para São Paulo, a narrativa desenvolve situações carregadas de erotismo, sobretudo nas cenas em que Fidêncio é seduzido pela prima, a bela viúva Feliciana.

O erotismo não é tudo no romance, nem ocupa na estrutura da narrativa o espaço de maior interesse. Centrada nos processos das transformações do protagonista, a ocorrência erótica comparece como uma etapa a ser atravessada por ele, ao lado de outras, o que fornece ao livro certa aproximação com uma vasta tradição da literatura ocidental, o chamado romance de aprendizagem ou de formação. O sexo será um dos campos dessa vasta aprendizagem.

31. "Houvesse Antônio de Oliveira (1874-1953) publicado *O Urso* (1901) vinte anos antes, é possível que outra seria a história do nosso Realismo; vindo a lume, porém, quando a voga naturalista entrava em baixa, o romance não pôde exercer a influência saneadora a que parecia fadado, nem conhecer o aplauso merecido e o lugar entre as obras mais bem logradas da época. Lúcia Miguel-Pereira, ao fazer, em seu livro clássico, o balanço da ficção entre 1870 e 1920, emprestou-lhe o devido relevo, mas não foi o suficiente para arrancar a narrativa do olvido e distinguir Antônio de Oliveira no quadro dos epígonos diluidores do Realismo". Massaud Moisés, *op. cit.*, p. 143.

Júlio Ribeiro e a esposa, Sofia, em 1873.

A trajetória de Fidêncio apresenta uma direção para o confronto: adaptação e ajuste à nova realidade (em termos políticos, por exemplo, com a renúncia dos ideais republicanos), revelando um caminho que se desprende da ingenuidade e o leva à "maioridade" que se ajusta às conveniências do meio. Nesse processo de mudança, inscreve-se também a iniciação sexual da personagem. Hospedado na casa da prima, para onde viera acompanhado com a mãe, Fidêncio perturba-se com a exuberância de Feliciana e passa a desejá-la. Do percurso narrativo que conduz à iniciação sexual do protagonista, o qual parte das situações em que ele teme "esbarrar nela", de "a tocar com os cotovelos desastrado nos seios altos" até a consumação do ato sexual, no episódio em que Feliciana se despe para ele, faz parte a leitura de *A Carne* de Júlio Ribeiro. Fidêncio é estudioso[32], com inclinações pela filologia e pelo jornalismo; passa horas fechado no quarto com livros e numa dessas ocasiões toma contato com o romance de Júlio Ribeiro:

> Armou-se do espanador, limpou-o, esteve um momento olhando para a capa. *A Carne* de Júlio Ribeiro. Conhecia o autor por uma *Gramática da Língua Portuguesa*. Ah, era verdade, o *Padre Belchior de*

32. Mesmo que a narrativa não explore diretamente o vínculo entre a dedicação de Fidêncio ao estudo e a manifestação de sua sexualidade, pode-se levar em conta a investigação psicanalítica a partir da qual se afirma que "a concentração da atenção sobre uma tarefa intelectual e o esforço intelectual produzem em geral e concomitantemente uma excitação sexual tanto em muitos jovens como em adultos. É essa sem dúvida a única base justificável para aquilo que noutros aspectos é a duvidosa prática de atribuir desordens nervosas ao 'excesso de trabalho intelectual'". Sigmund Freud, "Sexualidade Infantil", *Textos Essenciais da Psicanálise*, vol. III – *A Teoria da Sexualidade*, pp. 82-83.

Pontes também pertencia à autoria do ilustre filólogo. Mas *A Carne?* E a edição era recente. Abriu o livro à primeira página:

– Bem escrito.

Sentou-se numa cadeira, junto à secretária, a ler mais um pouco. E à primeira foram sucedendo todas as páginas do romance. O Fidêncio principiou-se a sentir-se mal, um peso nas têmporas inchadas da circulação apressada, e nas ideias um torvelinho, um caos, como se uma penosa elaboração as estivesse fecundando. Uma sensação esquisita, uma anormalidade febril. E sem saber o porquê, entrou a empolgá-lo uma recordação estranha, de passeios arrastados solitariamente ao campo, o sol alto e cáustico, e muita relva torcida de langor, macegas tostadas, surpreendendo rudemente o olfato, e acidulando à boca travos mordentes, de frutas peçonhentas... (p. 98)

O processo de afirmação do desejo sexual do protagonista de *O Urso* se faz representar no processo de leitura de um romance conhecido exatamente pela explicitação da sexualidade. Narrando o ato da leitura de Fidêncio, pode-se perceber de modo privilegiado o impacto das fortes sensações provocadas pelo romance de Júlio Ribeiro. E mais: a leitura de Fidêncio de *A Carne* torna-se a expressão do desejo do protagonista de *O Urso* por meio do movimento de apropriação intertextual. Sendo a leitura um processo sempre ativo e não apenas contemplativo, Fidêncio se projeta na narrativa de *A Carne*, ao mesmo tempo em que se percebe a realização intelectual que faz com que o texto de Antônio de Oliveira incorpore o de Júlio Ribeiro. A leitura de Fidêncio promove, então, a revelação de um modo intertextual que consiste em incorporar situações narrativas de *A Carne*: os passeios ao campo recordados são alusões aos passeios da heroína de *A Carne*, assim como os elementos naturais e recursos sinestésicos do erotismo no livro de Júlio Ribeiro. Assim, o leitor necessita do repertório de *A Carne* para assimilar o jogo que se estabelece entre os dois romances em termos intertextuais.

Lendo, Fidêncio não se identifica exatamente com Lenita ou com qualquer outra personagem de *A Carne*, mas reelabora interiormente alguns motivos do romance, ao mesmo tempo em que é atingido sensorialmente, excitando-se. E enquanto Fidêncio reelabora interiormente alguns motivos narrativos do romance de Júlio Ribeiro, o texto de *O Urso* "reelabora" o de *A Carne*.

A leitura de Fidêncio é vivência de conflito a partir da constatação do desejo, questão típica, inclusive, de romances naturalistas. Mas, em *O Urso*, o conflito é equacionado nos termos da discussão sobre a experiência da leitura do repertório da literatura. Atraído pela leitura de *A Carne*, Fidêncio vivencia o conflito entre o prazer da fruição de uma matéria erótica e o juízo moral que a condena enquanto produto de pornografia:

> Já não lia, devorava. Tinha-se enredado com um entorpecimento nos membros, no esforço mole de uma posição cômoda, estava agora arcado, de cotovelos fincados na pasta. Ao cabo, levantou a cabeça, enxugou o suor que lhe umedecia as frontes.
> – Bem escrito, mas porcaria!
> No entanto, num galope de sensação, foi lendo a "porcaria". Esquecera absolutamente *O Monge de Cister*, todas as suas tendências, paixões de classicismo haviam-se esbatido como numa mancha vaga, de sonho infantil. Estava ali preso, preso terrivelmente, sob a impulsão de uma sugestão pesada, mas guardando ao fundo uma doçura sombria de volúpia. Ergueu-se de repente, com a fronte doída, uma impressão de batida que lhe cavava nas ideias um redemoinho denso. [...]
> Acabava de ler mais de metade de tal pornografia. E era agora uma dificuldade explicar-se por que Júlio Ribeiro despendera esforço e talento naquilo. Um filólogo tão ilustre! Ainda se fosse um desconhecido! E o que ninguém podia negar era que o estilo tinha um lavor extraordinário, a frase tendia-se nervosa, duma beleza quase palpável, como um bloco, como um trecho de plástica morta. Que pena! (pp. 99-100)

JULIO RIBEIRO

A CARNE

For ever reading, never to be read.

Pope.

SEGUNDA EDIÇÃO

S. PAULO

LIVRARIA TEIXEIRA — EDITORA

Melillo & C.ª - successores

65 — Rua de S. Bento — 65

1896

Página de rosto da segunda edição de *A Carne*.

Assim como no texto de Cláudio de Souza, aqui também a experiência de leitura assemelha-se à vivência do prazer sexual a partir da aproximação do ato de ler com o de comer (devorar). Além disso, ler é, a um só tempo, estimular e buscar saciar o desejo diante da matéria erótica do livro; e nesse processo há a participação do próprio corpo do leitor. A leitura abandona qualquer sentido de postura contemplativa e se investe das manifestações e expansões do corpo ("entorpecimento nos membros", "levantou a cabeça, enxugou o suor que lhe umedecia as frontes") e faz agir o leitor na busca de satisfação pela acomodação de seu corpo ("no esforço mole duma posição cômoda").

Na busca da satisfação na leitura, ocorre a vinculação do universo fictício numa realização metalinguística e intertextual. No discurso literário de *A Carne*, Fidêncio encontra uma via de materialização do seu desejo. Mas na afirmação desse desejo, vivencia-se o conflito que é levado ao interior da discussão sobre a representação literária. Na leitura de *A Carne*, estabelece-se a revelação do processo de transformação que se opera em Fidêncio. A sofrida transformação adolescente, entendida como espaço de passagem da infância à maturidade, é representada numa realização intertextual complexa. O conflito dessa passagem implica o conflito entre o plano da ficção idealizada e o plano da representação realista, com a vitória da segunda. Fidêncio esquecera *O Monge de Cister* de Alexandre Herculano e todas as suas tendências e paixões do Classicismo, associadas a um sonho infantil. A referência ao romance de Herculano aponta para a superação da idealização romântica com o advento da pulsão sexual adulta. Ao invés da aventura do romance histórico de aventuras ou do sonho infantil, a "aventura" do desejo corpóreo. E a afirmação do desejo de Fidêncio se faz com a representação que apreende o repertório da história literária segundo uma concepção tradicional e positivista[33]: embate entre "escolas" e propostas estéticas, superação do movimento romântico com o advento do movimento realista-naturalista.

No jogo intertextual que se estabelece entre os dois romances, a presença de *A Carne* implica participação no universo do enredo de *O Urso*, uma vez que o romance de Júlio Ribeiro é colocado no campo das relações que o protagonista estabelece com duas personagens, as quais representam, respectivamente, a instância da proibição do desejo erótico e, no sentido oposto, a oportunidade para a sua expansão: a mãe de Fidêncio, D. Úrsula, e sua bela prima, Feliciana. Atuando na instância repressiva, D. Úrsula chama a atenção do filho para os "modos de Feliciana". E diz a ele: "de todos os nossos inimigos o pior é a Carne. Não se esqueça, Dencinho!" (p. 109) Evidentemente, a mãe de Fidêncio não se refere ao romance de Júlio Ribeiro, mas, ambiguamente, o uso do substantivo *carne*, com a maiúscula, inclusive, funciona como estratégia que compreende tanto o processo metonímico que remete ao impulso do desejo do adolescente, que é estigmatizado

33. "A própria concepção romântica da história, como embate de antagonismos, foi assimilada e normalizada pelo racionalismo positivista sob a forma de sucessão mecânica, linha oscilante mas contínua. Segundo os manuais literários que ainda reinam nas instituições de ensino, os 'movimentos' ou 'escolas' ter-se-iam sucedido uns aos outros, segundo um balanço regular e compreensível: oposição, sínteses. Da razão ao coração, e do coração à razão, o que nunca se perde é a pretensão à racionalidade do processo." Leyla Perrone-Moisés, *Altas Literaturas: Escolha e Valor na Obra Crítica de Escritores Modernos*, São Paulo, Companhia das Letras, 1998, p. 28.

pelo conselho materno, como a representação discursiva desse desejo materializado sob a forma do livro de Júlio Ribeiro. Ambos os sentidos interagem entre si. Fidêncio ouve o conselho da mãe numa oportunidade em que está envolvido intensamente com a leitura do romance de Júlio Ribeiro:"Momento depois, debruçado sobre a secretária, o Fidêncio continuava a leitura do romance" (p. 110). Curiosamente, Feliciana, personagem que é ao mesmo tempo sujeito de manifestação do desejo sexual – na medida em que assume a iniciativa da busca da realização do prazer ao seduzir Fidêncio – e objeto do desejo do protagonista, adquire um exemplar de *A Carne*. Ao saber que a prima iria ler o romance, Fidêncio tem arroubos de moralismo:

> A sós na sala, invadida de crepúsculo, uma rajada de cólera sublevou-o contra a sua hesitação de havia pouco, ao ouvir da moça que tinha, ainda por ler, o último livro de Júlio Ribeiro. Devia ter falado! Devia ter-lhe aberto os olhos, aqueles olhos que ainda o fitavam como duas estrelas puríssimas. Devia ter-lhe suplicado, com a alma derramada na voz: "Minha senhora, por tudo que há de sagrado debaixo do sol, pela memória de sua mãe, não leia semelhante livro. Ouça através de minha voz a voz de sua mãe, rompendo o túmulo, e a de seu pai, que está ausente!" Ah, confrangia-o agora a certeza de que, se assim tivesse falado, se teria expurgado de muitos pecados! O livro estaria dentro em pouco no fogo, seria devorado pelas chamas purificadoras, e ele calmo! (p. 123)

No entanto, ao desejar sexualmente a prima, Fidêncio promove um deslocamento ao abandonar a associação dos olhos com duas estrelas puríssimas, símbolos de castidade e elevação espiritual, e realizar a captação do repertório erótico de *A Carne* ao associar Feliciana à heroína do romance de Júlio Ribeiro:

Nesse momento, calafriou-o uma sensação mordente de carne, o calor duns seios que quase lhe roçavam o ombro. Voltou-se, devastado duma ideia extravagante, absurda, que uma mulher, como a Lenita da *Carne*, o vinha puxar para o inferno (p. 124).

O Livro do Desejo

Nos dois casos vistos, tanto no texto de Cláudio de Souza como na narrativa de *O Urso*, a leitura do livro "proibido" representada pelo romance de Júlio Ribeiro significa experimentar a sensação de devassar o campo das interdições, o plano do inconfessável, na procura pela materialização discursiva do desejo. Metaforicamente considerando, a leitura é associada ao efeito da prática sexual refugiada no domínio do proscrito, do não-dito, espaço de intimidade e segredo. Em ambos os casos, o discurso explicita a prática da leitura enquanto processo ativo de produção de sentidos. Nos dois casos, a matéria do texto é a produção de sentidos no universo da leitura promovendo uma realização metalinguística e intertextual. Em ambos os casos, ainda, *A Carne* adquire o estatuto de romance libertino[34]. É nítida e ostensiva a atração que impele o adolescente Cláudio de Souza e arrebata Fidêncio. Com isso, a prosa naturalista brasileira pode ser encarada a partir da convivência de uma estratégia de sedução de seus elementos ficcionais com os princípios científicos que, corre-

34. Tomamos o termo em sentido amplo, não associado a uma tradição muito própria da literatura e filosofia francesas dos séculos XVII e XVIII. A respeito dessa vasta tradição, pode-se ler, por exemplo, Alexandrian, *História da Literatura Erótica*, trad. Ana Maria Scherer e José Laurênio de Melo, Rio de Janeiro, Rocco, 1994.

Capa de edição de *A Carne* de 1958, Salvador, Livraria Progresso Editora.

tamente ou não, foram por ela apreendidos. Assim, *A Carne* parece ser um romance que se propõe "estudar" a campo as manifestações da sexualidade e ao mesmo tempo uma narrativa que possui a capacidade de estimular o desejo do leitor, como um afrodisíaco. Um livro sobre o desejo, mas também um "livro do desejo".

Parece ser válido notar que a recepção ruidosa à publicação de *A Carne*, com os lances de polêmica e condenação pública e, em outro plano, captada no texto de *O Urso* e no artigo de Cláudio de Souza, são indícios de um momento de ambivalência entre o escândalo e a curiosidade diante da matéria sexual. Foi possível construir uma espécie de painel desse estado ambivalente a partir da leitura de alguns textos dessa recepção ruidosa para a demonstração de um movimento conflituoso que envolve a leitura do texto erótico num contexto marcado pela interdição do sexo mas, ao mesmo tempo, por sinais enfáticos de fascínio e curiosidade. Afinal, o século XIX, "esse século ávido de erotismos perversos, de paroxismos"[35], é marcado por um interesse no estudo da sexualidade no qual a ciência médica assume o papel da voz autorizada a produzir discursos sobre o sexo por meio de um aparelho teórico e experimental. A corrente naturalista, ao captar muito desse espírito da época e inseri-lo no universo da narrativa em prosa, vai dinamizar conflitos à sua maneira, a maneira de um jogo desconcertante entre realidade e ficção.

Não se pode menosprezar um livro como *A Carne*. Muito da sua importância se deve ao poder de demonstrar

---

35. Segundo a expressão de Luiz Dantas. "As Armadilhas do Paraíso", em Adauto Novaes (org.), *O Desejo*, São Paulo, Companhia das Letras, 1995, p. 463.

a capacidade ou "vocação" da literatura para promover o desassossego, na medida em que expõe elementos que os moralistas e educadores sempre procuram banir[36]. Mas seria o caso de admitir a existência de *A Carne* exclusivamente em função de sua repercussão histórica, com os lances de uma sofrida polêmica divulgada em jornais e revistas? O romance só vale para uma leitura que reflete o escândalo junto a acanhados adolescentes e velhos moralistas? Mesmo que seja bastante razoável aceitar a riqueza da excursão histórica que se pode empreender em função da publicação da obra, não se deve subestimar as possibilidades de encarar também seu potencial estético, por mais que já se tenham percebido os "limites" da obra e a impregnação de preconceitos e estereótipos[37].

Uma aparente contradição parece frequentemente perseguir a literatura. Sendo produzida em um contexto histórico determinado, ela traz inevitavelmente as marcas desse contexto, numa relação sempre dialética. Mas o discurso literário, por sua própria natureza, possui autonomia em relação ao contexto em que foi produzido. Em *A Carne*,

---

36. "Todos sabem que a arte e a literatura têm um forte componente sexual, mais ou menos aparente em grande parte de seus produtos. E que age, portanto, como excitante da imaginação erótica. Sendo assim, é paradoxal que uma sociedade como a cristã, baseada na repressão do sexo, tenha usado as obras literárias nas escolas, como instrumento educativo." Antonio Candido, "A Literatura e a Formação do Homem", *Ciência e Cultura* – Reunião Anual da SBPC, XXIV, São Paulo, setembro de 1972, pp. 810-811.

37. A respeito da constatação de aspectos conservadores de *A Carne*, recomenda-se a leitura do capítulo "*A Carne*: o Estereótipo e a Pulsão", em Marco Antônio Yonamine, *O Reverso Especular: Sexualidade e (Homo)Erotismo na Literatura Finissecular*, tese de doutorado, São Paulo, FFLCH – USP, 1997.

podem-se perceber claramente as vozes de seu tempo, nas crenças e concepções típicas da segunda metade do século XIX. Mas, ao mesmo tempo, o discurso convida o leitor a um processo de abertura do texto para uma fruição sempre renovada, que se presentifica, atualiza-se no ato mesmo da leitura. Enquanto material estético e simbólico, *A Carne* é obra que resiste ao tempo pela natureza lúdica do discurso. É claro que não se pretende executar aqui uma "revisão" estética do romance para que ele seja reabilitado. Nem se pretende condená-lo mais uma vez. O romance vale para que sejam notados os caminhos da representação do desejo erótico, caminhos que são também as vias de materialização do estético e do simbólico. Deve-se admitir que *A Carne* é obra – por que não dizer? – válida esteticamente. Válida em seu manancial simbólico e pela capacidade de revelar significados múltiplos.

Tal capacidade pode se atualizar a cada nova edição desse romance de "fama e infâmia", como esta que aqui se apresenta. Agora, é por sua conta, leitor.

Marcelo Bulhões

NOTA AO TEXTO

O texto da presente edição foi estabelecido tendo por base a primeira, publicada em 1888 pela Teixeira & Irmãos – Editores, São Paulo. Deve-se destacar que, nesse caso, tal opção adquire uma relevância suplementar. Ocorre que, com a fidelidade a essa primeira e histórica edição, estão sendo resgatados dois escritos de Júlio Ribeiro, "Glossário" e "Nota sobre Ortografia", os quais foram suprimidos da terceira edição (1902), deixando de fazer parte das que a partir de então se sucederam. Desse modo, *A Carne* ficou, durante um largo período de tempo, desprovida de dois materiais de "apoio linguístico" fornecidos pelo próprio autor. Resgatá-los e devolvê-los ao leitor é permitir que se note uma concepção muito própria do autor a respeito da literatura no contexto da prosa de ficção naturalista. Afinal, podemos lê-los não somente para elucidarmos fragmentos textuais do romance e conhecermos opções ortográficas do autor, mas enquanto sinal claro de postura didática, rigorosa, muito própria do professor, do gramático e, por que não dizer, do cientista Júlio Ribeiro. E, como se sabe, a poética naturalista, a partir de concepções firmes defendidas por Zola, preconiza a incorporação do rigor científico no interior da criação literária. Desse modo, entende-se que o escritor não está distante do cientista, do homem de "vasto saber" (eivado muitas vezes de preconceitos e estereótipos). Sob essa perspectiva, vê-se uma extraordinária coerência entre o texto da narrativa de ficção de *A Carne*, repleta de citações, explicações e digressões de caráter científico – proferidas não só pelo narrador mas também pelos protagonistas – e o desses textos elucidativos. Não seria demais dizer também que o narrador de *A Carne* parece ser uma projeção do autor do "Glossário" e da "Nota sobre Ortografia".

Por fim, devemos agradecer ao Prof. Ivan Teixeira, que, ao viabilizar o acesso à primeira edição de *A Carne*, chamou atenção para a integração essencial entre as partes expurgadas em 1902 e o cientificismo do romance e a forma mental de seu narrador.

Agradecemos, também, ao bibliógrafo Israel Souza Lima, pela generosa permissão de publicar, em primeira mão, o "Breve Histórico das Primeiras Edições de *A Carne*", que consta de sua *Bibliografia dos Patronos* da Academia Brasileira de Letras, em edição da própria ABL.

M. B.

JULIO RIBEIRO

A CARNE

For ever reading, never to be read.

POPE.

S. PAULO
TEIXEIRA § IRMÃO—EDITORES
RUA DE S. BENTO 26-A

1888

Página de rosto da primeira edição de *A Carne*.

Ao Príncipe do Naturismo

EMILIO ZOLA

Aos meus amigos
Luiz de Mattos, M. H. de Bittencourt, J.V. de Almeida e
Joaquim Elias;

ao distinto fisiólogo

DR. MIRANDA AZEVEDO
O. D. C

Julio Ribeiro

A, M. Emile Zola

Je ne suis téméraire, je n'ai pa la prévéntion de suivre vos traces; ce n'est pas prétendre suivre vos traces que d'écrire une pauvre étude tant soit peu naturaliste. On ne vous imite pas, on vous admire.

"Nous nous échauffons, dit Ovide, quand le dieu que vit en nous s'agite"[1]: eh bien! le tout petit dieu que vit en moi s'est agité, et j'ai écrit La Chair.

Ce n'est pas l'Assomoir, ce n'est pas la Curée, ce n'est pas la Terre; mais, diantre! une chandelle n'est pas le soleil et pourtant une chandelle éclaire.

Quoi qu'il en soit, voici mon oeuvre.

Agréerez-vous la dédicace que je vous en fais? Pourquoi pas? Les rois, quoique gorgés de richesses, ne dédaignent pas toujours les chéfits cadeaux des pauvres paysans.

---

1. Est Deus in nobis, agitante calescimus illo.

Permettez que je vous fasse mon hommage complet, lige, de serviteur féal en empruntant les paroles du poéte florenti:

Tu duca, tu signore, tu maestro.

St. Paul, le 25 janvier 1888.

JULES RIBEIRO*

[* Ao Sr. Émile Zola

Não sou temerário nem tenho a pretensão de seguir vossos passos; o fato de escrever um pobre estudo um tanto naturalista não significa que pretendo seguir vossos passos. Não tentamos imitar-vos, nós vos admiramos.

Nós nos animamos, diz Ovídio, quando o deus que vive em nós inquieta; pois bem, a inquietação do pequeníssimo deus que vive em mim fez-me escrever *A Carne*.

Não é L'Assomoir, não é La Curée, não é La Terre, mas, diacho!, uma vela não é sol, e no entanto uma vela ilumina.

Seja como for, eis aqui minha obra.

Aceitareis a dedicatória que vos faço dela? Por que não?

Os reis, embora amontoados de riquezas, nem sempre rejeitam desdenhosos os presentes pouco importantes dos pobres camponeses.

Permiti que eu torne minha homenagem completa, devotada, de servidor fiel tomando emprestadas as palavras do poeta florentino:

Tu duca, tu signore, tu maestro.

São Paulo, 25 de janeiro de 1888.

Júlio Ribeiro]

Capítulo I

O doutor Lopes Matoso não foi precisamente o que se pode chamar um homem feliz.

Aos dezoito anos de sua vida, quando apenas tinha completado o seu curso de preparatórios, perdeu pai e mãe com poucos meses de intervalo.

Ficou-lhe como tutor[1] um amigo da família, o coronel Barbosa, que o fez continuar com os estudos e formar-se em direito.

No dia seguinte ao da formatura, o honesto tutor passou-lhe a gerência da avultada fortuna que lhe coubera, dizendo:

— Está rico, menino, está formado, tem um bonito futuro diante de si. Agora é tratar de casar, de ter filhos, de galgar posição. Se eu tivesse filha você já tinha noiva; não tenho, procure-a você mesmo.

Lopes Matoso não gastou muito tempo em procurar: casou-se logo com uma prima de quem sempre gostara, e junto à qual viveu felicíssimo por espaço de dois anos.

Ao começar o terceiro, morreu a esposa, de parto, deixando-lhe uma filhinha.

Lopes Matoso vergou à força do golpe, mas, como homem forte que era, não se deixou abater de vez: reergueu-se e aceitou a nova ordem de coisas que lhe era imposta pela imparcialidade brutal da natureza.

Arranjou de modo seguro seus negócios, mudou-se para uma chácara que possuía perto da cidade, segregou-se dos amigos, e passou a repartir o tempo entre o manusear de bons livros e o cuidar da filha.

Esta, graças às qualidades da ama que lhe foi dada, cresceu sadia e robusta, tornando-se desde logo a vida, a nota alegre do eremitério que se constituíra Lopes Matoso.

Visitas de amigos raras tinha ele, porque mesmo não as acoroçoava: convivência de famílias não tinha nenhuma.

Leitura, escrita, gramática, aritmética, álgebra, geometria, geografia, história, francês, espanhol, natação, equitação, ginástica, música, em tudo isso Lopes Matoso exercitou a filha porque em tudo era perito: com ela leu os clássicos portugueses, os autores estrangeiros de melhor nota, e tudo quanto havia de mais seleto na literatura do tempo.

Aos quartoze anos Helena ou Lenita, como a chamavam, era uma rapariga desenvolvida, forte, de caráter formado e instrução acima do vulgar.

Lopes Matoso entendeu que era chegado o tempo de tornar a mudar de vida, e voltou para a cidade.

Lenita teve então ótimos professores de línguas e de ciências; estudou o italiano, o alemão, o inglês, o latim, o grego; fez cursos muito completos de matemáticas, de ciências físicas, e não se conservou estranha às mais complexas ciências sociológicas. Tudo lhe era fácil, nenhum campo parecia fechado a seu vasto talento.

Começou a aparecer, a distinguir-se na sociedade.

E não tinha nada de pretensiosa, *bas bleu*[2]: modesta, retraída mesmo, nos bailes, nas reuniões em que não de raro se achava, ela sabia rodear-se de uma como aura de simpatia, escondendo com arte infinita a sua imensa superioridade.

Quando, porém, algum bacharel formado de fresco, algum *touriste*[3] recém-vindo de Paris, ou de New York queria campar de sábio, queria fazer de oráculo em sua presença, então é que era vê-la. Com uma candura adoravelmente simulada, com um sorriso de desdenhosa bondade, ela enlaçava o pedante em uma rede de perguntas pérfidas, ia-o pouco a pouco estreitando em um círculo de ferro e, por fim, com o ar mais natural do mundo, obrigava-o a contradizer-se, reduzia-o ao mais vergonhoso silêncio.

Os pedidos de casamento sucediam-se: Lopes Matoso consultava a filha.

— É i-los despedindo, meu pai, respondia ela. Escusa que me consulte. Já sabe, eu não me quero casar.

— Mas, filha, olha que mais cedo ou mais tarde é preciso que o faças.

— Algum dia talvez, por enquanto não.

— Sabes que mais? estou quase convencido de que errei e muito na tua educação: dei-te conhecimentos acima da bitola comum e o resultado é ver-te isolada nas alturas a que te levantei. O homem fez-se para a mulher, e a mulher para o homem. O casamento é uma necessidade, já não digo social, mas fisiológica. Não achas, de certo, homem algum digno de ti?

— Não é por isso, é porque ainda não sinto a tal necessidade do casamento. Se eu a sentisse, casar-me-ia.

— Mesmo com um homem medíocre?

— De preferência com um homem medíocre. Os grandes homens em geral não são bons maridos. Demais, se os tais senhores grandes homens escolhem quase sempre mulher abaixo de si, porque eu que, na opinião de papai, sou mulher superior, não faria como eles, escolhendo marido que me fosse inferior?

– Sim, para teres uns filhos palermas...

– Os filhos puxariam por mim: a fisiologia genésica[4] ensina que a hereditariedade direta do gênio e do talento é mais comum da mãe para o filho.

– E do pai para a filha, não?

– De certo, e por isso é que eu sou o que sou.

– Lisonjeira!

– Lisonjeiro é papai que quer à fina força que eu seja moça prodígio, e tanto tem feito que até eu já começo acreditar. Voltando ao assunto, sobre casamento temos conversado, não falemos mais nisso.

E não falaram. Lopes Matoso ia despedindo os pretendentes com grandes afetações de mágoa – que a menina não queria casar, que era uma original, que ele bem a aconselhava, mas que era trabalho baldado, mil coisas enfim que suavizassem a repulsa.

Sempre no mesmo teor de vida chegou Lenita aos vinte e dois anos, quando um dia amanheceu Lopes Matoso a queixar-se de um mal-estar indescritível, de uma opressão fortíssima no peito. Sobreveio um acesso de tosse, e ele morreu de repente sem haver tempo de se chamar um médico, sem coisa nenhuma. Matara-o uma congestão pulmonar.

Lenita quase enlouqueceu de dor: o imprevisto do sucesso, o vácuo súbito e terrível que se fez em torno dela, a superioridade e cultura do seu espírito que refugia a consolações banais, tudo contribuía para acendrar-lhe o sofrimento.

Dias e dias passou a infeliz moça sem sair do quarto, recusando-se a receber visitas, tomando inconscientemente, a instâncias dos fâmulos[5], algum ligeiro alimento.

Por fim reagiu contra a dor: pálida, muito pálida nas suas roupas de luto, ela apareceu aos amigos do pai, recebeu os pêsames fastidiosos do estilo, procurou por todos os meios afazer-se à vida solitária que se lhe abria, vida tristíssima, erma de afetos, povoada de lembranças dolorosas. Tratou de dar direção conveniente aos negócios da casa, e escreveu ao coronel Barbosa, avisando-o de que se retirava temporariamente para a fazenda dele.

Os negócios da casa nenhuma dificuldade ofereciam: a fortuna de Lopes Matoso estava quase toda em apólices e ações de estradas de ferro. Sendo Lenita, como era, filha única, não havia inventário, não havia delonga alguma judicial.

A resposta do coronel Barbosa não se fez esperar – que fosse, que fosse quanto antes; que sua velha esposa entrevada folgara doidamente com a notícia de ir ter junto de si uma moça, uma companheira nova; que com eles só morava um filho único, homem já maduro, casado, mas desde muito separado da mulher, caçador, esquisitão, metido consigo e com os seus livros; enfim que se não demorasse com aprontações, que atabulasse[6], e que marcasse o dia para ele a ir buscar.

Uma semana depois estava Lenita instalada na fazenda do velho tutor de seu pai: tinha levado consigo o seu piano, alguns bronzes artísticos, alguns *bibelots*[7] curiosos e muitos livros.

Capítulo II

Pior do que na cidade, horrível foi a princípio o isolamento de Lenita na fazenda.

A velha octogenária, além de entrevada[1], era muito surda. O coronel Barbosa, pouco mais moço do que a mulher, sofria de reumatismo, e, às vezes, passava dias e dias metido na cama. O filho, o divorciado, estava caçando havia meses no Paranapanema.

O trabalho da fazenda era dirigido por um administrador caboclo, homem afável, mas ignorantíssimo sobre tudo o que não dizia com a lavoura.

Lenita comia quase sempre só na vastíssima varanda; depois de almoçar ou de jantar ia conversar com o coronel, e fazia esforços incríveis para conseguir fazer-se ouvir da velha que, resignada e risonha, aumentava com a mão trêmula a concha da orelha para apanhar as palavras.

Tal entretenimento cansava a moça, e ela recolhia-se logo aos seus cômodos para ler, para procurar distrair-se.

Tomava um livro, deixava; tomava outro, deixava; era impossível a leitura.

Apertava-lhe, constringia-lhe o ânimo a lembrança do pai. E tudo lhe fazia lembrar – uma passagem marcada a unha em um livro, uma folha dobrada em outro.

Saía, ia de novo conversar, tornava a voltar, tornava a sair, era um inferno.

A mulher do administrador, carinhosa já por índole, recebera do patrão recomendações especiais a respeito de Lenita.

A todo o momento eram copos de leite quente, copos de garapa, café, doces, frutas.

Lenita ora recusava, ora aceitava uma ou outra coisa, indiferentemente, só por comprazer à boa mulher.

O coronel Barbosa dera a Lenita uma sala independente, um quarto amplo com duas janelas, e uma alcova; pusera-lhe às ordens, para seu serviço especial, uma mulatinha esperta, de alta trunfa[2] e cor deslavada, e também um molecote acaboclado, risonho, de dentes muito brancos.

Lenita, por vezes, passava horas e horas à janela, contemplando as dependências da fazenda.

Estava esta a meia encosta de um outeiro[3] a cuja fralda corria um ribeirão. Em frente estendia-se o grande pasto. A monotonia de verdura clara era quebrada aqui e ali pelo sombrio da folhagem basta de alguns paus-d'alho, deixados propositalmente para sombra, e pelo amarelo sujo das reboleiras de sapé. Ao fundo, de um lado, em corte brusco, a mata virgem, escura, acentuada, maciça quase, confundindo em um só tom mil cores diversíssimas; de outro em colinas suaves, o verde-claro alegre e uniforme dos canaviais agitados sempre pelo vento; mais além, os cafezais alinhados, regulares, contínuos, como um tapete crespo, verde-negro, estendido pelo dorso da morraria. Em um ou outro ponto, a terra roxa de pedra de ferro, desnudada, punha uma nota estrídula[4] de vermelho-escuro, de sangue coagulado.

E sobre tudo isso, azul, diáfano, puro, cetinoso, recurvava-se o céu em uma festa de luz branca, vivificante, mordente...

Quando se embruscava[5] o tempo a paisagem mudava: o céu pardacento, carregado de nuvens plúmbeas[6], como que se abaixava, como que queria afogar a terra. O revestimento verde perdia o brilho, empanava-se, amortecia em um desfalecimento úmido.

Lenita deu em sair, em passear pelas cercanias, ora a pé, acompanhada pela mulata, ora a cavalo, seguida pelo rapazinho.

Mas o exercício, a pureza do ar, a liberdade do viver da roça, nada lhe aproveitou.

Uma languidez[7] crescente, um esgotamento de forças, uma prostração quase completa ia-se apoderando de todo o seu ser: não lia, o piano conservava-se mudo.

Com a morte do pai, parecia ter-se-lhe transformado a natureza: já não era forte, já não era viril como em outros tempos. Tinha medo de ficar só, tinha terrores súbitos.

Ia para o quarto da entrevada, recostava-se em uma cadeira preguiçosa, e aí se deixava ficar quieta horas e horas, mal respondendo às perguntas solícitas do coronel.

Quando voltava para os seus aposentos, tomada em caminho por um pavor inexplicável, agarrava-se trêmula à mulata.

Não podia comer, tinha um fastio desolador, cortado por desejos violentos de coisas salgadas, de coisas extravagantes.

Sobrevieram-lhe salivações constantes, vômitos biliosos quase incoercíveis.

Uma manhã não se pôde levantar.

Acudiram apressados o coronel e a mulher do administrador; abeiraram-se do leito, instando com a enferma para que tomasse um chá de erva-cidreira, um remédio qualquer caseiro, enquanto não vinha o médico que se tinha mandado chamar a toda a pressa.

Quando este chegou estava Lenita abatidíssima: emaciada[8], lívida, com os olhos afundados em uma auréola cor de bistre[9], comprimia o peito, estertorava[10] sufocada. Uma como bola subia-lhe do estômago, chegava-lhe à garganta, estrangulava-a. No alto da cabeça, um pouco para a esquerda, tinha uma dor circunscrita, fixa, lancinante, atroz: era como se um prego aí estivesse cravado.

E seu sistema nervoso estava irritadíssimo: o mais ligeiro ruído, o jogo de luz produzido pelo abrir da porta arrancava-lhe gritos.

O doutor Guimarães, médico já velho, de fisionomia inteligente e bondosa, aproximou-se da cama, examinou a enferma detidamente, em silêncio, sem tomar-lhe o pulso, sem incomodá-la na mínima coisa, baixando-se muito, com as mãos cruzadas nas costas, para ouvir-lhe a respiração, para escutar-lhe os gemidos, para atentar-lhe nas contrações da face.

– Quando começou isto, coronel? perguntou.

– Doente tem ela estado desde que aqui chegou, mas assim, ruim, é só hoje.

– Sufoco! acudam-me! gritou de repente Lenita e, revolvendo-se, escoucinhando[11], dilacerava a camisa com as mãos ambas, arranhava o peito. Um rubor súbito, vivíssimo, colorira-lhe o rosto, brilhavam-lhe os olhos de modo insólito.

– Sei o que isto é, disse o médico; tenho pela frente um conhecido velho, não me dá cuidado, volto já.

E saiu.

Poucos minutos depois reapareceu, trazendo uma seringuinha de Pravaz[12].

– Dê-me o braço, minha senhora; vou fazer-lhe uma injeção, e verá como daqui a pouco nada mais há de sentir.

Lenita estendeu a custo o braço nu, e o doutor, tomando-o, pôs-se a beliscá-lo morosamente, demoradamente, em um lugar só, na altura do *bíceps*[13]; depois segurando a parte malaxada[14] entre o dedo índice e o polegar da mão esquerda, com a direita fez penetrar por baixo da pele a agulha do instrumento e, calcando no cabo do pistão injetou todo o conteúdo do tubo de vidro.

Lenita, apesar de seu estado de irritabilidade nervosa, nem pareceu sentir.

O efeito foi pronto. Dentro de pouco tempo as faces descoraram, cessaram as crispações[15] nervosas dos membros, cerraram-se os olhos, e um suspiro de alívio intumesceu-lhe[16] o peito.

Adormeceu.

– Deixemo-la assim, disse o médico, deixemo-la dormir, quando acordar estará boa. Todavia vou receitar: não dispenso para estes casos o meu bromureto de potássio.

E saíram nos bicos dos pés. Junto de Lenita ficou a mulher do administrador.

Capítulo III

Realizou-se o prognóstico do médico.

Lenita, após um comprido sono, acordou calma, com os nervos sossegados, com os músculos distendidos, soltos. Mas estava abatida, mole, queixava-se de peso na cabeça, de grande cansaço. Passou dois dias na cama, e só ao terceiro pôde levantar-se.

O apetite foi voltando aos poucos, e suas refeições foram sendo tomadas com prazer, a horas regulares.

Podia-se dizer que entrara em convalescença do cataclismo orgânico produzido pela morte do pai.

E Lenita sentia-se outra, femininizava-se. Não tinha mais gostos viris de outros tempos, perdera a sede de ciência: de entre os livros que trouxera procurava os mais sentimentais. Releu *Paulo* e *Virgínia*[1], o livro quarto da *Eneida*[2] o sétimo do *Telêmaco*[3]. A fome picaresca de *Lazarilho de Tormes*[4] fê-la chorar

Tinha uma vontade esquisita de dedicar-se a quem quer que fosse, de sofrer por um doente, por um inválido. Por vezes lembrou-lhe que, se casasse, teria filhos, criancinhas que dependessem de seus carinhos, de sua solicitude, de seu leite. E achava possível o casamento.

A imagem do pai ia-se esbatendo em uma penumbra de saudade que ainda era dolorosa, mas que já tinha encanto.

Passava horas e horas junto da entrevada, conversava com o coronel, por vezes ria.

— Isto vai melhor, muito melhor, dizia o bom do homem. É pôr-se você por aí alegre, filhinha. O mundo é assim mesmo: o que não tem remédio remediado está.

Uma tarde, achando-se só em sua sala, Lenita sentiu-se tomada de uma languidez deliciosa, sentou-se na rede, fechou os olhos e entregou-se à modorra[5] branda que produzia o balanço.

Em frente, sobre um consolo, entre outros bronzes que trouxera, estava uma das reduções célebres de Barbedienne[6], a da estátua de Agasias, conhecida pelo nome de *Gladiador Borghese*[7].

Um raio mortiço de sol poente, entrando por uma frincha da janela, dava de chapa na estátua, afogueava-a, como que fazia correr sangue e vida no bronze mate.

Lenita abriu os olhos. Atraiu-lhe as vistas o brilho suave do metal ferido pela luz.

Ergueu-se, acercou-se da mesa, fitou com atenção a estátua: aqueles braços, aquelas pernas, aqueles músculos ressaltantes, aqueles tendões retesados, aquela virilidade, aquela robustez, impressionaram-na de modo estranho.

Dezenas de vezes tinha ela estudado e admirado esse primor anatômico em todas as suas minudências cruas, em todos os nadas que constituem a perfeição artística, e nunca experimentara o que então experimentava.

A cerviz[8] taurina, os bíceps encaroçados, o tórax largo, o pélvis estreito, os pontos retraídos das inserções mus-

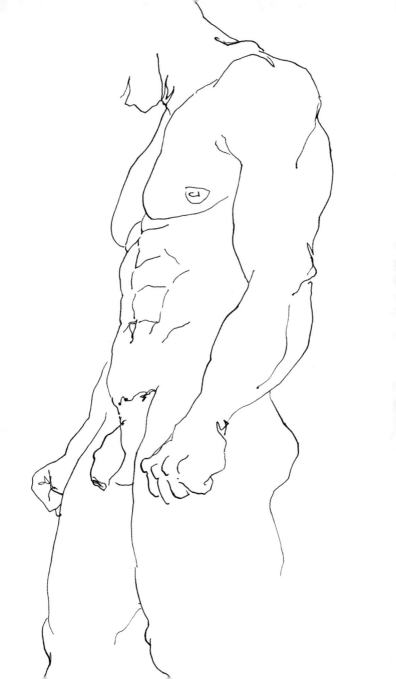

culares da estátua, tudo parecia corresponder a um ideal plástico que lhe vivera sempre latente no intelecto, e que despertava naquele momento, revelando brutalmente a sua presença.

Lenita não se podia arredar, estava presa, estava fascinada.

Sentia-se fraca e orgulhava-se de sua fraqueza. Atormentava-a um desejo de coisas desconhecidas, indefinido, vago, mas imperioso, mordente. Antolhava-se-lhe que havia de ter gozo infinito se toda a força do gladiador se desencadeasse contra ela, pisando-a, machucando-a, triturando-a, fazendo-a pedaços.

E tinha ímpetos de comer de beijos as formas masculinas, estereotipadas no bronze. Queria abraçar-se, queria fundir-se com elas. De repente corou até à raiz dos cabelos.

Em um momento, por uma como intuspecção[9] súbita, aprendera mais sobre si própria do que em todos os seus longos estudos de fisiologia. Conhecera que ela, a mulher superior, apesar de sua poderosa mentalidade, com toda a sua ciência, não passava, na espécie, de uma simples fêmea, e que o que sentia era o desejo, era a necessidade orgânica do macho.

Invadiu-a um desalento imenso, um nojo invencível de si própria.

Robustecer o intelecto desde o desabrochar da razão, perscrutar com paciência, aturadamente, de dia, de noite, a todas as horas, quase todos departamentos do saber humano, habituar o cérebro a demorar-se sem fadiga na análise sutil dos mais abstrusos[10] problemas da matemática transcendental, e cair de repente, como os arcanjos de Milton[11], do alto do céu no lodo da terra, sentir-se ferida pelo aguilhão[12] da *carne*, espolinhar-se[13] nas concupiscências[14] do cio, como uma negra boçal, como uma cabra, como um animal qualquer... era a suprema humilhação.

Fez um esforço enorme, arrancou-se do feitiço que a dementava, e, vacilante, encostando-se aos móveis e às paredes, recolheu-se ao seu quarto, fechou com dificuldade as janelas, atirou-se vestida sobre a cama.

Jazeu imóvel largo espaço.

Uma umidade morna, que se lhe ia estendendo por entre as coxas, fê-la erguer-se de súbito, em reação violenta contra a modorra que a prostrara.

Com movimentos sacudidos, nervosos, atirou o xale, desabotoou rápida o corpete, arrebentou os coses da saia preta e das anáguas, ficou em camisa.

Uma larga mancha vermelha, rútila, viva, maculava a alvura da cambraia.

Era a onda catamenial, o fluxo sanguíneo da fecundidade que ressumava de seus flancos robustos como da uva esmagada jorra o mosto[15] rubejante.

Mais de cem vezes já a natureza se tinha assim nela manifestado, e nunca lhe causara o que ela então estava sentindo.

Quando aos quatorze anos, após um dia de quebramento e cansaço, se mostrara o fenômeno pela vez primeira, ela ficara louca de terror, acreditara-se ferida de morte, e, com a impudicícia[16] da inocência correra em gritos para o pai, contara-lhe tudo.

Lopes Matoso procurara sossegá-la – que não era nada; que isso se dava com todas as mulheres; que evitasse molhadelas, sol, sereno, que dentro de três dias, ou de cinco ao mais tardar, havia de estar boa, que se não assustasse da repetição todos os meses.

Com o tempo, os livros de fisiologia acabaram de a edificar; em Puss aprendera que a menstruação é uma muda epitelial do útero, conjunta por simpatia com a ovulação, e que o terrorífero e caluniado corrimento é apenas uma consequência natural dessa muda.

Resignara-se, afizera-se a mais essa imposição do organismo, assim como já estava afeita a outras. Somente, para estudo de si própria, começara de marcar, com estigmas de lápis vermelho, em calendariozinhos de algibeira[17], as datas dos aparecimentos.

Anoiteceu.

A mulata a veio chamar para a ceia. Encontrou-a deitada, encolhida, aconchegando-se nas roupas.

Perguntou-lhe se estava doente: ao saber que efetivamente o estava, saiu, avisou o senhor, trouxe as suas cobertas e travesseiros, arranjou uma cama no tapete, ao pé do leito, quedou-se solícita para o que fosse preciso.

O coronel, cheio de cuidados, veio à porta do quarto interrogar à Lenita.

— Que não era nada, respondeu ela, que aquilo não passava de uma indisposição sem consequências, que havia de acordar boa no dia seguinte.

— Menina, você sabe que agora seu pai sou eu. Se precisar de alguma coisa, franquezinha, mande-me chamar a qualquer hora, não receie me incomodar. A pobre da velha lá está aflita, amaldiçoando o tolhimento que a faz não prestar para nada. Não quererá você um chá de salva[18], um pouco de vinho quente?

— Obrigada, não quero coisa nenhuma.

— Bem, bem, já a deixo em paz. Até amanhã. Procure dormir.

E saiu.

Lenita adormeceu. A princípio foi um dormitar interrompido, irrequieto, cortado de pequenos gritos. Depois apoderou-se dela um como langor[19], um êxtase que não era bem vigília, e que não era bem sono. Sonhou ou antes viu que o gladiador avolumava-se na sua peanha[20], tomava estatura de homem, abaixava os braços, endireitava-se, descia, caminhava para o seu leito, parava à beira, contemplando-a detidamente, amorosamente.

E Lenita rolava com delícias no eflúvio magnético do seu olhar, como na água deliciosa de um banho tépido.

Tremores súbitos percorriam os membros da moça; seus pelos todos hispidavam-se[21] em uma irritação mordente e lasciva, dolorosa e cheia de gozo.

O gladiador estendeu o braço esquerdo, apoiou-se na cama, sentou-se a meio, ergueu as cobertas, e sempre a fitá-la, risonho, fascinador, foi-se recostando suave até que se deitou de todo, tocando-lhe o corpo com a nudez provocadora de suas formas viris.

O contato não era o contato frio e duro de uma estátua de bronze: era o contato quente e macio de um homem vivo.

E a esse contato apoderou-se de Lenita um sentimento indefinível; era receio e desejo, temor e volúpia a um tempo. Queria, mas tinha medo.

Colaram-se-lhe nos lábios os lábios do gladiador, seus braços fortes enlaçaram-na, seu amplo peito cobriu-lhe o seio delicado.

Lenita ofegava em estremeções de prazer, mas de prazer incompleto, falho, torturante. Abraçando o fantasma de sua alucinação, ela revolvia-se como uma besta-fera no ardor do cio. A tonicidade[22] nervosa, o eretismo[23], o orgasmo, manifestava-se em tudo, no palpitar dos lábios túmidos, nos bicos dos seios cupidamente retesados.

Em uma convulsão desmaiou.

Capítulo IV

Lenita voltava à saúde a vista de olhos.

Levantava-se cedo, tomava um copo de leite quente, dava um passeio pelo campo, almoçava com apetite, depois do almoço sentava-se ao piano, tocava com brio peças marciais, alegres, movimentadas, de ritmo sacudido.

Ia ao pomar, comia frutas, trepava em árvores.

Jantava, ceava, deitava-se logo depois da ceia, levava a noite de um sono.

Tornara-se garrida[1]: mirava-se muito ao espelho, cuidava com impertinência do alinho do vestir, ornava os cabelos que eram muito pretos, com flores de cor muito viva.

Abusava de perfumes; a sua roupa branca rescendia a vetiver, a sândalo, a ixora, a *peau d'Espagne*[2].

Corria, saltava, fazia longas excursões a cavalo, quase sempre a galope, estimulando o animal com o chicotinho, com o chapéu, de faces rubras, brilhantes os olhos, cabelos soltos ao vento.

Caçava.

Um dia calmoso, depois do almoço, tomou uma espingardinha Galand de que habitualmente usava, atravessou o pasto, enfiou por um carreadouro[3] sombrio, através de um vasto trato de mata virgem.

Seguiu distraída, em cisma, avançou muito, foi longe.

De repente prendeu-lhe a atenção um murmurejar de águas, doce, monótono, à esquerda.

Tinha sede, teve desejo de beber, tomou para lá, seguindo uma trilha estreita.

Parou assombrada ante o cenário majestoso que a pouca distância se lhe adregou[4].

No fundo de uma barroca[5] muito vasta erguia-se um paredão de pedra negra, musgoso, talhado a pique: por sobre ele atirava-se um jorro de água que ia formar no talvegue[6] da barroca um lagozinho manso, profundo, cristalino.

Escapando por sobre o açude natural que fechava a barroca pelo lado de baixo, derivava-se a água, sonorosa, fugitiva.

No espelho calmo do lago refletia-se a vegetação luxuriante que o emoldurava.

Perovas gigantescas de fronte escura e casca rugosa; jequitibás seculares, esparramando no azul do céu a expansão verde de suas copadas alegres; figueiras brancas de raízes chatas, protraídas[7] a estender ao longe, horizontalmente, os galhos desconformes como grandes membros humanos aleijados; canchins de folhas espinhentas, a destilar pelas fibras do córtex vermelho-escuro um leite cáustico, venenoso; guaratãs esbeltos, lisos no tronco, muito elevados; taiuvas claras; paus-de--alho verde-negros, viçosíssimos, fétidos; guaiapás perigosos abrolhados em acúleos[8] lancinantes e peçonhentos; mil lianas, mil trepadeiras, mil orquídeas diversas, de flores roxas, amarelas, azuis, escarlates, brancas, – tudo isso se confundia em uma massa matizada, em uma orgia de verdura, em um deboche de cores cruas que excedia, que fatigava a imaginação. O sol, dardejando feixes luminosos por entre a folhagem, mosquea-va[9] o solo pardo de reflexos verdejantes.

Insetos multicores esvoaçavam zumbindo, sussurrando. Um sorocoá bronzeado soltava de uma caneleira seu sibilo intercadente.

Uma exalação capitosa[10] subia da terra, casava-se estranhamente à essência sutil que se desprendia das orquídeas fragrantes: era um misto de perfume suavíssimo e de cheiro áspero de raízes de seiva, que relaxava os nervos, que adormecia o cérebro.

Lenita hauriu[11] a sorvos[12] largos esse ambiente embriagador, deixou-se vencer dos amavios da floresta.

Apoderou-se dela um desejo ardente, irresistível de banhar-se nessa água fresca, de perturbar esse lago calmo.

Circunvolveu os olhos, perscrutou[13] toda a roda, a ver se alguém a poderia estar espreitando.

– Tolice! pensou, o coronel não sai, o administrador e os escravos estão no serviço, no cafezal, não há ninguém de fora na fazenda. Demais, nem isto é caminho. Estou só, absolutamente só.

Depôs a espingarda e junto dela o chapéu de palha, de abas largas que a protegia nesses passeios; começou a despir-se.

Tirou o paletozinho, o corpete espartilhado, depois a saia preta, as anáguas.

Em camisa, baixou a cabeça, levou as mãos à nuca para prender as tranças e, enquanto o fazia, remirava complacente, no cabeção[14] alvo, os seios erguidos, duros, cetinados, betados[15] aqui e ali de uma veiazinha azul.

E aspirava com delícias, por entre os perfumes da mata, o odor de si própria, o cheiro bom de mulher moça que se exalava do busto.

Sentou-se, cruzou as pernas, desatou os cordões dos borzeguins[16] Clark, tirou as meias, afagou carinhosamente, demoradamente, os pezinhos breves em que se estampara o tecido fino do fio de Escócia. Ergueu-se, soltou as anáguas, retorceu-se um pouco, deixou cair a camisa. A cambraia achatou-se em dobras moles, envolvendo-lhe os pés.

Era uma formosa mulher.

Moreno-clara, alta, muito bem lançada, tinha braços e pernas roliças, musculosas, punhos e tornozelos finos, mãos e pés aristocraticamente perfeitos, terminados por unhas róseas, muito polidas. Por sob os seios rijos, protraídos, afinava-se o corpo na cintura para alargar-se em uns quadris amplos, para arredondar-se de leve em um ventre firme, ensombrado inferiormente por velo[17] escuro abundantíssimo. Os cabelos pretos com reflexos azulados caíam em franjinhas curtas sobre a testa, indo frisar-se lascivamente na nuca. O pescoço era proporcionado, forte, a cabeça pequena, os olhos negros vivos, o nariz direito, os lábios rubros, os dentes alvíssimos, na face esquerda tinha um sinalzinho de nascença, uma pintinha muito escura, muito redonda.

Lenita contemplava-se com amor próprio satisfeito, embevecida, louca de sua carne. Olhou-se, olhou para o lago, olhou para a selva, como reunindo tudo para formar um quadro, uma síntese.

Acocorou-se faceiramente, assentou a nádega direita sobre o calcanhar direito, cruzou os braços sobre o joelho esquerdo erguido, lembrando, reproduzindo a posição conhecida da estátua de Salona, da *Venus Accroupie*[18].

Esteve, esteve assim muito tempo: de repente deu um salto, atufou-se[19] na água, surgiu, começou a nadar.

O lago era profundo, mas estreito. Lenita ia e vinha, de uma margem para a outra, do paredão ao açude, do açude ao paredão. Passava por sob o jorro e dava gritos de prazer e de susto ao choque duro da massa líquida sobre o seu dorso acetinado.

Virava de costas e deixava-se boiar, com as pernas estendidas, com o ventre para o céu, com os braços alargados, movendo as mãos abertas, vagarosamente, por baixo da água.

Voltava-se e recomeçava a nadar, rápida como uma flecha.

Um calafrio avisou-a de que era tempo de sair da água.

Saiu com o corpo arrepiado, gélido, a tiritar[20]. Quedou-se ao sol, em uma aberta, esperando a reação do calor, soltando, torcendo, sacudindo os cabelos. De seu corpo desprendia-se um vaporzinho sutil, uma aura tênue, que a envolvia toda.

O calor do sol e o seu próprio calor enxugaram-na de pronto. Vestiu-se, espalhou pelas costas os cabelo ainda molhados, pôs o chapéu, tomou a espingarda, e partiu para casa, a correr, trauteando[21] um trecho dos *Sinos de Corneville*[22].

— Oh! meus pecados! gritou o coronel ao vê-la chegar, alegre, risonha, com os cabelos úmidos. Pois não é esta louquinha que se foi banhar no poço do paredão! Aquilo é água gelada... Com certeza pilhou um formidável resfriamento!

— O que eu pilhei foi um formidável apetite: hoje ao jantar hei de comer por quatro.

— Ó moleque, anda, vai, traze conhaque lá de dentro, depressa.

— O coronel vai beber conhaque?

— Você vai beber conhaque.

— Nunca provei tal coisa.

— Pois agora há de prová-la, é o único meio de fazermos as pazes.

Veio o conhaque, um conhaque genuíno, velho, de 1848. Lenita bebeu um calicezinho, tossiu, lagrimejaram-lhe os olhos, achou forte mas gostou; repetiu.

Capítulo V

Chegara o dia de principiar a moagem.

Já de véspera tinham os negros andado em uma faina[1] a varrer a casa no engenho, a lavar os cochos e as bicas, a arear, a polir as caldeiras e o alambique, com grandes gastos de limão e cinza.

Mal amanhecera entrou-se a ver no canavial fronteiro uma fita estreita de emurchecimento que aumentava, que avançava gradualmente no sentido da largura. Era o corte que começara. As roupas brancas de algodão, as saias azuis das pretas, as camisas de baeta[2] vermelha dos pretos punham notas vivas, picantes, naquele oceano de verdura clara, agitadas por lufadas de vento quente.

No casarão do engenho, varrido, asseado, quatro caldeiras e o alambique de cobre vermelho reverberavam polidos, refletindo à luz crua que entrava pelas largas frestas. As fornalhas afundavam-se lôbregas[3], escancarando as grandes bocas gulosas.

A água, ainda presa na calha, espirrava pelas juntas da comporta sobre as línguas da roda, em filetes cristalinos. As moendas brilhavam limpas, e os eixos e endentações luziam negros de graxa. Compridos cochos e vasta resfriadeira abriam os bojos amplos, absorvendo a luz no pardo fosco da madeira muito lavada.

Ao longe, quase indistinto a princípio, mas progressivamente acentuado, fez-se ouvir um chiar agudo, contínuo, monótono, irritante. Nuvens amareladas de pó ergueram-se do caminho largo do canavial. A crioulada reunida em frente ao engenho levantou uma gritaria infrene[4], tripudiando de júbilo.

Eram os primeiros carros de canas que chegavam.

Arrastados pesadamente por morosos mas robustos bois de grandes aspas[5], avançavam os ronceiros veículos estalando, gemendo, sob a carga enorme de grossas e compridas canas, riscadas de verde e roxo.

Carreiros negros, altos, espadaúdos, cingidos na altura dos rins por um tirador de couro cru, estimulavam, dirigiam os ruminantes com longas aguilhadas[6], com brados estentóricos[7]:

— Eia, Lavarinto! Fasta, Ramalhete! Ruma, Barroso!

Os carros entraram no compartimento das moendas. Negros ágeis saltaram para cima deles, a descarregar. Em um momento empilharam-se as canas, de pé, atadas em feixe com as próprias folhas.

Fez-se fogo na fornalha das caldeiras, abriu-se a comporta da calha, a água despenhou-se em queda violenta sobre as línguas da roda, esta começou de mover-se lenta a princípio, depois acelerada.

Cortando os atilhos[8] de um feixe a golpes rápidos de facão, o negro moedor entregou as primeiras canas, ao revolver dos cilindros. Ouviu-se um estalejar de fibras esmagadas, o bagaço vomitado picou de branco o desvão escuro em que giravam as moendas, a garapa principiou a correr pela bica em jorro farto, verdejante. Após pequeno trajeto foi cair no cocho grande, marulhosa, gorgolante[9], com grande espumarada resistente.

Os negros banqueiros[10], empunhando espumadeiras de compridos cabos, tomaram lugar junto às caldeiras.

Levada por uma bica volante, a garapa encheu-os em um átimo[11]. A fornalha esbraseou-se, escandesceu, irradiando um calor doce por toda a vasta quadra. As espumadeiras destras atiravam ao ar em louras espadanas o melaço fumegante, que tornava a cair nas caldeiras, refervendo, aos gorgolões.

Dominava no ambiente um aroma suave, sacarino[12], cortado a espaços por uma lufada tépida[13] de cheiro humano áspero, de catinga sufocante exalada dos negros em suor.

O coronel gostava da lavoura de cana; vencendo o seu reumatismo, passava os dias da moagem sentado em um banco de cabriúva[14] alto, largo, fixo entre duas janelas, a distância razoável das caldeiras. Dirigia o trabalho, tomando o ponto ao melaço em um tachinho de cobre muito limpo, muito areado, remexendo com uma pá o açúcar na esfriadeira, quando este, transvazado[15] a reminhóis[16] por uma bica volante especial, aí parava, coalhando-se por cima em crosta amarela, quebradiça.

Lenita não saía do engenho; tudo queria ela saber, de tudo se informava.

O coronel passava por verdadeiros interrogatórios – quais os meses do plantio da cana; que tempo levava esta na terra até ficar pronta para o corte; quando e quantas vezes devia ser carpida; como se cortava; que era *baixar*, que era *levantar* o podão[17]; quais os sinais de maturidade; como se conhecia a cana *passada*; que era *carimar*; porque tinha menos viço e mais doçura a cana de terra safada; como se plantavam as pontas.

Entrava em detalhes de lavoura, tomava notas; sabia que um alqueire agrário paulista tem cem braças por cinquenta; que a quarta parte dessa área, em relação à lavoura de canas, chama-se *quartel*; que um quartel de terra própria, em anos favoráveis, dá de quarenta a cinquenta carros de canas; que um carro de canas boas produz cinco arrobas de açúcar; que o açúcar sem barro, mascavo, faz mais conta em comércio do que o açúcar com barro, alvo; que o barro é suprido com vantagem pelo estrume bovino.

Subia ao tendal[18], contava as fôrmas, duas em cada pau; computava o produto em açúcar das quatro *tarefas* de cada dia; calculava o que haviam de produzir, em aguardente, os resíduos, a espuma, o mel; avaliava a capacidade dos caixões, dos estanques, dos vasos de tanoa de grande arqueação; punha-se ao fato dos preços; comparava os do ano corrente com os dos nove anos anteriores do decênio; generalizava, induzia, chegava a conclusões positivas sobre a renda do município em futuro próximo, dada mesmo a eliminação do fator servil.

O coronel admirava-a. Um dia disse-lhe:

– Com uma mulher como você é que eu devia ter casado. Pobre eu não sou, mas estaria podre de rico se a tivesse tido para minha administradeira desde os meus princípios. Inda se eu tivesse um filho ou um neto da sua idade para se casar com você...

– Por falar em filho, quando vem o seu que está em Paranapanema? perguntou Lenita.

– Eu sei lá? Aquilo é um esquisitão, sempre foi. Mete-se com os livros e fica meses e meses sem sair de casa, e até às vezes sem sair do quarto. De repente vira-lhe a mareta[19], e lá se vai ele para o sertão, põe-se a caçar e adeus! não se lembra mais de nada.

– É casado, parece-me ter ouvido dizer.

— Desgraçadamente.

— Onde está a mulher?

— Na terra dela, em França.

— Com que, então, é francesa?

— É, ele casou-se por extravagância em Paris: no fim de um ano nem ele podia suportar a mulher, nem ela a ele. Separaram-se.

— Não sabia que seu filho tinha estado na Europa.

— Esteve, esteve lá dez anos: quando voltou até já falava mal o português.

— Em que países esteve?

— Um pouco em toda a parte: esteve na Itália, na Áustria, na Alemanha, em França. Na Inglaterra foi que parou mais tempo: demorou-se lá, aprendendo com um tipão que afirma que nós somos macacos.

— Darwin?[20]

— Exatamente.

— Então seu filho é homem muito instruído?

— É: fala umas poucas línguas, e conhece bastantes ciências. Sabe até medicina.

— Deve ser muito agradável a sua companhia.

— Há ocasiões em que de fato, há outras em que nem o diabo o pode aturar. Está então com uma coisa que ele chama em inglês… um nome arrevesado.

— *Blue devils*?[21]

— Há de ser isso. Então você também pesca um pouco da língua dos bifes.

— Falo inglês sofrivelmente.

— Bem bom, quando Manduca vier e estiverem de veneta, temperarão língua para matar o tempo.

— Estimarei muito ter ocasião de praticar.

E Lenita daí em diante pensou sempre, mesmo a seu pesar, nesse homem excêntrico que, tendo vivido por largo espaço entre os esplendores do mundo antigo, a ouvir os corifeus da ciência, a estudar de perto as mais subidas manifestações do espírito humano; que, tendo desposado por amor, de certo, uma das primeiras mulheres do mundo, uma parisiense, se deixara vencer de tédio a ponto de se vir encafuar[22] em uma fazenda remota do oeste da província de São Paulo, e que, como isso lhe não bastasse, lá ia para o sertão desconhecido a caçar animais ferozes, a conviver com bugres bravos.

Sabia que era homem de quarenta e tantos anos, pouco mais moço do que lhe morrera o pai. Figurava-o em uma virilidade robusta que, se já não era mocidade, ainda não era velhice; emprestava-lhe uma plástica fortíssima, atlética, a do torso do Belvedere[23]; dava-lhe uns olhos negros, imperiosos, profundos, dominadores. Ansiava por que lhe chegasse a notícia de que ele vinha vindo, de que já tinha pedido os animais para transportar-se da estação à fazenda.

E continuava na sua alegria progressiva: a saudade do pai já não era dolorosa, era apenas melancólica.

Bebia garapa, mas preferia-a picada. Gostava muito de chupar canas: que era melhor do que garapa, dizia; que a cana descascada, torneada a canivete, triturada pelos dentes tinha um frescor, uma doçura especial, que o esmagamento pelas moendas lhe tirava.

Detestava o *furu-furu*[24], mas em compensação adorava o *ponto*[25], o *puxa-puxa*[26]. Quando o melaço começava na resfria-deira a engrossar, a cobrir-se de espuma amarela, ela corria-lhe o índice da mão direita pela superfície quente, tirava uma dedada grande, lambia-a com prazer dando estalinhos com a boca, fechando os olhos. Um dia um preto que tinha a seu cargo guiar a carroça de bagaço para o bagaceiro, e que trazia ao pé esquerdo uma grande pega[27] de ferro, falou-lhe:

– Sinhá, olhe como está esta perna; está toda ferida. Ferro pesa muito, fale com sinhô para tirar.

E mostrava o tornozelo ulcerado pela pega, fétido, envolto em trapos muito sujos.

– Mas, que fez você para estar sofrendo isto?

– Pecado, sinhá; fugi.

– Era maltratado, estava com medo de apanhar?

– Nada, sinhá: negro é mesmo bicho ruim, às vezes perde a cabeça.

– Se você me promete não fugir mais, eu vou pedir ao coronel que mande tirar o ferro.

– Promete, sinhá: negro promete, palavra de Deus! Deixa estar, S. Benedito há de dar a sinhá um marido bonito como sinhá mesmo.

E deu uma grande risada alvar.

Lenita gostou do bom desejo, e do cumprimento e sorriu-se...

De tarde falou ao coronel – que aquilo não tinha razão de ser, que era uma barbaridade, uma vergonha, uma coisa sem nome, que mandasse tirar o ferro.

– Ai, filha! você não entende deste riscado. Qual barbaridade, nem qual carapuça! Neste mundo não existe coisa alguma sem sua razão de ser. Estas filantropias, estas jeremiadas[28] modernas de abolição, de não sei que diabo de igualdade, são patranhas[29], são cantigas. É chover no molhado – preto precisa de couro e ferro como precisa de angu e baeta. Havemos de ver no que há de parar a lavoura quando esta gente não tiver no eito, a tirar-lhe as cócegas, uma boa guasca[30] na ponta de um pau, manobrada por um feitor destorcido. Não é porque eu seja maligno que digo e faço estas coisas; eu até tenho fama de bom. É que sou lavrador, e sei o nome aos bois. Enfim, você pede, eu vou mandar tirar o ferro. Mas são favas contadas – ferro tirado, preto no mato.

A moagem continuava, o canavial se ia convertendo em palhaça[31]: à verdura clara-viva, sucedia um pardo-fosco, sujo, muito triste. O vento esfregava as folhas mortas, ressequidas, arrancando delas um som áspero de atrito, estalado, metálico, irritantíssimo.

O bagaceiro crescia, avultava: na brancura esverdinhada punham notas escuras os suínos, bovinos e muares que aí passavam o dia, mastigando, mascando, esmoendo[32]. De repente armava-se uma grande briga; ouviam-se grunhidos agudos, mugidos roucos, orneios feros[33]. Uma dentada oblíqua, um guampaço[34], uma parelha de coices tinha dado ganho de causa ao mais forte.

O odor suave do primeiro ferver da garapa no começo da moagem se acentuara em um cheiro forte, entontecedor de açúcar cozido, de sacarose fermentada que se fazia sentir a mais de um quarto de légua de distância.

Capítulo VI

Terminara a moagem, ia adiantada a primavera.

A flora tropical rejuvenescera na muda de todos os anos: os gomos, os brotos, a fronde nova rebentara pujante, aqui de um verde-claro deslavado, veludoso, muito tenro; ali lustrosa, vidrenta, cor de ferrugem; além rubra. Depois tudo isso se expandira, se robustecera, se consolidara em uma verdura forte, sadia, vivaz.

A natureza mudara de *toilette*[1], e entrara no período dos amores.

Irrompia a florescência com todo seu luxo de formas, com toda a sua prodigalidade de matizes, com todo o seu esbanjamento de perfumes.

Por sobre os cafezais escuros atirara ela, com suave monotonia, um lençol de corolas alvíssimo, deslumbrante.

Na mata toda a árvore, todo o arbusto, toda a planta tomava-se de estranha energia.

As flores, em uma abundância impossível, comprimiam-se nos galhos, empurravam-se, deformavam-se. No quebrantamento da volúpia amorosa pendiam, reviravam os

cálices, entornavam no ambiente ondas de pólen, de pulverulência[2] fecundante.

À lascívia[3] da flora se vinha juntar o furor erótico da
fauna.

Por toda a parte ouviam-se gorjeios e assobios, uivos e
bramidos de amor. Era o trilar do inambu, o piar do macuco,
o berrar do tucano, o grasnar gargalhado do jacu, o retinir da
araponga, o chiar do serelepe, o rebramar do veado, o miar
plangente, quase humano dos felinos.

A essa tempestade de notas, a esse cataclismo de gemidos cúpidos, sobrelevava o regougo[4] áspero do cachorro do
mato, o guincho lancinante, frenético do cará-cará perdido
na amplidão.

A folhagem tremia agitada, esbarrada, machucada. Insetos
brilhantes, verdes como esmeraldas, rubros como rubins, revoluteavam[5] em sussurro, agarravam-se frementes. Os pássaros
buscavam-se, beliscavam-se, em voos curtos, fortes, sacudidos,
com as penas arrufadas. Os quadrúpedes retouçavam, perse-
guiam-se, aos corcovos, arrepiando o pelo. Serpentes silvavam
meigas, enroscando-se em luxúria, ao pares.

A terra casava suas emanações quentes, ásperas, elétricas
com o mormaço lúbrico da luz do sol coada pela folhagem.

Em cada buraco escuro, em cada fenda de rocha, por
sobre o solo, nas hastes das ervas, nos galhos das árvores, na
água, no ar, em toda a parte, focinhos, bicos, antenas, braços,
asas, élitros[6] desejavam-se, procuravam-se, encontravam-se,
estreitavam-se, confundiam-se, no ardor da sexualidade, no
espasmo da reprodução.

O ar como que era cortado de relâmpagos sensuais,
sentiam-se passar lufadas de tépida volúpia. Sobressaía a todos os perfumes, dominava forte um cheiro acre de semente,
um odor de cópula, excitante, provocador.

Lenita estava preguiçosa. Internava-se na mata e, quando achava uma barroca seca, uma sombra bem escura, reclinava-se aconchegando o corpo na alfombra[7] espessa de folhas mortas, entregava-se à moleza erótica que estilava[8] das núpcias pujantes da terra.Voltava à casa, estendia-se na rede, com uma perna estirada sobre outra, com um livro que não lia caído sobre o peito, com a cabeça muito pendida para trás, com os olhos meio cerrados, e assim quedava-se horas e horas em um langor cheio de encantos.

Pensava constantemente, continuamente, sem o querer, no caçador excêntrico do Paranapanema, via-o a todo o momento junto de si, robusto, atlético como o ideara, dialogava com ele.

Ficara cruel: beliscava as criolinhas, picava com agulhas, feria com canivete os animais que lhe passavam ao alcance. Uma vez um cachorro reagiu, e mordeu-a. Em outra ocasião pegou num canário que lhe entrara na sala, quebrou-lhe e arrancou-lhe as pernas, desarticulou-lhe uma asa, soltou-o, rindo com prazer íntimo ao vê-lo esvoaçar miseravelmente, com uma asa só, arrastando a outra, pousando os cotos[9] sangrentos na terra pedregosa do terreiro.

O escravo, a quem ela fizera tirar o ferro do pé, fugira de fato, como tinha previsto o coronel: um dia voltou preso, amarrado com uma corda pelos lagartos dos braços, trazido por dois caboclos.

Que não havia remédio, disse o coronel, que dessa feita o negro tinha de tomar uma tunda[10] mestra por ter abusado do apadrinhamento de Lenita, que ia tornar a pôr-lhe o ferro, e que não o tiraria mais nem à mão de Deus Padre.

Lenita muito de adrede[11], não intercedeu. Sentia uma curiosidade mordente de ver a aplicação do bacalhau[12], de conhecer de vista esse suplício legendário, aviltante, atrozmente ridículo. Folgava imenso com a ocasião talvez única que se lhe apresentava, comprazia-se com volúpia estranha, mórbida na ideia das contrações de dor, dos gritos lastimados do negro misérrimo que não havia muito lhe despertara a compaixão.

Disfarçadamente, habilmente, sem tocar de modo direto no assunto, conseguiu saber do coronel que o castigo havia de ter lugar na casa do tronco, no dia seguinte, ao amanhecer.

Passou a noite em sobressalto, acordando a todas as horas, receosa de que o sono imperioso da madrugada lhe fizesse perder o ensejo de ver o espetáculo por que tanto anelava[13].

Cedo, muito escuro ainda, levantou-se, saiu, atravessou o terreiro, e, sem que ninguém a visse, entrou no pomar.

Do lado de leste era este fechado pela fila das senzalas, cujas paredes de barro cru erguiam-se altas inteiriças muito gretadas.

Havia uma casa mais vasta duas vezes do que qualquer outra: era a casa do tronco.

A essa chegou-se Lenita, encostou-se e, tirando do seio uma tesourinha que trouxera, começou a abrir um buraco na parede, à altura dos olhos, entre dois barrotes[14] e duas ripas, em lugar favorável, donde já se protraía um torrão muito pedrento, muito fendido, meio solto.

A tesourinha era curta, mas reforçada, sólida, de aço excelente, de Rodgers. A obra avançava, Lenita trabalhava com ardor, mas também com muita paciência, com muito jeito. O aço mordia, esmoía o barro friável quase sem ruído. Um rastilho de pó amarelado maculava o vestido preto da moça.

Deslocou-se o torrão, e caiu para dentro, dando um som surdo ao tombar no chão fofo, de terra mal batida.

Estava feito o buraco.

Lenita, retraiu-se, ficou imóvel, sustendo a respiração.

Após instantes estendeu o pescoço, espiou. Nada pôde ver: estava muito escuro dentro. Ouvia-se um ressonar alto, igual.

Passou-se um longo trato de tempo.

O brilho das estrelas empalideceu. Uma faixa de luz branca desenhou-se ao nascente, ruborizou-se, purpurejou inflamada com reflexos cor de ouro. O ar tornou-se mais fino, mais sutil e a passarada rompeu num hino áspero, desacorde, mas alegre, festivo, titânico, saudando o dia que despontava.

Ouviu-se o sino da fazenda vibrar muito sonoro.

Lenita tornou a espiar: a casa do tronco já estava clara.

A um canto espalmava-se um estrado de madeira engordurado, lustroso pelo rostir[15] de corpos humanos sujos. As tábuas que o constituíam embutiam-se em um sólido pranchão de cabriúva, cortado em dois no sentido do comprimento: as duas peças por ele formadas justapunham-se, articulando-se de um lado por uma dobradiça forte, presas de outro por uma fechadura de ferrolho. Na parte superior da peça fixa, e na inferior da móvel havia piques semicirculares, chanfrados, que ao ajustarem-se essas peças, coincidiam, perfazendo furos bem redondos, de um decímetro mais ou menos de diâmetro.

Era o tronco.

Sobre o estrado, de ventre para o ar, com as pernas passadas, pouco acima dos tornozelos, nos buracos dos pranchões, envolto em uma velha coberta de lã parda, despedaçada, imunda, tinha atravessado a noite o escravo fugidio.

Dormira, ao bater do sino acordara.

Segurando-se a um joelho com as mãos ambas, sentara-se por um pouco, espreguiçara, volvera a deitar-se, com os membros doloridos, resignado.

Abriu-se a porta, e entrou o administrador seguido por um dos caboclos que tinham trazido o preto.

– Olá, seu mestre! gritou o caboclo, olhe o que aqui lhe trago:

Chocolate, café, berimbau.
E a correia na ponta do pau.

Vai chuchar[16] cinquenta para largar da moda de tirar cipó por sua conta. Não sabe que negro que foge dá prejuízo ao senhor? Olhe só este pincel, está tinindo, está beliscando!

E sacudia ferozmente o bacalhau.

É um instrumento sinistro, vil, repugnante, mas simples.

Toma-se uma tira de couro cru, de três palmos ou pouco mais de comprimento, e de dois dedos de largura. Fende-se ao meio longitudinalmente, mas sem separar as duas talas nem em uma, nem em outra extremidade. Amolenta-se[17] bem em água, depois se torce e se estira em uma tábua, por meio de pregos, e põe-se a secar. Quando bem endurecido o couro, adapta-se um cabo a uma das extremidades, corta-se a outra, espontam-se as duas pernas a canivete, e está pronto.

O administrador abriu o tronco, o negro ergueu-se baio, trêmulo, miserável.

Sob a impressão do medo como que se lhe dissolviam as feições.

Caiu de joelhos, com as mãos postas, com os dedos nodosos enclavinhados[18].

Era a última expressão do rebaixamento humano, da covardia animal.

Infundia dó e nojo.

– Pelo amor de Deus, seu Mané Bento, nunca mais eu fujo!

E chorava desesperadamente.

– Não faça barulho, rapaz, respondeu o administrador. São ordens do senhor, hão de ser cumpridas.

– Vá chamar o sinhô!

– O senhor está deitado, não vem, não pode vir cá. Deixe-se de história, arreie as calças e deite-se.

– Nossa Senhora me acuda!

– Você não chama por Nossa Senhora quando trata de fugir, gritou impaciente o caboclo. Vamos, vamos acabar com isto, ande.

O infeliz volveu os olhos em torno de si, como procurando uma aberta[19] para a fuga. Desenganado, decidiu-se.

Com movimentos vagarosos, tremendo muito, desabotoou a calça suja, deixou-a cair, desnudou as suas nádegas chupadas de negro magro, já cheias de costuras, cortadas de cicatrizes.

Curvou as pernas, pôs as mãos no chão, estendeu-se, deitou-se de bruços.

O caboclo tomou posição à esquerda, mediu a distância, pendeu o corpo, recuou o pé esquerdo, ergueu e fez cair o bacalhau da direita para a esquerda, vigorosamente, rapidamente, mas sem esforço, com ciência, com arte, com elegância de profissional apaixonado pela profissão.

As duas correias tesas, duras, sonoras, metálicas quase, silvaram, esfrolando[20] a epiderme com as pontas aguçadas.

Duas riscas branquicentas, esfareladas, desenharam-se na pele roxa da nádega direita.

O negro soltou um urro medonho.

Compassado, medido, erguia-se o bacalhau, descia rechinante, lambia, cortava.

O sangue ressumou[21] a princípio em gotas, como rubins[22] líquidos, depois estilou contínuo, abundante, correndo em fios para o solo.

O negro retorcia-se como uma serpente ferida, afundava as unhas na terra solta do chão, batia com a cabeça, bramia, ululava.

– Uma! duas! três! cinco! dez! quinze! vinte! vinte e cinco!

Parou um momento o algoz, não para descansar, não estava cansado; mas para prolongar o gozo que sentia, como um bom gastrônomo que poupa um acepipe[23] fino.

Saltou por cima do negro, tomou nova posição, fez vibrar o instrumento em sentido contrário, continuou o castigo na outra nádega.

– Uma! duas! três! cinco! dez! quinze! vinte! vinte e cinco!

Os uivos do negro eram roucos, estrangulados: a sua carapinha[24] estava suja de terra, empastada de suor.

O caboclo largou o bacalhau sobre o estrado do tronco e disse:

– Agora uma salmorazinha para isto não arruinar.

E, tomando da mão do administrador uma cuia que esse trouxera, derramou o conteúdo sobre a derme dilacerada.

O negro deu um corcovo[25]; irrompeu-lhe da garganta um berro de dor, sufocado, atroz, que nada tinha de humano. Desmaiou.

Lenita sentia um como espasmo de prazer, sacudido, vibrante; estava pálida, seus olhos relampejavam, seus membros tremiam. Um sorriso cruel, gelado, arregaçava-lhe os lábios, deixando ver os dentes muito brancos e as gengivas rosadas.

O silvar do azorrague[26], as contrações, os gritos do padecente, os fios de sangue que ela via correr, embriagavam-na, dementavam-na, punham-na em frenesi: torcia as mãos, batia os pés em ritmo nervoso.

Queria, como as vestais romanas[27] no ludo[28] gladiatório, ter direito de vida e de morte; queria poder fazer prolongar aquele suplício até à exaustão da vítima; queria dar o sinal, *pollice verso*[29], para que o executor consumasse a obra.

E tremia, agitada por estranha sensação, por dolorosa volúpia. Tinha na boca um saibo[30] de sangue.

Capítulo VII

Havia quase uma semana que estava chovendo continuamente. As matas alegres, viçosas, muito lavadas reviam água pela fronde. O tapete espesso de folhas mortas, que cobria o solo nas matas, estava ensopado, desfeito, ia-se reduzindo a húmus. A terra nua nos caminhos, limosa, esverdeada nos taludes[1] e nas rampas, empapada, semilíquida no leito plano, cortada longitudinalmente pelas trilhas dos carros, batida, revolvida, amassada pelos pés dos animais, ora alteava-se em almofadas de lama, ora cavava-se em poças de água barrenta, amarela em uns lugares, em outros cor de sangue. Corria o enxurro[2] torrentoso, rápido, enxadrezado nos declives; manso, espraiado em toalhas, banhando as raízes das gramíneas no chato, no descampado.

Os campos eram brejos, os brejos lagos.

No pomar as laranjeiras pendiam os grelos[3] em um desfalecimento úmido; as ameixeiras, as mangueiras, os pessegueiros, os cajueiros viçavam muito lustrosos. O céu pardo, como que descido, parecia muito perto da terra. O ribeirão transbordado roncava em marulhos.

Lenita sentada, encorujada na rede, com as pernas cruzadas, à chinesa, levava a maior parte do dia a ler, conchegando-se no xale, friorenta, aborrecida, esplenética[4].

Rememorava por vezes as mudanças, as alternativas fisiopsíquicas por que tinha passado na fazenda, onde não encontrara uma pessoa de sua idade, de seu sexo ou de sua ilustração a quem comunicar o que sentia, que a pudesse compreender, que a pudesse aconselhar, que a pudesse fortalecer nessa terrível batalha dos nervos.

Analisava a crise histérica, o erotismo, o acesso de crueldade que tivera. Estudava o seu abatimento atual irritadiço, dissolvente, cortado de desejos inexplicáveis. Surpreendia-se amiudadas vezes a pensar sem o querer no filho do coronel, nesse homem já maduro, casado, a quem nunca vira; sentia que lhe pulsava apressado o coração quando falavam nele em sua presença. E concluía que aquilo era um estado patológico, que a minava um mal sem cura.

Depois mudava de pensar: não estava doente, seu estado não era patológico, era fisiológico. O que ela sentia era o aguilhão genésico, era o mando imperioso da sexualidade, era a voz da CARNE a exigir dela o seu tributo de amor, a reclamar o seu contingente de fecundidade para a grande obra da perpetuação da espécie.

E lembrava-lhe a ninfomania, a satiríase[5], esses horrores com que a natureza se vinga de fêmeas e machos que lhe violam as leis, guardando uma castidade impossível; lembrava-lhe o horror sagrado que aos povos de Grécia e Roma inspiravam esses *castigos de Vênus*[6].

Entrevia como em uma nuvem as ninfas gregas de Dictynne[7], as vestais romanas, as odaliscas molitas[8], as monjas cristãs pálidas, convulsas, com os lábios em sangue, com os olhos em chamas, a contorcerem-se nos bosques, nos leitos solitários; a morderem-se loucas, bestiais, espicaçadas pelos ferrões do desejo.

Desfilavam-lhe por diante, lúbricas, vivas, palpáveis quase, Pasifae[9], Fedra[10], Júlia[11], Messalina[12], Teodora[13], Impéria[14]; Lucrécia Bórgia[15], Catarina da Rússia[16].

Um dia entrou na sala do coronel.

– Grande novidade! aí me vem o rapaz... *rapaz* é um modo de falar, o velho, o caçador do Paranapanema.

– Seu filho?

– Sim. Também era tempo, eu já estava com saudades.

– Mas não preveniu, não pediu condução...

– Pois eu não dizia? aquilo é assim mesmo, é espeloteado[17]. Não quer, não sabe esperar; não está para demoras. Alugou animais no Rio Claro, e aí vem vindo.

– Como soube?

– Por um caboclo que partiu de lá ao amanhecer, e que agora passou por aqui.

– Então seu filho vem tomando esta chuvarada?

– Isso para ele é um pau para um olho, está acostumado.

– A que horas acha que chega?

– São seis léguas de caminho. Ele de certo saiu depois do almoço, às 10 horas. Como a estrada está ruim, gastará umas seis ou sete horas. Às quatro, às cinco horas ao mais tardar, rebenta por aí. O que eu quero saber é se você quer jantar às horas do costume, ou se concorda em que o esperemos.

– Havemos de esperar, boa dúvida!

O coronel saiu.

Lenita saltou lesta[18] da rede, correu ao seu quarto, penteou-se com desvanecimento, ergueu os cabelos, prendeu-os no alto da cabeça, deixando a nuca bem a descoberto. Espartilhou-se, tomou um vestido de merinó[19] afogado, muito singelo, mas muito elegante. Pôs brincos, broche, braceletes de ônix, calçou sapatinhos à Luís XV, cuja entrada muito baixa deixava ver a meia de seda preta com ferradurinhas brancas em relevo. No peito, à esquerda, pregou duas rosas pálidas, meio fechadas, muito cheirosas.

– Bravo! que linda que está a senhora d. Lenita! bradou o coronel, entusiasmado ao vê-la. Pena é que esteja gastando cera com ruim defunto: o rapaz não é rapaz, e ainda, por mal de pecados, é beco sem saída.

Lenita corou um pouco, riu-se.

–Vamos, vamos lá para dentro: quero que a velha a veja nesse reto. Francamente, está bonita a fazer virar a cabeça ao próprio Santo Antão![20] Como lhe assenta a você essa roupa preta afogadinha! Sim, senhora!

Ia quase anoitecendo.

A chuva caía forte, compassada, ininterrompida: em todas as depressões de terreno entancava-se a água; por todos os declives corria ela em torrentes, em borbotões, em jorros, em filetes.

No alto do morro fronteiro, cortado pela estrada, assomaram dois cavaleiros e uma besta de canastrinhas.

Vagarosos, escorregando a cada passo na ladeira lamacenta, lisa, começaram a descer procurando a fazenda.

A água da chuva, pulverizada no ar, esbatia-lhes os contornos em uma como atmosfera cinzenta, riscada obliquamente pelo peneirar dos pingos grossos.

O coronel viu-os por uma janela, através dos vidros embaciados.

– Lá vem Manduca, disse. Coitado! Vem como um pinto!

Lenita parou o movimento brando da cadeira de balanço, largou o *Correio da Europa* que estava lendo, deixou cair os braços sobre as coxas, recostou a cabeça no espaldar, quedou-se imóvel, muito pálida, quase desfalecida. O sangue refluíra-lhe ao coração que batia descompassado.

Chegaram os viajantes.

Ouviu-se o tinir de freios sacudidos nervosamente pelas cavalgaduras, depois o chapinhar pesado de botas ensopadas, enlameadas, e o arrastar sonoro de esporas no pedrado do alpendre.

O coronel, trôpego, correu ao encontro do filho.

– Que raio de tempo! disse este ao entrar na antessala, batendo duro os pés na soleira da porta, e tirando a capa de borracha que foi pendurar a uma estaqueira. Adeus, meu pai, vosmecê bom, eu vejo; minha mãe na mesma, não?

– Tudo na forma do costume. E você? boas caçadas? boa saúde?

– Caçadas esplêndidas, hei de lhe contar. Saúde de ferro, a não ser a maldita enxaqueca que me não larga, e que neste momento mesmo me está atormentando de modo horroroso. Vou lá dentro ver minha mãe, e sigo para o meu quarto: deve estar pronto. Mande o Amâncio levar-me uma chaleira de água a ferver, e uma pouca de farinha de mostarda, para eu tomar um pedilúvio sinapizado[21].

–Você não jantou, e de certo almoçou mal: coma alguma coisa que há de fazer-lhe bem.

– Comer! mal de mim se comesse estando de enxaqueca.

– Que maçada! Eu e a Lenita que o estávamos esperando para jantar...

– Lenita! Quem é Lenita?

– É a neta do meu velho amigo Cunha Matoso, filha do meu pupilo, o doutor Lopes Matoso, que morreu logo depois que você foi para o Paranapanema. Não recebeu a minha carta nesse sentido?

– Recebi, lembra-me muito o Lopes Matoso. Com que então a filha está agora aqui?

– Está, coitada. Não pôde ficar na cidade, era-lhe muito dolorosa a falta do pai.Vem cá, Lenita vem ver o meu filho. Chama-se Manuel Barbosa.

Lenita veio da sala, adiantou-se para o recém-chegado, cumprimentou-o com uma inclinação de cabeça.

Ele tirou o seu chapéu alagado, retribuiu o cumprimento.

– Um seu criado, minha distinta senhora. Desculpar--me-á não apertar-lhe a mão: estou imundo, estou que é só barro da cabeça aos pés.

Manuel Barbosa era homem de boa altura, um tanto magro. A roupa molhada colava-se-lhe ao corpo, acentuando-se as formas angulosas. Cabelos desmesuradamente grandes, empastados, escorrendo água, cobriam-lhe a testa, escondiam-lhe as orelhas. As barbas grisalhas, crescidas, davam-lhe um aspecto inculto, quase feroz. Com a enxaqueca estava pálido, muito pálido, baço, terroso. Piscava muito os olhos para furtar-se à ação da luz.Tinha as pálpebras batidas, trêmulas, e muitos pés de galinha encarquilhavam-lhe[22] os cantos externos dos olhos.

Lenita, desapontadíssima, mirava-o com uma curiosidade dolorosa.

– Minha senhora, continuou ele, sinto imenso que vossa excelência tenha esperado por mim para jantar, e que a minha negregada[23] enxaqueca prive-me hoje do prazer de sua companhia. Queira conceder-me licença.

E varou para o interior, sacudidamente, brutalmente, fazendo soar as esporas, deixando no assoalho as marcas úmidas das botas enlameadas. O coronel acompanhou-o.

Lenita recolheu-se ao seu quarto, bateu as janelas, não quis jantar, não quis cear, respondeu quase com desabrimento ao coronel, que insistia com ela para que fosse à mesa comer uma asa de frango, uma talhadinha de presunto, algum doce ao menos.

Sacou do peito com violência as duas bonitas rosas, atirou-as ao chão, calcou-as aos pés, esmurregou-as, despiu-se freneticamente, aos pinchos[24], arrancando os botões, arrebentando os colchetes.

Com um movimento de pernas rápido, sacudido, fez voar longe os sapatinhos, atirou-se à cama, encolheu-se como uma bola, mordeu os braços, despediu num pranto convulso.

Chorou, soluçou por muito tempo. Esse descarregamento nervoso aliviou-a; acalmou-se, sossegou.

Entrou a refletir.

Conceber um ideal, pensava ela, animá-lo como uma mãe anima o filho, ajeitá-lo, vesti-lo cada dia com uma perfeição nova, e, de repente, ver a realidade impor-se esmagadoramente prosaica, chatamente bruta, bestialmente chata!

Idealizar um caçador de Cooper[25], um Nemrod[26] forte até diante de Deus, um atleta musculado como um herói da Antiguidade, e ver sair pela frente um sujeito pulha, enlameado, velho, de melenas intonsas[27] e barbas grisalhas, um almocreve[28], um arrieiro que quase a tratara mal!

E ainda por cima juraria que ele tresandava a cachaça: sentira-lhe a bifada[29] quando ele falou.

Mas, em suma, que lhe importava a ela esse homem, com quem nunca conversara, que nunca sequer tinha visto, cuja existência até pouco ignorava?

Pois não havia ela em tempo desprezado a corte assídua de uma nuvem de pretendentes?

E nesse momento mesmo, debaixo de certo ponto de vista, não estava até melhor, relativamente a coisas do coração? Sem pai, sem mãe, sem irmãos, emancipada, absolutamente senhora de si, rica, formosa, inteligente, culta, bastava-lhe mostrar-se na cidade, ou melhor em São Paulo, na corte, aparecer nas reuniões, deixar-se admirar para tronejar[30], para ser soberana, para receber ovações, para haurir, a saciedade, o incenso da lisonja[31]. Por que teimar em permanecer na fazenda?

Se era a necessidade orgânica, genésica de um homem que a torturava, por que não escolher de entre mil procos[32] um marido forte, nervoso, potente, capaz de satisfazê-la, capaz de saciá-la?

E se um lhe não bastasse, por que não conculcar[33] preconceitos ridículos, por que não tomar dez, vinte, cem amantes, que lhe matassem o desejo, que lhe fatigassem o organismo?

Que lhe importava a ela a sociedade e as suas estúpidas convenções de moral?

Mas a cor amarelenta de Manuel Barbosa, seus olhos piscos, seus cabelos por cortar, sua barba repugnante, sua roupa molhada!

E o fartum[34] de pinga, a bifada?

Não lhe podia perdoar, odiava-o, tinha vontade de esbofeteá-lo, de cuspir-lhe no rosto.

Era um contrassenso; estar sempre a recair, a ocupar-se de uma criatura vulgar, comuníssima, que lhe não merecia ódio, com a qual não valia a pena perder um pensamento.

Voltaria para a cidade... não, iria a São Paulo, fixar-se-ia aí de vez, compraria um terreno grande em um bairro aristocrático, na Rua Alegre, em Santa Efigênia, no Chá, construiria um palacete elegante, gracioso, rendilhado, à oriental, que sobressaísse, que levasse de vencida esses barracões de tijolos, esses monstrengos impossíveis que por aí avultam, chatos, extravagantes, à fazendeira, à cosmopolita, sem higiene, sem arquitetura, sem gosto. Fá-lo-ia sob a direção de Ramos de Azevedo[35], tomaria para decoradores e ornamentistas Aurélio de Figueiredo[36] e Almeida Júnior[37]. Trastejá-lo-ia de jacarandá preto, encerado, com esculpidos foscos. Faria comprar nas *ventes*[38] de Paris, por agentes entendidos, secretárias, mesinhas de legítimo Boule. Teria couros lavrados de Córdova, tapetes da Pérsia e dos Gobelins, *fukusas*[39] do Japão. Sobre os consolos, sobre os dunquerques, em vitrinas, em armários de pau-ferro rendilhado, em *étagères*[40], pelas paredes, por toda a parte semearia porcelanas profusamente, prodigamente – as da China com o seu branco leitoso, de creme, com as suas cores alegres suavissimamente vividas, as do Japão, rubro, e ouro, magníficas, provocadoras, luxuosas, fascinantes; os grés de Satzuma[41], artísticos, trabalhados, árabes pelo estilo, europeus quase pela correção do desenho. Procuraria vasos, pratos da pasta tenra de Sévres, ornamentados por Bouchet, por Armand, por Chavaux pai, pelos dois Sioux; contrapor-lhes-ia as porcelanas da fábrica real de Berlim e da imperial de Viena, azuis de rei aquelas, estas cor de sangue tirante a ferrugem; enriquecer-se-ia de figurinhas de Saxe, ideais, finamente acabadas, deliciosíssimas. Apascentaria os olhos na pátina untuosa dos bronzes do Japão, nas formas tão verdadeiras, tão humanas da estatuária grega, matematicamente reduzida em bronze por Colas e *Barbedienne*[42]. Possuíria mármores de Falconet, terracotas de Clodion, *netskés*[43], velhíssimos, rendilhados, microscópicos, prodigiosos. Mirar-se-ia em espelhos de Veneza, guardaria perfumes em frasquinhos facetados de cristal da Boêmia. Pejaria[44] os escrínios[45], as *vide-poches*[46] de joias antigas, de crisólitas[47] e brilhantes engastados em prata, de velhos relicários de ouro do Porto.

Teria cavalos de preço, iria à Ponte Grande, à Penha, à Vila Mariana em *huit-ressorts*[48] parisiense sem rival, tirado por turcos *pur-sang*[49], enormes, calorosos, de cor escura, de pelo muito fino.

Far-se-ia notar pelas *toilettes* elegantíssimas, arriscadas, escandalosas mesmo.

Viajaria pela Europa toda, passaria um verão em S. Petersburgo, um inverno em Nizza, subiria ao Jungfrau, jogaria em Monte Carlo.

Havia de voltar, de oferecer banquetes; havia de chocar paladares, habituados ao picadinho e ao lombo de porco, dando-lhes arenques fumados, caviar, perdizes *faisandées*[50], calhandras[51] assadas com os intestinos, todos os mil inventos dos finos gastrônomos do velho mundo: seus convivas haviam de beber Johannisberg, Tokai, Constança, Lácrima Christi, Chateau Iquem, tudo quanto fosse vinho caro, tudo quanto fosse vinho esquisito.

Teria amantes, por que não? Que lhe importavam a ela as murmurações, os *diz-que-diz-ques* da sociedade brasileira, hipócrita, maldizente. Era moça, sensual, rica – gozava. Escandalizavam-se, pois que se escandalizassem.

Depois, quando ficasse velha, quando se quisesse aburguesar, viver como toda a gente, casar-se-ia. Era tão fácil, tinha dinheiro, não lhe haviam de faltar titulares, homens formados que se submetessem ao jugo uxório que lhe aprouvesse a ela impor-lhes. Era pedir por boca, era só escolher.

Capítulo VIII

Cessara a chuva, estava um tempo esplêndido. A luz branca do sol coava-se por um ar muito fino em um céu muito azul, sem uma nuvem. A natureza expandia-se alegre como um enfermo que volta à vida, como um convalescente.

Lenita levantou-se de boa saúde, mas aborrecida, contrariada. A lembrança de Manuel Barbosa torturava-a. Ter de encontrar-se com ele a todas as horas, à mesa, na sala, vê-lo passear pela casa, pelo terreiro, vê-lo refestelar-se, bamboar-se[1] nas cadeiras de balanço, com as melenas, com as barbas grisalhas... era horroroso.

Quando a chamaram para almoçar foi cheia de displicência, contrariadíssima. Atara os cabelos negligentemente, envolvera-se em um xale, ao desdém, sem se espartilhar, sem se apertar sequer. Calçara chinelos.

Entrou na varanda com os olhos baixos, resolvida a não encarar o antipático comensal.

À mesa só estava o coronel.

— Bom dia, Lenita, então como vai isso agora? muito desapontada com o rapaz, não? Pois olhe, ele ainda fê-la melhor, partiu hoje de madrugada para a vila. Tinha um negócio urgente a tratar, pelo menos foi o que disse: chegou e saiu. A enxaqueca dele é assim, atormenta-o que é um desespero, mas com uma hora de sono passa sem deixar vestígios.

– Estimo muito que tenha sarado, respondeu Lenita secamente e pensou baixo: que durma um dia até não acordar mais. Um animal daqueles o melhor que pode fazer é morrer, é rebentar. O mundo é da força e também da beleza, porque em suma a beleza é uma força. As barbas! as barbas! que o leve o diabo a ele, mais a elas.

E ficou muito contente por não ter de ver, por não ter de aturar Manuel Barbosa, ao menos esse dia.

Demais estava resolvida, não havia de ficar muito tempo na fazenda, partiria logo para a cidade e de lá para São Paulo.

Almoçou com prazer, tocou piano, deu um grande passeio a pé, jantou, só pensou em Manuel Barbosa duas ou três vezes, isso mesmo com menos indignação, sem ressentimento, indiferente quase, achando-se apenas ridícula a si própria por tê-lo arvorado um herói durante um longo acesso de extravagância histérica. Era um pobre diabo, caipirão, velhusco, achacoso. Caçava por caçar, sem intuição poética, bestialmente, como qualquer caboclo. Bebia pinga. Verdade era que tinha estado na Europa, mas ter estado na Europa não muda a constituição a ninguém. Ele era o que ela devia esperar que ele fosse, um tipo muito sem importância, reles, abaixo até da craveira comum.

Ao anoitecer recolheu-se, começou a arrumar os seus bronzes, os seus *bibelots* de marfim, de porcelana. Envolvia-os cuidadosamente, amorosamente em papel de seda, arranjava-os no fundo de um enorme baú americano que trouxera, calçava-os, protegia-os com jornais velhos fuchicados, com guardanapos, com lenços, com pequenas roupas. Tinha cuidados meticulosos, maternais, de amadora apaixonada. Por vezes esquecia-se a remirar embevecida uma jarrinha de Sévres, uma estatueta primorosa: no auge do entusiasmo beijava-a.

Alta noite, muito tarde, estando já deitada, ouviu um tropear de animais, passos de gente, tinidos de esporas.

– Aí chega o bruto, disse consigo, e continuou a pensar na sua ida próxima para a cidade, e de lá para São Paulo.

O tempo estava firme: a uma noite limpa, estrelada, fria, sucedera um dia como o da véspera, luminoso, assoalhado.

Lenita levantou-se muito cedo, tomou um copo de leite, deu um passeio pelo pasto. De volta entrou no pomar a ver os figuinhos novos, os cachos tenros das vides[2].

De uma laranjeira-cravo, que se erguia folhuda desde o chão, viçosa, esparramada, esfuziou[3] de súbito um tico-tico.

Tem ninho, pensou consigo Lenita, e começou a procurar, abrindo, afastando os ramos.

Deteve-se, aspirou o ar: sentia um cheiro bom de sabonete Legrand e de charuto havana.

Deu volta à laranjeira e topou com Manuel Barbosa que se encaminhava para ela, risonho, palacianamente curvado, na mão direita o chapéu, na esquerda um cravo rubro, perfumado, esplêndido.

Perto o charuto, que ele deitara fora, desprendia uma espiral de fumo, azulada, tênue.

Lenita parou confusa, atônita, sem saber o que pensasse.

O homem que aí vinha não era o Barbosa da véspera, era uma transfiguração, era um *gentlemam*[4] em toda a extensão da palavra.

A testa alta, estreita, lisa, mostrava-se a descoberto, com uma zona muito alva à raiz do cabelo: esse, cortado, à meia

cabeleira, recurvava-se pela frente em uma elegante pastinha à Capoul[5], a que davam certo realce muitos fios cor de prata. O rosto era regularíssimo, estava muito bem barbeado. À palidez da véspera sucedera uma cor sadia de pele clara, mordida, bronzeada pelo sol. A boca, de tipo saxônio puro, encimada por um bigode cuidadosamente aparado e seu tanto ou quanto grisalho, abria-se em um sorriso bondoso e franco, mostrando dentes fortes, regulares, muito limpos. Estatura esbelta, pés delicados, mãos muito bem-feitas, muito bem tratadas.

Trazia um costume[6] folgado de casimira clara, gravata creme, camisa alvíssima, de colarinho deitado, mostrando em toda a sua força o pescoço robusto. Na lapela do *veston*[7] tinha uma rosa de cheiro muito repolhuda.

Chegou-se a Lenita polidamente, graciosamente.

– Minha senhora, triste juízo há de vossa excelência ter feito de mim anteontem. Quando estou com enxaqueca deixo de ser homem, torno-me urso, torno-me hipopótamo. Quer fazer-me a honra de aceitar este cravo? Olhe, dê-me licença, eu sou um velho, podia ser seu pai.

E com uma familiaridade confiada prendeu a flor no cabelo da moça.

Depois, afastando-se dois passos, mirou-a, entortando a cabeça, com ares de entendedor, e disse:

– Que bem que vai esse vermelho vivo nos seus cabelos pretos. Está linda.

O olhar que coava por entre as pálpebras semicerradas de Barbosa era tão doce, tão paternal, a sua fala era tão untuosa, que Lenita não se revoltou, não repeliu a ousadia. Sorriu-se e perguntou:

– Está agora perfeitamente bom, não tem cansaço da viagem, não tem ressaibos da moléstia?

– Oh! não. Viagens não me fatigam, e a minha enxaqueca, em passando, passou, não deixa vestígios. Quer aceitar o meu braço? vamos dar uma volta pelo pomar, fazer horas para o almoço?

Lenita acedeu.

Em um instante, como por ação elétrica, seus sentimentos se tinham transformado: aos ardores pelo homem ideal da cisma histérica, à antipatia pelo homem real da antevéspera, entrevisto em circunstâncias desfavoráveis todas, sucedera aí nesse lugar, repentinamente um afeto calmo e bom que a subjugava, que a prendia a Barbosa. Achava nele que era de bonomia[8] superior, de familiaridade comunicativa que lhe lembrava Lopes Matoso.

Passearam, conversaram muito. Falaram principalmente de botânica. Barbosa estabeleceu um confronto detalhado entre a flora do velho mundo e a do novo; entrou em apreciações técnicas; desceu a minudências de sua própria observação pessoal. À alternativa matemática das estações do ano na Europa contrapôs a magnificência monótona da primavera eterna brasileira. Fez notar que lá domina nas matas o exclusivismo de uma espécie, que há bosques só de carvalhos, só de castanhos, só de álamos, ao passo que cá acotovelam-se, emaranham-se em pequeno espaço cem famílias, diversíssimas a ponto de não se encontrarem, muitas vezes, dois indivíduos da mesma variedade em um raio de mil metros. Abriu uma exceção em Minas e no Paraná para a *Araucaria brasiliensis*[9], abriu exceções para as palmeiras intertropicais, a que chamou legião. Lenita acompanhou-o com interesse sumo, revelando conhecimento aprofundado da matéria, fazendo-lhe perguntas de entendedora. Citou Garcia d'Orta, Brótero e Martius, criticou Correia de Melo e Caminhoá[10], confessou-se, em relação a espécies, sectária ardente de Darwin, cujos ensinamentos Barbosa ouvira em Londres, de Haeckel, cujas preleções ele seguira em Iena. A comunidade de opiniões radicou a estima entre ambos: quando entraram para almoçar estavam amigos velhos.

– Olá? disse o coronel, da porta, ao vê-los chegar de braço dado. Muito bom dia! Leve o diabo tristezas. Com que amiguinhos, era o que eu esperava. Mas vamos, vamos para dentro, que já não é sem tempo; o almoço arrefece[11] de uma vez; há meia hora que está na mesa.

– Sim, senhor, meu pai, a exma. senhora dona Helena é para mim uma surpresa, mais do que uma surpresa, uma revelação. Sabia-a muito bem educada, mas supunha-a bem educada, como o são em geral as moças, com especialidade as brasileiras – piano, canto, quatro dedos de francês, dois de inglês, dois de geografia e... pronto! Pois enganei-me: a exma. senhora dona Helena dispõe de erudição assombrosa; mais ainda, tem ciência verdadeira, é um espírito superior, admiravelmente cultivado.

– É por demais bondoso o senhor Manuel Barbosa, volveu Lenita visivelmente satisfeita.

– Olhem vocês uma coisa, acabem-me com essas *excelências*, com essas *senhorias*. É *Lenita* para cá, *Manduca* para lá e... toca! Cerimônias só para a igreja: a mim me fazem elas mal aos nervos, até agravam-me o reumatismo. Vamos almoçar.

Daí em diante Lenita e Barbosa não se deixaram: liam juntos, estudavam juntos, passeavam juntos, tocavam piano a quatro mãos.

Na sala do coronel armaram um gabinete de física eletrológica.

A velha quadra de paredes corcovadas, caraquentas, povoou-se estranhamente de instrumentos científicos moderníssimos, em os quais o brilho fulvo[12] do latão envernizado se casava ao preto baço das partes enegrecidas, à transparência cristalina dos tubos de vidro multiformes, ao lustroso da madeira brumida dos suportes, à verdura fresca da seda das bobinas.

Botelhas de Leyde, jarras enormes, agrupadas em baterias formidáveis, máquinas de Ramsden e de Holtez, pilhas compartimentadas de Kruikshank e de Wollanston, pilhas enérgicas de Grove, de Bunsen, de Daniell, de Leclanché; pilhas elegantíssimas de bico cromato de potassa, acumuladores de Planté, bobinas de Ruhmkorf, tubos de Geissler, reguladores de Foucault e Duboseq, bugias de Jablochkff, lâmpadas de Edison[13], telefones, telégrafos, tudo isso por aí protraía as formas esquisitas, fosco, diáfano, reverberante a um tempo; absorvendo, refrangendo[14], refletindo a luz de mil modos diferentes.

A eletricidade sussurrava, multiplicavam-se por toda a parte faíscas azuladas, ouviam-se estalidos secos, tintinações[15] sonoras de campainhas.

O ar estava picado de um cheiro acre, irritante, de ácido azótico e de ozone.

Barbosa e Lenita, ocupados, embebidos em experiências, trocavam palavras rápidas, quase ásperas, como dois velhos colegas. Davam-se um ao outro ordens breves, imperiosas. De repente um deles batia o pé, contraía o rosto, piscava duro, sacudia o braço: era que tinha havido um descuido, punido logo por um choque. O coronel espiava da porta.

– Que a sua sala estava convertida em senzala de feitiçarias, afirmava ele, que de repente havia de vir um raio e espatifar aquelas burundangas[16] todas.

Aos convites instantes de Lenita e do filho para que chegasse a ver de perto os efeitos luminosos da eletricidade no vácuo, as colorações brilhantes produzidas nos tubos de Geissler, recusava-se – que lá não entraria nem por um decreto; que para livrar-se por toda a sua santa vida, do desejo de investigar eletricidades, bem lhe bastavam dois choques que apanhara uma feita, na estação telegráfica.

À observação de que a eletricidade lhe podia ser útil para a cura do reumatismo, contestava que se curasse quem quisesse com tal medicina, que ele não.

Satisfeita a curiosidade científica de Lenita quanto ao estudo experimental da eletrologia, que ela dantes só aprendera teoricamente, passaram à química e à fisiologia. Depois foram à glótica[17], estudaram línguas, grego e latim com especialidade: traduziram os fragmentos de Epicuro[18], o *De Natura Rerum* de Lucrécio[19].

Em estudos, em conversações que eram prolongamentos dos estudos, em passeios e excursões campestres, voava o tempo. Levantavam-se muito cedo, estendiam os serões até muito tarde. Uma vez o moleque, que fora buscar o correio, trouxe para Barbosa um volume lacrado. Era a exposição das teorias transformistas de Darwin e Haeckel[20] por Viana de Lima. Lenita ficou doida de contente com a novidade escrita em francês por um brasileiro. Começaram a leitura depois da ceia, prolongaram-na pela noite adiante, embeveceram-se a ponto tal que o dia os surpreendeu.

Ao empalidecer a luz das velas com os primeiros albores do dia, foi que deram acordo de si. Riram muito, recolheram-se desapontados aos seus aposentos, não dormiram. Compareceram ao almoço e depois dele continuaram com a leitura.

À noite, quando depois de despedir-se de Barbosa, entrava para o quarto, Lenita despia-se, concentrando o pensamento, refletindo sobre o seu estado de espírito, achava-se feliz, notava que tinha afetos brandos por tudo que a rodeava, que via a natureza por um prisma novo. Sentia, com uma ponta de remorso, que lhe ia esquecendo o pai. E parecia-lhe interminável o que restava da noite, o que ainda faltava para tornar a ver Barbosa.

Deitava-se, aconchegava-se, procurava adormentar o cérebro, repelindo, baralhando as ideias que se apresentavam. Adormecia.

Cedo, muito cedo, ao amiudar dos galos, acordava: erguia-se de pronto, alegríssima; escovava os dentes cuidadosamente, mirava-os com desvanecimento ao espelho, chegando muito a luz à boca, arregaçando muito os beiços para ver bem as gengivas; refrescava a epiderme do busto com uma larga ablução fria, umedecia, perfumava o cabelo com água de violetas, penteava-os com esmero, substituía a camisola de dormir por uma camisa finíssima de cambraia crivada; apertava-se, vestia-se com garridice; limava, espontava, alisava, coloria, brunia as unhas.

E tudo isso pensando em Barbosa, antegostando a delícia do momento de vê-lo, de ouvir-lhe a voz em um *bom dia* afetuosíssimo, jubiloso; de apertar-lhe a mão, de sentir-lhe o contato quente.

Barbosa já não era moço, pouco dormia, poucas horas de sono lhe bastavam.

Deitava-se, procurava ler, mas debalde. A imagem de Lenita interpunha-se entre ele e o impresso. Via-a junto de si, absorvia-se em contemplá-la nessa semialucinação, falava-lhe em voz alta, desesperava, depunha o livro ou o jornal, estendia-se, virava-se, revirava-se, adormecia, acordava, riscava fósforo, olhava o relógio, via que era noite, tornava a adormecer, tornava a acordar, e assim continuava até que amanhecia, até que chegava a hora de levantar-se.

– Que não sabia o que aquilo era, pensava. Admiração por talento real em uma moça, por faculdades inegavelmente superiores em uma mulher? Possível. Mas em Paris trabalhara ele muito tempo, com madame Brunet, a tradutora sapientíssima de Huxley[21]; com ela fizera centenares de dissecações anatômicas, com ela aprofundara estudos de embriogenia; respeitava-a, admirava-a; e nunca sentira junto dela o que sentia junto de Lenita. E todavia madame Brunet não era feia, bem ao contrário. Não, aquilo não era simples admiração? Mas que diabo era então? Amor verdadeiro, com objetivo definido, carnal, também não era: ao pé de Lenita ainda não tivera desejo algum lascivo, ainda não sofrera o pungir do espinho da carne. Seu temperamento não era mesmo amoroso. Tivera em tempo uma paixão que o levara à tolice suprema do casamento, mas isso passara; tinha-se até divorciado da mulher com cujo gênio se não tinha podido harmonizar. Casto, era-o até certo ponto: só procurava relações genésicas, quando as exigências fisiológicas do seu organismo de macho se faziam sentir, imperiosas, ameaçando-lhe a saúde. E não ligava a isso mais importância do que o exercício de uma outra função qualquer, do que satisfação de uma simples necessidade orgânica. Mas que era então o que sentia por Lenita? Amizade no rigor do termo, como de homem para homem, e até de mulher para mulher, não era: a amizade é impossível entre pessoas de sexo diferente, a não ser que tenham perdido todo o caráter de sexualidade. Amor ideal, romântico, platônico? Era de certo isso. Mas que ridículo, santo Deus? que oceano de ridículo! Quebradeiras sentimentais na casa dos quarenta, quando a enduração do cérebro já não permite fantasias, quando a luta pela vida já tem morto as ilusões?

O caso era que não podia estar longe da moça, que só junto dela vivia, pensava, estudava, era homem. Estava preso, estava aniquilado.

Capítulo IX

Quebrara em Santos uma casa comissária importantíssima.

O coronel perdia na quebra cerca de trinta contos.

– Que aquela praça era uma cova de Caco[1], uma Calábria[2], disse ele ao saber da notícia, um dia de manhã: que comiam o fazendeiro por uma perna; que misturavam o café bom, mandado por ele, com o café de refugo, com o café *escolha* comprado ao desbarato; que essa honestíssima manipulação chamavam *bater*, fazer *pilha*, no que tinham carradas de razão porque era mesmo uma *batida* de dinheiro, uma verdadeira *pilhagem* de cobres, que davam contas de venda ao fazendeiro como e quando muito bem lhes parecia, e que o diabo havia de se ver grego para verificar a exatidão de tais contas; que à custa do fazendeiro comia o intermediário, comia a estrada de ferro com as suas tarifas de chegar, comia o Governo com velhos e novos impostos, comia a corporação dos carroceiros, comia a três carrilhos o comissário, comia o zangão[3] ou o corretor, comia o exportador, comiam todos. Que afinal, para coroar a obra, para evaporar o restinho de cobre que ficava, lá vinha a santa da quebra, a bela da falência *casual*, já se deixava ver, porque onde há guarda-livros peritos ninguém quebra fraudulentamente.

Ficou decidido que Barbosa partiria no dia seguinte para Santos, a ver se conseguia salvar alguma coisa do naufrágio. Logo depois do almoço conversou ele por largo espaço com o pai, discutiu, fez contas, ajustou condições, dispôs as bases da negociação e, montado a cavalo, foi à fazenda do vizinho mais próximo, major Silva, com quem era necessário entender-se, porque também era interessado no negócio.

Ao dizer-lhe adeus Barbosa, Lenita sentiu fazer-se em torno dela um vácuo imenso, certa muito embora de que a ausência era só até à tarde.

A ideia de outra ausência, da ausência grande futura, da ida para Santos torturava-a.

Como lenitivo à sua mágoa, quis ela própria fazer a mala de Barbosa, pretextando que não ficaria bom o arranjo pelas mãos descuidosas de uma escrava.

Seguiu a mucama encarregada da roupa branca, entrou pela primeira vez no quarto de Barbosa.

Ao fundo uma cama estreita de solteiro, estendida, com lençóis e fronhas muito alvas; junto da cabeceira um criado--mudo de tampo de mármore, e sobre ele um castiçal de alfenide[4] com um coto de vela de estearina[5], uma fosforeira de prata e um número de *Diário Mercantil*; ao alcance da mão uma mesa vasta, forrada de baeta verde com alguns livros, aprestos[6] para escrever, dois revólveres, um punhal japonês e uma fotografia de Sarah Bernhardt[7], aos pés da cama um mancebo para roupa, com muitos braços. Pelas paredes, nos espaços deixados por um lavatório e uma enorme cômoda, botelhas entrançadas de vime, facões, armas finas, de caça e de alvo, de carregar pela boca, de retrocarga, de repetição, marcadas por Pieper, por Habermann, por Greener, por Fruwirth. Um armário, uma cadeira preguiçosa e várias cadeiras simples completavam o trastejamento.

Entrando, Lenita sentiu-se tomada de embaraço inexplicável. Seu pudor revoltava-se, parecia-lhe que respirava indecência naquele aposento de homem.

Correu-se de pejo[8], corou e, com voz mal segura, perguntou à mucama pela roupa branca de Barbosa.

A mucama abriu uma cômoda, tirou dela e empilhou sobre a cama camisas brancas engomadas, camisas de dormir de flanela macia, ceroulas de linho alvíssimo, toalhas, lenços brancos e de bretanha[9], lenços de seda de cor, meias de fio de Escócia.

Foi buscar e colocou junto da cama uma grande mala inglesa de bojo elástico de fole; no couro preto, punha uma nota viva, um pedaço de papel encardido com o letreiro – *Tamar, cabin*. Desafivelou as correias, abriu-a em duas.

Lenita forrou um dos compartimentos com uma toalha de algodão mineiro finíssimo, crivada, franjada em abrolhos, e, com esse cuidado meticuloso, com esse jeito peculiar às mulheres moças, começou a arrumar peça sobre peça, perfumando cada uma com um borrifo de essência Vitória vaporizada.

Na candidez dos linhos destacava-se, em notas cruas, o vermelho-sangue, o azul-de-rei dos lenços de seda, o ouro-fosco, o verde-garrafa, o preto-lustroso das meias de fio de Escócia.

A mucama saiu, passou a outro quarto para trazer umas roupas de casimira que Barbosa lhe dissera querer levar.

Lenita ficou só. Foi a tirar a última camisa de sobre a cama e notou que, no retesado da coberta, havia um afundamento apenas visível, e sobre a travesseira rendada uma depressão mais cava. Depois de feita a cama, Barbosa com certeza nela se estendera, a descansar.

Inconscientemente, automaticamente, atraída, puxada pelos nervos, Lenita pôs as mãos no colchão fofo, curvou-se, aproximou a cabeça.

Da travesseira, misturando-se a um aroma suave de água de Lubin, desprendia-se um cheiro animal bom, de corpo humano, são, asseado.

Lenita, haurindo essa emanação sutil, sentiu quer que era de elétrico abalar-lhe o organismo: era um anseio vago, uma sede de sensações que a torturava. Quase em delíquio, deixou-se cair de bruços sobre a cama, afundou o rosto na travesseira, sorveu a haustos curtos, açodados, o odor viril, esfregou, rostiu[10] os seios de encontro ao fustão áspero da colcha branca.

Sentia quase o mesmo que sentira na noite da alucinação com o gladiador, um prazer mordente, delirante, atroz, com estranhas repercussões simpáticas, mas incompleto, falho.

Trincou nos dentes a cambraia da fronha, gemendo, ganindo em contrações espasmódicas.

– Eah! gritou a mucama que entrava, sinhazinha está com ataque! e, atirando sobre a cadeira a roupa que trouxera, correu para ela, ergueu-a nos braços, sacudiu-a com força.

Lenita acalmou-se sem demora: estava pálida, trêmula, tinha os olhos muito brilhantes, a boca pegajosa, a fala travada.

– Não é nada, disse, foi uma vertigem, já passou. Vá buscar um copo d'água.

– Sinhazinha, ponderou a mucama, o que lhe fez mal foi o cheiro forte do vidro que vassuncê estava pondo na roupa: a mim também me tonteou. Cuidado.

E saiu.

À tarde, Barbosa, quando voltou da fazenda do major Silva, estranhou a Lenita. Ela não o procurava, não lhe falava, mal respondia às suas numerosas e reiteradas perguntas.

Contra o costume recolheu-se cedo, antes da ceia, pretextando incômodo.

Barbosa despediu-se do pai e da mãe: não os queria ir acordar de madrugada, e contava partir antes de amanhecer.

Entrou para o quarto mas não pôde dormir. A viagem que tinha de fazer contrariava-o imenso. Não sabia como passar ausente de Lenita. As poucas horas que estivera na fazenda do major Silva tinham-lhe parecido eternidades. Viera a galope. E mais, para coroar a obra, os modos bruscos da moça.

Acabou de arrumar a mala.

— Sim, senhor, disse, a Marciana arranjou isto muito bem. Está admirável, até com gosto, com arte. Mas, onde diabo foi ela buscar essência Vitória? cheira que é uma delícia. Fez jus a cinco mil-réis, há de tê-los.

Tirou do armário uma garrafa de conhaque, bebeu um cálice, acendeu um charuto.

Entrou a pensar.

— Que teria Lenita? Teria adoecido assim, de repente?

Regras, aquilo de certo eram regras: *tota mulier in utero*[11] disse Van Helmont[12]. Mas não era que estava mesmo apaixonado pela rapariga? Tinha graça!

Puxou com força uma fumaça, e continuou a pensar!

— Era casado, era quase um velho. Onde iria parar aquilo? Não levava a fatuidade ao ponto de crer que a rapariga estivesse apaixonada também pela sua respeitável pessoa... mas, em suma, por que não? Muitos velhos tinham inspirado paixões. A mulher de Lesseps[13] era uma mocinha nova, quase uma criança, e casara por paixão. E demais ele, Barbosa, não era velho, era homem maduro apenas. Dado que, o que havia entre ele e Lenita não fosse, como não podia mesmo ser, uma mera afeição de camaradagem, uma simples estima recíproca, que havia ele de fazer? Casar com Lenita não podia, era casado. Tomá-la por amante? Certo que não. Preconceitos íntimos não os tinha: para ele o casamento era uma instituição egoística, hipócrita, profundamente imoral, soberanamente estúpida. Todavia era uma instituição velha de milhares de anos, e nada mais perigoso do que arrostar[14], contrariar de chofre as velhas instituições; elas hão de cair, sim, mas com o tempo, com a mesma lentidão com que se formaram, e não de chofre, como um relâmpago. A sociedade estigmatizava o amor livre, o amor fora do casamento; força era aceitar o decreto antinatural da sociedade. Demais, seu pai tivera Lopes Matoso em conta de filho; tinha a Lenita em conta de neta: um escândalo magoá-lo-ia profundamente, matá-lo-ia talvez.

Sentou-se junto à mesa, quebrou em um cinzeiro a cinza do charuto, apoiou o cotovelo do braço esquerdo sobre o joelho correspondente, encostou a cabeça no rebordo interno da mão, engolfou-se em cisma, tirando fumaça sobre fumaça.

Após largo espaço ergueu-se, atirou fora a ponta do charuto, entrou a passear nervoso de um para outro lado.

– Não, exclamou de repente, é preciso que isto acabe, há de acabar.

Deitou- se.

Às três horas ergueu-se sem ter conciliado o sono, chamou o pajem, mandou-o ensilhar os animais, lavou-se, vestiu-se, calçou botas, calçou luvas, envergou o guarda-pó, pôs o chapéu, tomou às pressas uma xícara de café, que uma preta lhe trouxe, saiu, montou a cavalo, e, acompanhado pelo pajem, seguiu jornada.

Lenita também não dormira.

O cheiro humano masculino que respirara na travesseira de Barbosa fora realmente um veneno para os seus nervos. Sentia-se de novo presa do mal-estar do histerismo antigo. Tinha anseios, tinha desejos, mas anseios, desejos acentuados, visando a objetivo certo. Ela ansiava por Barbosa, ela desejava Barbosa.

A seus olhos avultara ele, tomara proporções novas, realizava-lhe o ideal. Deixara-se subjugar, dominar pelo físico robusto e nervoso, pela pujante e culta mentalidade de Barbosa.

A fêmea altiva, orgulhosa, cônscia da sua superioridade encontrava o macho digno de si: a senhora se fizera escrava.

Ao ouvir o estrupido dos animais na partida, Lenita abriu a janela, ergueu a vidraça, acompanhou com o olhar os vultos dos dois cavaleiros que se iam perdendo nas brumas da madrugada.

Notou que paravam, que se voltava o cavaleiro da frente, cujo guarda-pó muito claro punha uma nota muito branca no nevoeiro matutino.

Seria por um dos mil pequenos incidentes de viagem que paravam? seria para contemplar Barbosa, ainda uma vez, a casa em que ela ficava? seria uma despedida?

Sem o querer, inconscientemente, Lenita apinhou os dedos, levou-os à boca, atirou um beijo ao espaço.

E desatinada, ardendo em pejo, muito embora certa de que ninguém, absolutamente ninguém a vira, fechou a janela, arrojou-se à cama, desatou em pranto convulso.

Despontou o sol, trazendo um dia ridente, lindíssimo.

Lenita ergueu-se, vestiu-se às pressas, saiu a dar uma volta pelo pomar, deixando intactos o copo de leite e a xícara de café que lhe levara a servente.

O ar fino da manhã puríssima, saturado das emanações balsâmicas das árvores abafava-a, sufocava-a: parecia-lhe que respirava chumbo.

A luz vívida do sol, a dourar a verdura mole do campo, era crua e incomportável a seus olhos. Achava algo de hostil na vegetação, em tudo.

Era-lhe odiosa a imobilidade dos cerros[15] vizinhos, das montanhas que ao longe divisava. Um terremoto, um cataclismo que desmoronasse as serranias, alteando os vales, derramando os rios, convulsionando tudo, iria muito melhor ao seu estado de espírito, do que essa calma da natureza, bárbara, estúpida.

Figurava-se-lhe estar dentro de um círculo de altas muralhas de aço brunido, cujo diâmetro se fosse a cada instante estreitando. Tudo lhe falava de Barbosa, tudo lho recordava.

Aqui era a laranjeira-cravo junto da qual o vira, como em um avatar[16], como em uma transfiguração, risonho, franco, comunicativo, sob o aspecto que em um momento a cativara.

Ali era um grupo de ameixeiras, que servira de assunto a uma preleção de botânica industrial. Lembrava-lhe muito bem – *ameixeira-da-índia, ameixeira-do-canadá,* nomes impróprios, origens falsas. A árvore é autóctone da China e do Japão, onde vive em estado selvagem, é a *eriobotria, mespilus japonica.* Está destinada a um grande papel no futuro, quando este país se tornar industrial. A geleia que produz não tem competidora, e a sua aguardente, coobada[17], levará de vencida a famosa *kirchwasser.*

Além era um renque[18] de ananazeiros, a cujo respeito a exposição luminosa e fácil de Barbosa lhe tirara muitas dúvidas. Como lhe vivia na memória a descrição que ele fizera – *bromelia ananas*, família das *bromeliáceas*; folhas em corimbos[19], duras, quebradiças alfanjadas[20], de perto de metro, às vezes, guarnecidas de acúleos; flor vermelha ou roxa, a emergir de um cálice duro, cor de sangue, em pecíolos[21] longos de vinte a trinta centímetros; fruto lindo, pinhiforme, verde, branquicento, dourado, vermelho, constituído por uma série de bagas em hélice, soldadas, unificadas umas com as outras, em escamas orladas de pequenas folhas escarlates, coroado tudo por um penacho espinhento. *Abacaxi, nanã, macambira, onore, uaca*, achupala, naná-iacua, chamava-se no continente sul-americano essa fruta adorável que, em 1514, Fernando, o Católico, declarou, na Espanha, a primeira fruta do mundo. Gonzalo Hernandez, Léry, Benzoni descreveram-na em suas obras; Cristóvão Acosta[22] deu-lhe o nome que hoje tem. Conta nada menos de oito variedades; penetrou na África até às margens do Congo, na Ásia até o coração da China: é soberbo em Pernambuco, mas onde atinge a perfeição em forma, em aroma, em gosto, onde chega a ser divino é no Pará.

Ainda além um mamoeiro...

E Lenita sacudiu a cabeça, interrompendo desesperada o seu curso de ideias; os ensinamentos de Barbosa, a sua erudição, que ela reproduzia, mais lhe acendravam o desalento da saudade.

Não o podia crer ausente: ele lá estava, lá devia estar na sala do coronel, a arranjar um aparelho elétrico desmanchado: ou na varanda, a procurar em grossos léxicos uma raiz grega ou sânscrita. Sim, lá devia estar dentro, fazendo uma das coisas do costume.

Quem sabe se precisava dela para o ajudar...

E correu. Antes de chegar ao portão parou. Tolices, Barbosa estava longe, partira, ela o vira partir.

A essa hora já tinha andado duas léguas, seis mil braças, treze mil e duzentos metros: cada minuto afastava-o dela cento e dez metros. No outro dia, às seis horas e dez minutos, precisamente, da tarde, deveria estar, estaria em Santos, a quarenta e cinco léguas, a trezentos quilômetros, a trezentos mil metros!

Recolheu-se abatida, mal almoçou, jantou ainda pior.

Ao entardecer, quando o sol, no descambar, derramava sobre a terra torrentes de luz amarela, suave, cor de ouro-velho, projetando ao longe, gigantescas, as sombras dos animais, das árvores, das casas, dos carros, Lenita com o peito opresso, a arfar em fôlegos curtos, foi sentar-se em um bosquezinho denso de amoreiras, sobre um alcantil, à beira do ribeirão.

Oculta pelo tramado da folhagem, ela abrangia um vasto trato de terreno no arco de círculo percorrido pelo raio visual. Na verdura veludosa do pasto, punham notas fortes grandes vacas muito pretas, malhadas de branco.

Um touro andaluz, vermelho, mugia ao longe, escarvando a terra. Um rebanho de ovelhas fuscas de cabeças e pernas muito negras, pascia[23] irrequieto, às cabriolas[24], tosando a grama aqui e ali.

Quase a seus pés, sob o alcantil[25] das amoreiras, o riacho espraiava-se em uma corredeira rasa, sobre fundo de seixinhos alvos. Um capão de mato ralo começava à beira da água, indo morrer a pequena distância.

Lenita contemplava o amplo cenário, abstrata, distraída, imersa em cisma, olhando sem ver. Um mugido fero, ao perto, chamou-a à realidade.

O touro tinha-se aproximado de uma vaca muito gorda, cuja cria, terneira alentada, pastava já longe, deslembrada quase da teta.

Chegara-se farejando ansioso, cheirava o focinho da vaca, cheirava-lhe o corpo todo: erguera a cabeça aspirando ruidosamente o ar, mostrando, no arregaçar luxurioso da beiça, a gengiva superior desdentada; soltara um berro estrangulado.

Fora o que Lenita ouvira.

O touro lambeu a vulva da vaca com a língua áspera, babosa, e depois, bufando, com os olhos sanguíneos esbugalhados, pujante, temeroso na fúria do erotismo, levantou as patas dianteiras, deixou-se cair sobre a vaca, cobriu-a, pendendo a cabeça à esquerda, achatando o perigalho[26] de encontro ao seu espinhaço.

A vaca abriu um pouco as pernas traseiras, corcovou-se, engelhou[27] a pele das ilhargas[28] para receber a fecundação. Consumou-se esta em uma estocada rubra, certeira, rápida.

Era a primeira vez que Lenita via, realizado por animais de grande talhe, o ato fisiológico por meio do qual a natureza viva se reproduz.

Espírito culto, em vez de julgá-lo imoral e sujo, como se praz a sociedade hipócrita em representá-lo, ela achou-o grandioso e nobre em sua adorável simplicidade.

Um assobiar requebrado e terno que se fazia ouvir no riacho fê-la voltar para esse lado. Olhou, viu a Rufina, uma crioula nova de seios pulados e duros, de dentes muito brancos.

Chapinhava[29] na água rasa da corredeira, de cabeça alta, risonha, erguendo as fraldas muito alto, descobrindo-se até o púbis, mostrando as coxas grossas, musculosas de um negro mate arroxado.

A assobiar sempre, avançou até o começo da corredeira, onde o álveo[30] se afundava um tanto, sofraldou-se[31] mais, prendeu a roupa à cinta, curvou-se, imergiu as nádegas na água murmurosa, e, às mãos ambas, procedeu a uma ablução de asseio, tônica ao mesmo tempo e excitante.

Depois, com água a escorrer em filetes lustrosos pela pele escura, baça, internou-se no capão.

Ouvia-se-lhe sempre o assobio requebrado.

Não levou muito e outro assobio respondeu-lhe.

Por uma trilha do alcantil[32] oposto um preto, moço, vigoroso, desceu a correr, atravessou rápido a corredeira, internou-se por sua vez no capão.

Cessaram os assobios.

Lenita ouviu um murmurar confuso de vozes inter-cortadas, viu agitarem-se uns ramos e, pelos interstícios dos troncos, por entre o emaranhado dos galhos, lobrigou indistintamente uma como luta breve, seguida pelo tombar desamparado, pelo som baço de dois corpos a bater a um tempo no solo arenoso do matagal.

Lenita mais compreendeu do que viu. Era a reprodução do que se tinha passado, havia momentos, mas em escala levantada: à cópula, instintiva, brutal, feroz, instantânea dos ruminantes, seguia-se o coito humano meditado, lascivo, meigo, vagaroso.

Abalada profundamente em seu organismo, com a irritação de nervos aumentada por essas cenas cruas da na-tureza, torturada pela carne, mordida de um desejo louco de sensações completas, que não conhecia, mas que adivinhava, Lenita recolheu-se titubeando, fraquíssima.

O coronel tinha passado a noite mal, com um acesso de reumatismo; conservara-se todo o dia na cama.

Lenita foi vê-lo, demorou-se pouco, retirou-se para o seu quarto, fechou-se por dentro.

Capítulo X

Tinha anoitecido.

Não havia luar, mas a noite estava clara. Na transparência escura do céu tropical as estrelas empastavam-se em um amontoamento inverossímil, como punhados de farinha luminosa em uma tela muito negra.

No terreiro, varrido, em frente às senzalas, uma fogueira crepitava alegre, espancando a escuridão com seu brasido[1], candente, com suas línguas de chamas multiformes, irrequietas.

Os negros tinham acabado uma carpa[2] nesse dia, e o coronel dera-lhes permissão para folgar, mandando ao mesmo tempo que o administrador lhes fizesse uma larga distribuição de aguardente.

Ao som de instrumentos grosseiros dançavam: eram esses instrumentos dois atabaques e vários adufes[3].

Acocorados, segurando os atabaques entre as pernas, encarapitados, debruçados neles, dois africanos velhos, mas ainda robustos, faziam-nos ressoar, batendo-lhes nos couros, retesados, às mãos ambas, com um ritmo, sacudido, nervoso, feroz, infrene.

Negros e negras formados em vasto círculo agitavam-se, palmeavam, compassadamente, rufavam adufes aqui e ali. Um figurante, no meio, saltava, volteava, baixava-se, erguia-se, retorcia os braços, contorcia o pescoço, rebolia os quadris, sapateava em um frenesi indescritível, com uma tal prodigalidade de movimentos, com um tal desperdício de ação nervosa e muscular, que teria estafado um homem branco em menos de cinco minutos.

E cantava:

Serena pomba, serena;
Não cansa de serená!
O sereno desta pomba
Lumeia que nem metá!
Eh! pomba! eh!

E a turba repetia em coro:

Eh! pomba! eh!

A voz do cantor, fresca, modulada, de um timbre sombrio, coberto, tinha uma doçura infinita, um encanto inexprimível.

Fechando-se os olhos, não se podia crer que sons tão puros saíssem da garganta de um preto, sujo, desconforme, hediondo, repugnante.

A resposta coral, melopeia[4] inarmônica, mas cadenciada em quebros de uma tristeza suavíssima, repercutia pelas matas no silêncio da noite, com uma grandiosidade melancólica e estranha.

A letra nada dizia; a toada, o canto era tudo.

E os atabaques retumbavam, rufavam os adufes, desesperadamente.

O dançarino, sempre a cantar, sempre naquela agitação, naquela coreomania[5] estupenda, percorria a roda sem sustar-

-se para tomar alento, sem dar mostras de cansado. Em sua testa baça não brilhava uma baga de suor.

De repente, vendo um tição inflamado na mão de um companheiro, asiu-o[6], entrou a descrever com ele no ar, figuras caprichosas, círculos, elipses, oitos de algarismo. Bateu-o no chão, espalhou na roda milhares de faúlas[7]... O entusiasmo ascendeu ao delírio.

O dançarino deitou fora o tição, arrojando-o longe com impulso vigorosíssimo. Depois afrouxou, moderou um pouco os movimentos. Entreparou ante um dos da roda, bamboando-se, fazendo-lhe gaifonas[8], como que reptando-o para que saísse ao terreiro.

O desafiado aceitou a provocação, saiu-lhe ao encontro, dançando, saracoteando-se, também.

Eh! pomba! eh!

gemia o coro.

Os figurantes, que eram então os dois, começaram de girar um em torno do outro, atacando-se, perseguindo-se, fugindo, como duas borboletas amorosas. Recuaram, depois avançaram de frente, lento, medindo-se. Deixaram pender os braços, afastaram as cabeças, protraíram os ventres, curvando as pernas, fizeram estalar uma embigada artística, sonora, retumbante, que se ouviu longe.

Eh! pomba! eh!

continuava a gemer o coro.

O primeiro figurante embarafustou[9] por entre os companheiros, rompeu a roda, sumiu-se, deixando só o sucessor que continuou na faina com a mesma galhardia.

Os que não dançavam, que não tomavam parte no *samba*, grupavam-se, aos magotes, acotovelando-se; olhavam em silêncio, enlevados[10], absortos.

Do solo batido pelo tripudiar de tanta gente erguia-se uma nuvem de pó, avermelhada pelo clarão da fogueira.

A garrafa de aguardente andava de mão em mão: não havia copos; bebiam pelo gargalo.

Ao cheiro de terra pisada, de cachaça, de sarro de pito[11], sobrelevava dominante um cheiro humano áspero, aliáceo, um odor almiscarado forte, uma catinga africana, indefinível, que doía ao olfato, que cortava os nervos, que entontecia o cérebro, sufocante, insuportável.

Enquanto se dançava no terreiro, Joaquim Cambinda, escravo octogenário, inútil para o trabalho, estava sozinho, sentado em um cepo, ao pé de um fogo de lenha de perova, no paiol velho abandonado, que a rogo seu lhe fora concedido para morada.

Era horroroso esse preto: calvo, beiçudo, maxilares enormes, com as escleróticas amarelas, raiadas de laivos sanguíneos, a destacarem-se na pele muito preta. Curvado pela idade, tardo, trôpego, quando se erguia e, envolto na sua coberta de lã parda, dava alguns passos, similhava[12] uma hiena fusca, vagarosa, covarde, feroz, repelente. Tinha as mãos secas, aduncas[13]; os dedos dos pés reviravam-se-lhe para dentro, desunhados, medonhos.

O paiol velho formava uma vasta quadra de telha-vã de chão de terra, esburacado. A um canto um chalo[14] de paus roliços, com uma esteira, um travesseiro negro e lustroso, umas traparias imundas: era a cama do africano. Por baixo do chalo, no desvão escuro, punha uma nota branca um urinol velho de louça ordinária, desbeiçado, com um arquipélago de incrustações úricas no fundo muito fétido, nauseabundo[15]. Junto do chalo, uma caixa de pinho, cuja fechadura nova, envernizada, destacava-se muito lustrosa na madeira de pinho carunchada, enegrecida pela fumaça. Em outro canto, fronteiro ao chalo, sobre uma mesa coxa, um oratório vetusto, de gonzos enferrujados, gastos, roído de ratos em vários lugares, muito ensebado. Pelas paredes, saquinhos de boca amarrada, samburás[16], porungas[17] de pescoço, guampas de boi, cartolas antiquíssimas, sobrecasacas arcaicas, de três pontas na lapela, do tempo do rei. Por todo o chão, abóboras, pepinos maduros, espigas de milho com casca, cabos de instrumentos de lavoura, cepos de madeira, cascas de ovos, talos de couve, montes de cisco.

A porta estava apenas cerrada: abriu-se e entrou uma negra ainda moça, magra, baixinha, de olhos fundos, olhar febril. Estava vestida de cores muito espantadas, saia amarela, casaco vermelho. Tomou a bênção a Joaquim Cambinda, e foi sentar-se em silêncio junto do fogo.

Um a um, vieram vindo outros pretos e pretas. Entravam, davam louvado ao velho, e, silenciosos, acomodavam-se sobre cepos, ao pé do fogo: ao todo dez.

Quando completo esse número, Joaquim Cambinda disse:
– Féssa póta[18].

A negra que primeiro chegara, levantou-se cumpriu a ordem, voltou a sentar-se em seu lugar.

Reinou silêncio por largo espaço.

Fora ouvia-se o coro retumbando na noite:

Eh! pomba! eh!

Joaquim Cambinda acendera um cachimbo de longo canudo, e fumava tranquilo, sem parecer dar fé dos circunstantes.

Cerca de meia hora levou absorto, com os olhos cerrados, meditando, cochilando, a puxar fumaças, morosamente, preguiçosamente.

Quando se consumiu o carrego do cachimbo, sacudiu as cinzas, bateu-o bem, cuidadosamente, soprou-lhe o canudo, encostou-o à parede. Ergueu-se e, lento, titubeante, monstruoso, caminhou para o oratório, chegou, abriu-lhe as folhas da porta de par em par, tirou para fora duas velas de cera que estavam dentro, em castiçais de latão, riscou fósforos, acendeu-as, iluminou o interior do nicho, revestido de papel de prata, mareado.

Dois eram os divos[19] desse mesquinho e sórdido larário[20]: um S. Miguel de gesso, cambuto[21], retaco, muito feio, muito pintado de excretos[22] de moscas; e um manipanso[23], tecido inteirinho de cordas finíssimas de embira, hediondo, pavoroso, mas admirável pelos detalhes anatômicos, estupendo como obra de paciência.

Os negros ergueram-se todos, reverentes.

– Zelómo, disse Joaquim Cambinda, ussê pensô bê nu quê ussê vai fazê, lapássi?

– Pensô, mganga.

– Intonsi, ussê quê mêmo si rissá ni rimanári ri San Migué rizãma?

– Quê, mganga★.

★　 "– Jerônimo, você pensou bem no que você vai fazer, rapaz?
　 – Pensei, mestre.
　 – Então você quer mesmo alistar-se na irmandade de S. Miguel das Almas?
　 – Quero, mestre."
　 A palavra *mganga* é termo africano: significa *senhor do tempo, distribuidor da chuva* e, por extensão, *teólogo, sacerdote, mestre.*

Que era muito bom, explicou Joaquim Cambinda na sua meia língua, pertencer um preto à irmandade de S. Miguel das Almas, mas que também era perigoso; que quem não tinha peito não tomava mandinga; que o branco queria, por força, saber o segredo dos irmãos de S. Miguel, e que para isso surrava o preto, mas que o preto que revelava o segredo de S. Miguel morria sem saber de quê. Fez o neófito[24] beijar os pés de S. Miguel, fê-lo beijar os cornos do Satanás a eles sotoposto[25], fê-lo beijar as partes genitais do manipanso; ditou-lhe juramentos solenes, cominou-lhe penas terríveis no caso de infração. Recebeu dele dinheiro, trinta mil-réis, seis notas de cinco mil-réis, que estavam no bolso da calça, muito enleadas em um lenço de chita muito sujo. Passou à parte doutrinária, entrou a iniciá-lo na arte terrível dos feitiços e dos contras, a dar-lhe meios de matar, de curar. Ensinou-lhe que a semente do mamoninho bravo (*Datura stramonium*), socada, macerada em aguardente, cega, enlouquece, mata dentro de poucas horas; que osso de defunto, cuja carne caiu de podre, raspado e posto em uma comida qualquer, produz amarelão incurável; que o sapo verde do mato virgem, sufocado a fogo lento, dentro de uma panela nova coberta por testo[26] novo, morre largando uma espumarada branca, com a qual, diluída em água, se produz uma hidropisia necessariamente mortal; que as folhas do jaborandi (*Pilacarpus pinnatifolius*), pisadas, reduzidas a massa, aplicadas aos sovacos, produzem suores e salivação, curam muitas moléstias; que a raiz de Guiné (*Mappa graveolens*) e a nhandirova (*Feuillea cordifolia*) são contras poderosíssimos para todas as *coisas feitas*.

Ensinou mais uma infinidade de superstições, medonhas umas, outras muito ridículas: que a mão ressequida de uma criancinha morta sem batismo é um talismã precioso para conciliar o amor; que uma lasca de pedra de ara, furtada a uma igreja, *fecha* o corpo, torna-o invulnerável a tiros de arma de fogo, a pontaços de arma branca; que café coado com água de banho por fralda de camisa de mulher, ou por fundilho de ceroula de homem, sem lavar, capta a simpatia, amansa o gênio bravo; que corda de enforcado faz ganhar dinheiro ao jogo; que uma figa de raiz de arruda, arrancada em sexta-feira maior, é remédio soberano de quebranto, de mal de olhado; que, para inutilizar um mestre feiticeiro, para tirar-lhe o poder, é preciso surrá-lo com uma vara de fumo e quebrar-lhe na cabeça três ovos chocos.

Passou a *curar* o neófito, a *fechar-lhe* o corpo, a anestesiá-lo para não sentir castigos físicos: mandou que se despisse, que se pusesse de quatro pés, como uma besta. Murmurando palavras inconexas, frases de engrimanço[27], untou-o com uma pomada rançosa que tirou de uma latinha muito oxidada, borrifou-o com uma água de uma porunga que desprendeu da parede. Disse-lhe que era preciso repetir a operação em mais seis sextas-feiras, para que o encanto ficasse completo, e o corpo insensível de uma vez.

Para provar com fatos o seu poder, para demonstrar a eficácia dos seus sortilégios, chamou a preta magra, a primeira que viera. Acudiu ela, aproximou-se ligeira, muito contente.

Passou-se uma cena estranha.

Joaquim Cambinda tirou do oratório uma agulha de coser sacos, comprida, acerada, e, tomando o braço esquerdo da preta, atravessou-o de parte a parte, em vários lugares, por várias vezes, sem que ressumasse uma pinga de sangue: a paciente olhava curiosa para o braço, sem dar a mínima mostra de dor.

Joaquim Cambinda largou a agulha, afastou-se um pouco, baixou-se, fitou-a de modo particular, por sob a pálpebra, com a pupila brilhante, fixa como a de um réptil.

A rapariga soltou um grande grito, e levou as mãos ambas ao peito.

– A bola! a bola! Sufoco! exclamou.

E caiu desamparada, com os olhos esbugalhados, em alvo, com a boca torta, com os membros contorcidos por convulsões tetânicas.

Estenderam-se-lhe, inteiriçaram-se os braços; os punhos viraram-se para fora; os dedos fecharam-se, penetrando quase as unhas nas palmas das mãos; a língua estava negra e pendente, betada aqui e ali por fios de baba escumosa.

E revolvia-se no solo, aos saltos, como uma cobra cortada aos pedaços.

De súbito largou um berro entrecortado, gutural, rouco, que nada tinha de humano. Deu uma estremeção, curvou-se para trás, assumiu a forma de um bodoque retesado, quedou-se imóvel, dura, firme, em uma posição impossível: por uma parte tinha o alto da cabeça apoiado ao solo, e, por outra, os dois pés que assentavam em cheio, um pouco separados; ao todo três pontos de apoio.

Os punhos continuavam cerrados, e os braços tesos, ao longo do corpo. A rigidez era cadavérica, mais ainda, marmórea, metálica.

Joaquim Cambinda sorria-se medonhamente.

Com uma agilidade que desmentia o seu vagar, o seu tolhimento costumeiro, e de que ninguém o teria julgado capaz, trepou de um salto sobre essa esquisita ponte humana.

Com os olhos reluzentes; como o clarão do fogo a refletir-se-lhe na calva negra, polida; mostrando os dentes amarelos em esgares diabólicos, ele pulava, tripudiava sobre o estômago, sobre o ventre, sobre o púbis da convulsionada.

Ela não se abalava, não se mexia sob o impulso dos pés, sob a ação do peso do monstro: semelhava uma ponte de arco, feita de cantaria.

Joaquim Cambinda desceu, foi a um canto buscar um cabo de picareta, e com ele entrou a bater-lhe duro no peito, no ventre.

Os golpes sucediam-se, crebros[28], com um som baço, abafado, como se fossem dados em um saco de trapos.

De súbito a vítima desinteiriçou-se, recobrou moleza vital, recaiu no solo pesadamente, em atitude humana.

Inundavam-lhe o rosto grossas camarinhas de suor.

Os assistentes estavam aterrados.

O tétrico hierofante[29] desses horrendos mistérios tinha apagado rapidamente as velas, tinha fechado o oratório, estava de novo silencioso, sentado em seu cepo, atiçando o fogo.

A rapariga dormia, dormia profundamente, respirando alto, em estertores.

Fora, o samba continuava; ouvia-se o tutucar dos atabaques, e o estrupido surdo dos pés; sonoro, melancólico, plangente[30], repercutia o estribilho:

Eh! pomba! eh!

Capítulo XI

Havia muitos dias que Barbosa partira, e apenas tinha escrito uma carta ao coronel, sobre negócios, em a qual lhe dava esperanças de salvar trinta por cento do capital comprometido.

A princípio Lenita mandava o moleque à vila todos os dias buscar o correio. Muito antes da hora de ele voltar, já ela estava à porta a espiá-lo. Quando no alto do morro despontava o seu vulto, vestido de algodão branco, sacudido pelo chouto[1] de um burrinho ruço[2] velho, a pôr uma mancha alvadia e movediça no amarelo baço do caminho, ela corria à porteira da cerca, a encontrá-lo.

Tomava com mão febril o surrãozinho de sola em que vinha a correspondência, abria-o, virava-o, sacudia-o, e, como só caíssem jornais, perguntava nervosa, trêmula, afagando ainda um resto de infundada esperança:

– E as cartas, onde estão as cartas?

É indescritível o seu desapontamento, a sua cólera mesmo, ao ouvir a resposta do moleque, em voz lenta, doce, meio cantada, indiferente:

– Carta não tem.

Aborreceu-se, não o mandou mais à vila buscar o correio, e, quando ele, de si próprio, lhe ia entregar os jornais, dizia-lhe com mau modo:

– Ponha lá em cima da mesa.

Um dia, a destacar-se no emaranhamento de letra miúda de um maço de *Jornal do Comércio*, viu ela uma carta volumosa, empanturrada. O sangue refluiu-lhe todo ao coração quando reconheceu a letra de Barbosa no subscrito liso, do papel *diplomata*:

> *Ilma. Exma. Sra.*
> *D. Helena Matoso.*
> *Vila de * * * Província de S. Paulo.*

Arrancou-a violentamente da mão do moleque, deixando cair por terra os jornais, que não curou de erguer: acolheu-se ao seu quarto, apertando-a de encontro ao seio.

Fechou a porta por dentro, à chave; semicerrou as janelas, deixando apenas interstício por onde entrasse a luz necessária. Não queria ser vista, não queria que ninguém a pudesse incomodar.

A tremer, com as mãos tactas, despedaçou o *envelope*, impacientemente, brutalmente quase.

A carta constava de muitas folhas de papel paquete, *pelure d'oignon*[3], cobertas de letra cursiva em todas as laudas, tudo numerado muito em ordem.

Lenita leu:

Santos, 22 de janeiro de 1887.

Minha prezada companheira de estudos:

Aqui estou, pela primeira vez em minha vida, no porto de mar de nossa província, em Santos, terra cálida, úmida, sufocante, preferida por Martim Afonso[4] aos feiticeiros arredores da baía de Guanabara. Os reverendos Kidder e Fletcher[5], no livro que publicaram sobre o Brasil, deram-se a perros[6] para descobrirem a razão da preferência e... ficaram em jejum. O mesmo me acontece. Com efeito, por que teria Martim Afonso preferido isto ao Rio de Janeiro? Tudo levava a crer que era o contrário que se devia dar. Que rasgo de intuição genial, que vista interna miraculosa teria revelado ao colonizador português a superioridade imensa desta zona vicentina em que há terra roxa, em que há um clima sem rival para a lavoura, sobre a orla limítrofe, de terra vermelha, árida, sequiosa? E o caso é que sem razão aparente, sem dados aceitáveis, houve a preferência, e que essa preferência criou a primeira província do Brasil, e quiçá o primeiro dos pequenos estados livres do mundo.

Eu me vejo em apuros, mas é para dizer o que vem a ser esta nesga do litoral em relação à climatologia; é para achar-lhe um termo de comparação.

Falam no Senegal: o Senegal é mais quente, valha a verdade, mas não é tão abafado. Lá respira-se fogo, mas respira-se. Aqui não se respira nem fogo, nem coisa nenhuma. O ar é pesado, oleoso; parece que lhe falta algum elemento. Isso quando não há o vento célebre que os nativos chamam noroeste: quando sopra, quando reina esse semoum africano, esse vendaval-peçonha, Santos é uma miniatura do inferno: imagine-se um tufão dentro de um forno.

Os dias são horríveis: se não há chuva, o que é raro, o sol queima, esbraseia a terra, a ponto de se poderem fritar ovos sobre as pedras das calçadas. Mas ainda há coisa mais horrível do que os dias, são as noites. A atmosfera queda-se, morre. Olha-se para as flâmulas dos navios, imóveis; para as franças[7] das árvores, imóveis; para os leques das palmeiras, imóveis. A gente a asfixiar-se no ar irrespirável e morto, parece com os *mamouths* que se encontram inteiros nos gelos da Sibéria, ou com esses insetos mumificados, há milhares de anos, na transparência dourada do âmbar amarelo. É uma situação aflitiva; desespera, tira a coragem, dá vontade de chorar, lembra os horrores da Treva de Byron[8].

A vida aqui é uma negação da fisiologia, é um verdadeiro milagre: não há hematose perfeita, as digestões são laboriosíssimas, sua-se como no segundo grau da tísica pulmonar, como na convalescença de febres intermitentes. Eu, se fosse condenado a degredo em Santos, já não digo por toda a vida, mas por um ano ou dois, suicidava-me.

Mas que peixes! que esplêndidos mariscos! As pescadas amarelas, uma delícia! as garoupas divinas! Comi em França ostra de Cancale, de Merennes, de Ostende; comi a ostra rosácea do Mediterrâneo, a ostra lamelosa da Córsega: nada disso se pode comparar a ostra de Santos. Tenra, delicada, saborosíssima, ela apresenta essa coloração verde, esbatida, tão apreciada pelos finos *gourmets*[9]: Marquim-Tandon[10], Valenciennes[11], Bory de St. Vicent[12], Gaillon[13], Priestley[14], Berthelot[15] inventaram mil teorias cerebrinas para explicá-la, e todavia ela é apenas um sintoma de moléstia, é devida a um estado mórbido, a uma anasarca[16] do molusco.

Tão detestável é a terra, o clima em Santos, quanto apreciável é o peixe, quão superior é o homem: maus fatores a darem produtos excelentes, verdade paradoxal, mas verdade irrecusável, absoluta.

O povo santista é polido, afável, obsequioso, franco: a riqueza que lhe proporciona o comércio de sua cidade, fá-lo generoso, até pródigo. E tem nervo, tem brio: é o único povo que eu julgo capaz de uma revolução nesta pacata província. Não há muito em uma questão de abastecimento de água ele deu mostras de si...

Gosto, gosto imenso, em Santos, tanto do peixe como do homem.

Um pouco de estudo agora, para não perder-se o costume, para voltarmos à nossa *marotte*[17], estudo agora, à nossa telha.

A costa do Brasil, como muito bem faz observar o conde de Lahure em sua obra sobre este país, oferece desde a ilha do Maranhão até Santa Catarina uma singularidade notável: é debruada[18] em toda a sua extensão por dois fundos altos, por dois arrecifes[19], que a bordam, que lhe constituem um como molhe natural, que a garantem da impetuosidade das ondas, continuamente agitadas no Atlântico sul-americano.

Um desses arrecifes, o que está mais chegado à costa, é uma como cinta de rochas que envolve o litoral. Em lugares rasga-se até o fundo do mar; em lugares ergue-se, mas não lhe chega à superfície; em lugares está de nível como ela; em lugares alteia-se sobre ela até grande elevação.

São os recortes dessa penedia que formam todas as embocaduras, todas as baías, todos os portos, todas as abras da costa brasileira.

O segundo aparcelamento, como que uma barbacã[20], do primeiro, está em distância de oito a quarenta quilômetros da costa, em profundeza irregular, quase sempre fraca.

Os pontos descobertos constituem ilhas, algumas elevadíssimas: as Queimadas, os Alcatrazes, o Monte de Trigo são saliências do contraforte externo; a ilha do Enguá-Guaçu ou de Santos, a do Guaíbe ou de Santo Amaro, a da Moela, a encantadora ilhota das Palmas, são os picos do arrecife interno.

E que serão esses parcéis, essas duas cintas de rochas, senão o aparecimento, as primeiras protrações, ainda marinhas, da Serra do Mar, chamada aqui Serra do Cubatão, Serra de Paranapiacaba. A cordilheira vem dos abismos do oceano, surde, emerge, levanta-se abrupta, fecha o horizonte com seus visos alterosos, que lá se enxergam ao fundo, cobertos de nuvens, a entestar com o céu, como barbacãs, como muralhas de um castelo titânico.

Meditemos um pouco; reconstrua o raciocínio o que o homem não pode ver no espaço breve de sua vida curta.

O mar outrora banhava a raiz da serra, e os ventos do largo, encanados pelas bocainas, suscitavam maretas temerosas na planície onde hoje corre, arfando, a locomotiva.

As aluviões, os enxurros da cordilheira, grossos de terra, rolando seixos enormes, em luta com a força das marés que se encrespavam em macaréus[21], foram depositando sedimentos, detritos, em torno dos núcleos penhascosos do Guaíbe e do Monserrate. No volver de milhares de séculos o fundo alteou-se, emergiu das ondas, constituiu as vastas planuras do sopé da serrania. Vasas moles ao princípio, lamarões, brejos marinhos, essas planícies foram-se cobrindo de mangues verdes, de siriúvas e, depois, de outras vegetações mais alentadas: formaram terrenos sólidos, cortados de muitos esteiros.

A planície santista, bem como toda a planície da costa brasílica, é uma conquista da cordilheira.

E essa conquista continua ainda, continuará indefinidamente, de dia, de noite, a todas as horas, a todos os momentos; lenta, imperceptível mas intérmina, incessante; não há tréguas na luta entre a terra e o mar.

As margens dos esteiros, chamados aqui rios, aproximam-se cada vez mais, o fundo sobe. Pelo canal da Bertioga passou, à larga, a frota de Martim Afonso, passava até há bem pouco tempo o vapor costeiro Itambé: hoje o pequeno rebocador Porchat passa com dificuldade, vira com perigo, por vezes encalha.

Em Santos, junto à cidade, não existe mar no sentido rigoroso do termo: existe um estuário de água salobra, que tende a diminuir, que se vai fazendo raso todos os dias. E não há obviar-lhe. O famoso e protelado cais, caso se construísse, seria um pano quente: melhoraria o porto por uns pares de anos, afinal ficaria inutilizado. O fundo vai ganhando, há de ganhar de uma vez; o passado aponta o futuro. Debalde o oceano refluído, repulsado, concentra as forças sobre outro ponto e ataca São Vicente. Ganhou uma aparência de vitória, é verdade: sobre a antiga povoação de Martim Afonso, ameaça a moderna: mas lá está o inimigo, a montanha, para detê--lo, para sustá-lo, para repeli-lo, com avalanches de pedras, com médãos de lodo.

E há exemplos disso, recentes na história geográfica do velho mundo: Luís IX[22] de França embarcou-se em Aigues-Mortes, para as Cruzadas, duas vezes, uma em 1248, outra em 1269; Aigues--Mortes demora atualmente a seis quilômetros do mar. A cidade de Adria sobre o canal Bianco, derivativo do Pó, está hoje a trinta quilômetros do Adriático; pois era banhada por ele, foi ela até que deu-lhe o nome.

Em tais condições não admira o noroeste, não admira o calor de Santos.

O vento do largo, o vento de sudeste encana-se por entre as cordilheiras de Santo Amaro e do Monserrate, revoluteia pela planície, vai à cordilheira e de lá, repelido, reboja, volta, mas não volta só. Vem misturado, confundido com o vento quente do interior, com o vento aquecido nas terras roxas do oeste, aquecido no vasto plateau[23] de pitatininga. É o famoso, o temido, o execrado noroeste.

Ora ajunte-se o calor químico, o calor desenvolvido pela fermentação de incalculáveis massas de detritos orgânicos, em uma planície vastíssima rodeada, quase fechada por montanhas; tome--se em consideração que esse calor só é absorvido em parte mínima pelos paredões da cordilheira, e que é refletido, convergido por eles sobre Santos; atenda-se a que a vizinhança do mar tende sempre a elevar a temperatura da atmosfera, e cessará a admiração de que seja isto aqui o quinto cúmulo térmico do globo, de que em assuntos de calidez só preste obediência a Abissínia, a Calcutá, a Jamaica e ao Senegal.

É curiosa Santos como cidade, tem cor sua, inteiramente sua.

As casas são quase todas construídas de alvenaria, com soleira e portadas de granito lavrado.

O ar, salitroso pelas emanações marinhas, ataca, rói, carcome a pedra. Não há ver aí superfícies lisas: tudo é áspero, caraquento, semidecomposto.

Sobre grande parte dos telhados viceja uma vegetação aérea, forte, vivaz, gloriosa.

Vista do mar, do estuário, a cidade é negra: black town[24] lhe chamam os ingleses.

Os enormes vapores transatlânticos alemães, os esquisitos e bojudos carregadores austríacos, as feias barcas inglesas e americanas de costado branco, os mil transportes de todas as nações, entram pela ria, encostam-se à praia, varam quase em terra, afundam as quilhas no lodo negro, constelado de cascas de ostras, de ossos, de cacos de louça, de garrafas, de latas, de ferros velhos, dessas mil imundíceis que constituem como que os excrementos de uma povoação. Comunicam com a terra por pranchões lisos, ou canelados a tabicas[25].

Pelas ruas vai e vem, encontra-se, esbarra-se um enxame de gente de todas as classes e de todas as cores, conduzindo notas de consignação, contas comerciais, cheques bancários, maços de cédulas do tesouro, latinhas chatas com amostras de mercadorias. Enormes carroções articulados, de quatro rodas, tirados por muares possantes, transportam da estação do caminho de ferro para os armazéns, e deles para as pontes, para o embarcadouro, os sacos de loura aniagem, empanturrados, regurgitando de café. Homens de força bruta, portugueses em sua maioria, baldeiam-nos para bordo, sobre a cabeça, de um a um, ou mesmo aos dois, em passo acelerado, ao som, por vezes, de uma cantiga ritmada, monótona, excitativa de movimento como um toque de corneta.

Nos armazéns, vastos cimentados, manobrando pás polidas, gastas pelo uso, batem o café, fazem pilhas, cantando também.

E não deixam de ter certa elegância bárbara, com um saco vazio, sobre a cabeça, à laia[26] de capelhar[27], moda árabe, talvez reminiscência inconsciente atávica[28].

Na praia, a poucos metros da água, um como mercado panto-polista[29]*: sobre mesas sólidas, de mármore, estendem-se alinhados, com reflexos de aço, de prata, de ouro, os peixes admiráveis do lagamar e do alto – as tainhas gordas, de focinho rombo; os paratis que são diminutivos delas; as corvinas corcovadas, pardas; os galos espalmados, magros; os sargos de dentes e de beiços redondos, car-nudos; as pescadas do alto, fulvas, enormes; os linguados, vesgos, de-licados; as solhas, linguados gigantescos, macias, chatas; as garoupas, de cor de ferrugem, de olhos esbugalhados, atarracadas, escondendo sob formas brutas, um mundo de delícias gastronômicas; as pesca-dinhas brancas, argênteas, com um fio de ouro verde a sulcar-lhes os flancos; os bagres lisos, visguentos, feios; os camarões, brancos, arroxados, com longas barbas, em rodas, sobre tampas de vime; os caranguejos, peludos, morosos, batendo uns nos outros a couraça sonora; os siris azulados.*

Em torno à casa, sob os beirais do telhado, sob toldos de pano, ao ar aberto, pilhas de laranjas, de ananases, de melancias, de goiabas, de cocos, de cachos de bananas, mil espécies de frutas em uma abundância fastidiosa, desanimadora, com um cheiro enjoativo de madureza passada; grãos, legumes, hortaliças, raí-zes, ervas de tempero, tomates, pimentas; quadrúpedes e aves, domésticos e selvagens, leitões, quatis, perus, tucanos; conchas, caramujos, esteiras, cordas, quinquilharias, uma babel, um bric--à-brac infernal.

Às três horas começa de cessar o movimento: a população emi-gra para S. Vicente e para a Barra. À tarde a cidade está silenciosa, deserta, morta. Há todos os dias uma transição crua, brusca, da agitação para o marasmo, que dá tristeza.

Eu subi ao Monserrate.

É uma eminência de cento e sessenta e cinco metros, quase a prumo, coroada por uma igrejinha branca, o que se pode imaginar de mais pitoresco, de mais singelamente grandioso, de mais encantador.

Sobe-se por um caminho acidentado.

O que se vai desenrolando aos olhos durante a ascensão é simplesmente maravilhoso. A planície estende-se ao longe, nivelada pela natureza, coberta de uma alcatifa[30] de mangue; a cidade, em quarteirões regulares, paralelogramáticos, ocupa o sopé do morro, betada[31] de ruas de calçamento pardo, manchado aqui e ali por maciço verde de árvores, por uma palmeira esguia; ao fundo, de um e outro lado a serra do continente; fronteiras as colinas abruptadas de Santo Amaro. O ancoradouro, o pego[32] do Canehu e outros largos do estuário semelham chapas de aço polido, em as quais põem notas de vários tons os pontões desgraciosos, os navios que estão sobre ferro. As canoas, os escaleres resvalam como insetos ligeiros; uma outra vela pica de branco a escuridade metálica da superfície da água, e o sol ilumina tudo com sua luz dourada muito suave.

Os esteiros embebem-se pela verdura fofa dos mangais um deles, muito sinuoso, afunda-se visível por espaço longo, fraldeia a colina cônica chamada Monte Cabrão, some, reaparece muito longe, refletindo a luz do sol, torna a sumir. É o canal histórico da Bertioga.

À direita uma imensidade azul que parece vir do infinito, que dir-se-ia um desdobramento do horizonte, avança arfando, em estos, chega, beija a praia, morre em uma ourela de espuma alva, móvel, murmurosa... Salve, oceano, alma pater[33] laboratório da vida terráquea, povoador do planeta!

Ah! Lenita! imagine: o oceano – a força, o ataque; a terra – a firmeza, a resistência; o ar – hematose, a vida; o sol – o calor, a luz, a fecundação; tudo em porfia de prodigalidades, a constituir, a ornar um cenário vasto de struggle for life[34], de luta por existência, em o qual se debatem, se fogem, se perseguem, se matam, se devoram todos os seres da criação, o zoófito, o molusco, o entomozoário, o vertebrado!

Aqui, nestas alturas, sob a imensidade do céu, a dominar a imensidade das águas é que sente-se grande, é que sente-se orgu-

lhoso o antropoide falante que arranca a esponja do abismo, que paralisa a força incalculável do cetáceo, que fulmina a andorinha perdida na amplidão, que avassala o oceano, que escraviza o raio, que rasga os véus do espaço, que desvenda os mistérios do infinito!

Oh! eu a queria, aqui junto de mim; eu queria ler-lhe na fixidade concentrada do olhar, no descoramento da face a profundeza da impressão que em espíritos como o seu produz uma cena como esta!

....

....

Paulo minora canamus[35], *agora terre à terre[36].*

Esta carta vai um pouco de arrepio com as leis da cronologia; eu inverti a sucessão dos fatos, comecei pelo fim, falei de Santos, e calei a viagem.

Faço amende honorable[37], *vou reparar a falta.*

Até a capital nada havia para mim de novo: conheço de há muito todos os caminhos de ferro, todas as estradas de rodagem que a ligam ao interior da província; estudei bem e até com interesse, porque dela sou acionista, a Estrada de Ferro Leste, impropriamente chamada Estrada do Norte.

Da capital a Santos foi que rolei em pleno desconhecido, foi que se me deparou assunto novo de estudo.

Os campos famosos de Piratininga constituem um plateau, que coleia suave, em outeiros mansos, emoldurado à direita pelos cabeços longínquos da Serra do Cubatão, à esquerda pelos visos azulados da Cantareira, pelos picos verdoengos do Jaraguá.

De leste a oeste, um pouco ao norte da cidade, rola o Tietê profundo, negro, taciturno, formando um vale extensíssimo, muito largo.

A conformação atual desse vale, a turfa[38] pantanosa que o constitui em grande parte, o alagamento anual que nele se opera, tudo atesta que ele foi em tempo um lago enorme, sinuoso, semeado de ilhas, um mar de água doce, que ia talvez até Mogi das Cruzes.

A serra da Cantareira e a vertente norte da serra do Cuba-tão deram batalha aluvial ao mediterrâneo doce, venceram-no, entupiram-no: o vale do Tietê é a conquista. As correntes de águas perenes conglobaram-se[39], aunaram-se[40], cavaram leitos, formaram os rios que hoje retalham a planície.

Vi de relance o casarão que se está fazendo para comemorar a independência, ou melhor, para comemorar... por que não dizê--lo? para comemorar o desarranjo funcional que levou o Senhor D. Pedro de Bragança a apear-se ali, às quatro horas da tarde do dia 7 de setembro de 1822.

Não há ver nestas paragens a flora maravilhosa das nossas zonas do oeste, os perovões, as batalhas enormes, os jequitibás de cinco metros de diâmetro: a vegetação arborecente é enfezada, baixa, quase anã. Não é basta, contínua: forma reboleiras, restin-gas, capões, ilhas de verdura, no amarelado pardo do campestre interminável.

Esta região é considerada estéril, maninha: nada mais injusto. Verdade é que não vinga aqui o cafeeiro, que a cana é somenos à de Capivari e mesmo à de Santos, que o algodoeiro não se pode comparar com o de Sorocaba; mas, por Deus! nem só café, açúcar algodão, é riqueza.

A vide medra de modo assombroso: com uma cultura inteli-gente, com uma poda antecipada, poderia ela produzir em princípios de dezembro, evitando as chuvas de janeiro que lhe agúam os bagos, que lhes deturpam os racimos. Em S. Caetano, em terras outrora baldias, de que ninguém fazia caso, há vinhedos formosíssimos plantados por italianos. A vista alegra-se com a simetria das par-reiras, o coração rejubila com a ideia de uma prosperidade imensa, geral, em futuro não remoto, por todos os ângulos de nosso... de nossa província, eu ia escrevendo estado.

As hortaliças são enormes: um dia destes vi eu uma couve vinda de S. Paulo que era um monstro de desenvolvimento: tinha folhas de cinquenta centímetros de diâmetro menor; media-lhe o caule muito mais de dois metros.

E por que não há de se cuidar do trigo? os antigos cuidaram com sucesso: em S. Paulo comeu-se muito pão de trigo da terra.

Ninguém ignora o que a agricultura científica tem feito das landes infecundas da Gasconha. Pois os campos de Piratininga não admitem confronto com as landes da Gasconha: são-lhes infinitamente sublimados.

E a indústria pastoril? Que riqueza imensa a se oferecer espontânea.

De S. Bernardo em diante a planície muda de aspecto. Os capões, as restingas vão-se convertendo em um matagal basto, contínuo, verde-negro. Aqui e ali, no dorso de uma colina, no cabeço de um outeiro, rubro, semelhante a uma escoriação, serpeia o leito de um caminho. Na chã[41] que se vai gradualmente alteando, destacam-se das gramíneas, moitas de plantas baixas, de folhas escuras, de flores roxas, muito grandes.

De um e de outro lado do trem perpassam, fogem sombras compactas, fortes: são os primeiros topes da serra. Em vários lugares desnuda-se o granito lavado pelo enxurro, arrebentado pelas brocas do mineiro, esfacelado pela marreta do britador.

Em todas as árvores veem-se epífetas, veem-se parasitas, de flores escarlates, de folhas lustrosas.

A máquina, arfando, em carreira vertiginosa, arrastando o tender[42], arrastando a longa cauda de carros, triunfante, rumorosa, sobe, galga, vence, domina, salva o declive áspero, rola em terreno plano. O ar torna-se mais fino, mais úmido, a luz mais viva, mais mordente.

À esquerda, rápidas, como que levantadas, emergidas subitamente, alteiam-se montanhas, visos, picos, paredões, agruras, despedaçamentos de cordilheira.

À direita, em anfiteatro pelo dorso escalavrado de uma eminência, casebres miseráveis; sobre o rechano uma igrejinha rústica, desgraciosa, malfeita, com três janelas, com dois simulacros de torres, a picar de branco o azul do céu e o escuro da mata.

É o alto da serra.

Em frente, a alguns decâmetros, abre-se, rasga-se um vão, uma clareira enorme, por onde se enxerga um horizonte remotíssimo, um acinzentamento confuso de serras e céu, que assombra, que amesquinha a imaginação.

Começam aí os planos inclinados por onde, sob a ação das máquinas fixas, sobe e desce a vida social da S. Paulo moderna, os carros de passageiros e os vagões de mercadorias.

Ao ganhar-se o declive, ao começar-se a descida, a cena torna--se grandiosa, imponente.

De um lado, perto, ao alcance quase da mão, alturas imen-suráveis, talhadas a pique, cobertas de líquens, de musgos, tapando, furtando o céu a vista; pelos grotões desses fraguedos rolam cascatas sussurrantes, alvas, espumosas, já esfuziando em filetes, já enca-nando-se em jorros, já espadanando em toalhas.

Do outro lado, ao longe, a amplidão, a serra, em toda a sua magnitude selvática.

Às montanhas que entestam com o céu sotopõem-se montanhas que vão também assentar sobre montanhas. Em paredões aprumados umas, arredondadas em cabeços outras, em pirâmides regularíssimas ainda outras, elas abatem, acabrunham o espírito com a enormidade de sua massa. Dir-se-ia que foi aqui a escalada dos céus pelos gigantes, que feriu-se nestas paragens a pugna tremenda em que os filhos do céu sufocaram a golpes terríveis, de toda a sorte de armas, a tiros de raios, a arremesso de montanhas inteiras, a revolta tremenda dos filhos da terra.

Pelo sopé dessas moles imanes, corre um vale profundíssimo, a que vão ter roladores medonhos, algares[43] vertiginosos, precipícios assassinos.

Uma vegetação abeberada de umidade, cerrada, basta, ema-ranhada, inextricável, cobre, afoga o dorso da serrania. Não há ver *aqui os picos escalvados das cordilheiras do velho mundo: tudo está coberto por um tapete anegrado, fosco: de longe parece relva, ao perto são árvores desconformes.*

Nesse verdejar sombrio a canaleira de folhas avermelhadas põe notas alegres, claras: o ipê florescido pica-o de amarelo cru. As palmeiras, em uma abundância monstruosa, incrível, obscena, acentuam na massa confusa o desenho saliente de suas copas estreladas.

Ao longe, na crista cerúlea, indistinta, do mais elevado contraforte, um floco longo de neblina branqueja muito vivo, como o véu de uma uranide colossal, roto, esgarçado na doce violência de um debate amoroso.

Perto, a tiro de pedra, árvores esveltas ostentam, no mesmo galho, flores brancas e flores roxas, de pétalas carnudas, cetinosas. A embaúva de folhagem escura e rebentos vermelhos ergue ousada o seu tronco esguio, branquicento.

Os raios do sol acendem, na fronde das árvores vizinhas, cintilações multicores atiram sobre as cascatas punhados de diamantes: ao longe absorvem-se, não têm reflexão.

Ao findar-se o quarto plano inclinado, primeiro a contar do alto, antolha-se o viaduto da Grota Funda, a vitória do atrevimento sobre a enormidade, do ferro sobre o vazio, da célula cerebral sobre a natureza bruta.

Imagine, Lenita, um algar vasto; mais do que um algar vasto, uma barroca enorme; mais do que uma barroca enorme, um abismo pavoroso, atravessado de parte a parte por uma ponte, que parece aérea, apoiada em colunas altíssimas, tão esguias, tão finas, que, vistas em distância, semelham arames.

Ao contemplar-se do meio da ponte essa vacuidade assombrosa, os ouvidos zunem, a cabeça atordoa-se, a vertigem chega, vem a nostalgia do aniquilamento, o antegosto do nirvana, o delírio das alturas e faz-se mister ao homem uma concentração suprema da vontade para fugir ao suicídio inconsciente.

À medida que se desce a natureza muda; o ar torna-se espesso, pesado, quente, carrega-se de emanações salitradas; começa de aparecer a vegetação do litoral, alastram-se pelas encostas vastíssimos bananais.

Uma prostração de rocha faz um cotovelo no plano inclinado da raiz da serra: ao dobrar-se esse cotovelo, dá-se uma mutação de cena em peça mágica. A paisagem abre-se, rasga-se de vez. Por entre contrafortes, por entre alturas de serrania, que se erguem de um e de outro lado, como bastidores titânicos, alonga-se a perder de vista uma planície extensa, chata, lisa, nivelada, pardacenta. De dois outeiros à direita que, simétricos, redondos, suaves, emparelhados, lembram os seios de uma virgem, parte uma linha horizontal, muito escura, muito tersa; é o mar, é o oceano, cuja vista dá nome à serra – Paranapiacaba.

Um como sulco estira-se pela planície, cortando aqui e ali superfícies espelhantes de água sossegada: por esse sulco vai e vem enorme, acaçapada, com um desconforme gliptodonte[44], uma coisa chata, que desliza rápida, vomitando fumo: o sulco é a linha férrea; o gliptodonte, a locomotiva.

Embaixo, no começo da planície, divisa-se um amontoamento de vagões que semelha um bando de hipopótamos adormecidos ao sol.

Quando o homem para e contempla das alturas o escalejar da serrania, o vale cortado de algares, a planície, o litoral, a linha do mar a confundir-se com o céu; quando atenta nas forças enormes que entram em jogo no âmago e na crosta da terra, na água que a banha, no ar que a comprime, na luz que a ilumina, na vida que a rói: quando por generalização alarga o quadro e considera o planeta inteiro; quando dele passa para os planetas irmãos, para o sol, centro do sistema; quando conclui, por indução irrecusável, que esse sol, esse centro é por sua vez lua, satélite humilde de um astro monstruosamente imane[45], afogado no infinito, desconhecido, *incognoscível para todo o sempre; quando pensa que ainda esse astro gravita em torno de um outro que gravita em torno de um outro; quando reflete em que tudo isso é uma cena minúscula do drama da vida universal, e que o teatro espantosamente incompreensível dessa evolução intérmina é uma nesguinha insignificante da imensidade do espaço, o homem sente-se mesquinho, sente-se pó, sente-se átomo, e vencido, esmagado pelo infinito, só se compraz na ideia do não ser, na ideia do aniquilamento.*

....

....

A estrada de ferro inglesa de Santos a Jundiaí é um monumento grandioso da indústria moderna.

De Santos a S. Paulo percorre ela uma distância de 76 quilômetros.

Todas as obras de arte dos terrenos planos são admiravelmente acabadas, são perfeitas.

Até à raiz da serra a distância é de 21 quilômetros: há três pontes, uma das quais notabilíssima, sobre um braço de mar chamado Casqueiro. Mede ela 152 metros, tem dez vãos iguais, assenta sobre pegões robustíssimos.

Da raiz da serra até o rechano[46] do alto, contam-se oito quilômetros. A altura é de 793 metros, o que dá um declive quase exato de dez por cento.

Como se galgam esses desfiladeiros, essas agruras vertiginosas?

De modo simples.

Dividiu-se a subida da serra em quatro planos uniformes de dois quilômetros cada um. Para a tração, empregou-se um sistema adotado em algumas minas de carvão da Inglaterra. Máquinas fixas de grande força recolhem e soltam um cabo fortíssimo, feito de fios de aço retorcidos. Presos as duas pontas desse cabo giram dois trens: um sobe, outro desce. A agulha de um odômetro indica com exatidão matemática o lugar do plano em que se acha o trem, indica o momento de encontro de ambos eles. Um brake[47] de força extraordinária permite suspender-se a marcha quase instantaneamente, e um aparelho elétrico põe os trens em comunicação, imediata com as respectivas máquinas fixas. O cabo, resfriado ao sair por um filete de água, corre sobre cilindros, sobre roldanas que revolvem-se vertiginosas, com um ruído monótono, metálico, por vezes forte, por vezes muito suave.

O serviço é regular, é tão bem-feito, que em grandes extensões há um único jogo de trilhos a servir tanto para a subida como para a descida. Funciona a linha há mais de vinte e um anos e ainda não se deu um só desastre. Pasmoso, não?

Em cada uma das quatro estações de máquinas fixas há cinco geradores de vapor, três dos quais sempre em atividade. As grandes rodas estriadas que engolem e soltam o cabo, as bielas de ferro polido que as movem, os mancais de bronze, os excêntricos em que o ferro rola sobre bronze com atrito doce, tudo está limpo, luzente, azeitado, funcionando como um organismo são. Chaminés enormes, que se enxergam de longe, feitas de cantaria lavrada em rústico, atiram aos ares bulcões[48] de fumo, enovelados, densos.

Os desbarrancamentos são remendados a alvenaria; todas as águas perenes, todas as torrentes pluviais estão dirigidas, encanadas, por calhas de pedra, de tijolos, de juntas tomadas, por bicames[49] de madeira. Há encanamentos subterrâneos feitos em granitos, gradeados de ferro, que fazem lembrar os calabouços dos solares feudais.

Na serra de Santos a obra do homem está de harmonia com a terra em que assenta; a pujança previdente da arte mostra-se digna da magnitude ameaçadora da natureza.

O viaduto da Grota Funda é simplesmente uma maravilha. Mede em todo o comprimento 715 pés ingleses, mais ou menos 215 metros. Tem 10 vãos de 66 pés e um de 45 entre duas cabeceiras de cantaria; assenta sobre colunatas de ferro engradadas (treillages[50]) e sobre um pegão do lado de cima. A mais elevada *colunata, contando a base, tem 185 pés, 56 a 57 metros. A inclinação é a inclinação geral, dez por cento ou pouquíssimo menos. Começou-se esta obra assombrosa em 2 de julho de 1863; em março de 1865 assentaram-se-lhe as primeiras peças de ferro; em 2 de novembro do mesmo ano atravessou-a o primeiro trem. 2 de novembro dia de defuntos, os ingleses não são supersticiosos.*

Uma empresa hors ligne[51], esta companhia de estrada de ferro.

O resultado foi além da mais exagerada expectativa otimista. O governo geral garantiu cinco por cento sobre o capital empregado na construção, e o provincial dois. De há muito, porém, que a companhia prescindiu de garantia, e que distribui dividendos fabulosos.

Ganham, ganham muito dinheiro, ganham riquezas de Creso[52] os ingleses, e merecem-nas. O progresso assombroso de São Paulo, a iniciativa industrial do paulista moderno; a rede de vias férreas que leva a vida, o comércio, a civilização a Botucatu, a S. Manuel, ao Jaú, ao Jaguara, tudo, tudo se deve à Saint Paul Rail road, à Estrada de Ferro de Santos a Jundiaí.

Rule, Britannia! Hurrah for the English![53] já que o nosso governo não presta para nada.

Vai longa esta carta: preciso é pôr-lhe termo.

Estirei-me, porque escrevendo-lhe afigura-se-me tê-la ao meu lado, e eu desejei prolongar o mais possível a figuração...

Estou velho, e todo o velho é mais ou menos autoritário e pedante. Ora a Lenita pôs-se no vezo de condescender com o pendor da idade, escutou-me, deu-me atenção, puxou-me mesmo pela língua...

Aguente-se, pois, com a caceteação, com a seca para falar classicamente; a culpa é sua.

Não sinto saudade da nossa convivência, de nossas palestras aí no sítio: a expressão saudade tem poesia demais e realismo de menos. O que há é necessidade, é fome, é sede da companhia de quem me compreenda, de quem me faça pensar... da sua companhia.

Imagine que eu levo todo o santo dia e parte da noite a falar só em café, mas em café sob o ponto de vista comercial, em embarques, em saques, em descontos... E ai de mim, se o não fizer: aqui quem se afasta deste tema, quem não discute comércio de café passa por idiota.

Uma explicação necessária, antes de terminar. Fui minucioso, talvez demais, em descrever a serra, os planos inclinados, as obras de arte da companhia inglesa. Como diabo, fiz eu tanta observação, onde fui apanhar tantos dados? Em uma descida rápida, vertiginosa, em uma descida pelo trem? Não era possível. Uma inspiração, uma comunicação espírita? Nada disso. Confesso com modéstia que são humanos os meios de informação de que disponho: a ciência infusa foi privilégio dos apóstolos, de Santo Tomás[54], *de Ventura de Raulica*[55], *e ainda hoje o é do abade Moigno*[56] *e do imperador do Brasil. A mim me não armarão processo esses santos personagens por empecer-lhes no direito. Nem mesmo me posso gabar de uma simples sugestão mental, de um reles ensinamento hipnótico. Pairo em regiões menos elevadas, aprendo o que sei de modo mais grosseiro. Um dia destes, nada tendo aqui a fazer, fui ao alto da serra e de lá vim a pé, vendo, observando, estudando. Aí está como foi.*

Fico anelando pelo dia que julgo próximo de ir dar-lhe um hands-shake[57] *forte, enérgico, à inglesa.*

Manuel Barbosa...

Lenita leu a carta com impaciência: os detalhes, os dados exatos, as apreciações científicas de Barbosa sobre Santos, sobre a serra irritavam-na: passou por aquilo tudo rapidamente, nervosamente, sem aprofundar, como quem percorre um catálogo. Procurava o que houvesse de íntimo sobre a sua pessoa, qualquer coisa que revelasse, que atraiçoasse o estado afetivo do espírito de Barbosa.

Demorou-se muito na leitura dos trechos finais: teve um prazer vivíssimo, indizível ao ler que Barbosa a supunha, a figurava ao lado de si, e que se prazia nessa figuração. Repetiu as frases silabificando, quase deletreando, com o olho esquerdo fechado, com a atenção concentrada. Gostou imenso da maneira brusca por que terminava a carta.

O semidelíquio erótico que tivera no quarto de Barbosa fora a confirmação de uma suspeita: reconhecera que amava a esse homem, loucamente, perdidamente.

Ante a brutalidade do fato, ao pungir[58] gozoso e acerbo[59] da revelação da carne, revoltara-se com orgulho, esquivara-se em um último assomo de resistência, evitara a Barbosa na véspera da partida.

A insônia da noite, o vácuo enorme que a ausência de Barbosa lhe produzira em volta, a necessidade fatal em que se reconhecera de tê-lo junto de si para viver, desejo dele que a mordia, o ganho de causa que levava esse afeto novo sobre o amor profundo que votara ao pai, a Lopes Matoso; tudo isso a convencera de que não podia recalcitrar[60], de que a resistência lhe era impossível.

Com a resolução rápida dos espíritos decididos, aceitara o jugo, submetera-se à paixão, confessara-se vencida.

Era o mais difícil.

Em curvar-se, de si própria é que ela tinha vergonha, uma vez cônscia de estar curvada, pouco lhe fazia que o mundo inteiro a visse nessa posição.

Amando, mas sem estar de todo vencida, lutaria, defender-se-ia até à morte contra o que desejava, isso em uma alcova, em um recinto vedado a todos os olhos; entregue, derrotada perante o seu foro íntimo, avaliava em nada o escândalo, desprezava a opinião, era capaz de submeter-se ao vencedor, em público, no meio de uma praça, como as prostitutas do Hyde-Park[61].

Amava a Barbosa, confessara-o a si própria: era capaz de lho dizer a ele, era capaz de o proclamar à face do mundo.

E indignava-se, achava-o tímido, queria que ele a adivinhasse, que lhe retribuísse o amor, que sentisse por ela o que ela sentia por ele, que se confessasse por sua vez subjugado, cativo. Amar ela, Lenita, a um homem, e não ver esse homem a seus pés rendido, aniquilado, absorvido?! Impossível.

Releu a carta, mas releu com atenção, meditadamente, estudando. As apreciações originais de Barbosa, o seu modo profundamente individual de ver as coisas, o entusiasmo comunicativo a que se entregava por vezes, tudo isso reproduzia-o, aviventava-o no escrito, ao ponto de que a Lenita parecia-lhe tê-lo junto a si, ouvir-lhe a voz, sentir--lhe o hálito.

As teorias sobre a formação da planície santista e sobre o enchimento do vale do Tietê fizeram-na pensar, recordar-se. Tinha estado uma vez em S. Vicente, a banhos: conhecia Santos, conhecia a Serra. Os fatos que Barbosa consignava eram exatos, as explicações que deles oferecia eram plausíveis.

Lenita admirava-lhe cada vez mais a flexibilidade do talento, que a tudo se abalançava, que para tudo tinha *criterium*[62], que de tudo decidia com justeza.

A admiração pelas faculdades intelectuais elevadíssimas de Barbosa envolvia-se mansamente, naturalmente, para uma admiração pelas suas formas, para um desejo de seu físico, que a dementava a ela, que a punha fora de si.

Compreendia então perfeitamente a história bíblica da mulher de Putifar[63]. A vista segura que o escravo hebreu José revelara ter das coisas, a sua alta capacidade administrativa, a sua intransigência, a sua energia, a sua modéstia, prendera a atenção da formosa egípcia; mirando-lhe as formas franzinas, esbeltas de efebo[64], deixara-se render, deixara-se cativar e, ardente, franca, provocara-o, agarrara-o.

E Lenita entusiasmava-se por essa mulher tão estigmatizada em todos os tempos, e todavia tão adoravelmente carnal, tão humana, tão verdadeira: compreendia-a, justificava-a, revia-se nela.

Capítulo XII

O feitor preto viera dizer a Lenita que uma *fruteira* na mata em frente estava ajuntando muito pássaro.

A moça mandou que se abrisse uma picada desde o carreadouro até à *fruteira*, fez limpar a sua espingardinha Galand, carregou duzentos cartuchos e, no dia seguinte, de madrugada, seguida por sua mucama, foi pôr-se à espera.

Não tinha caído muito orvalho, e grande era a cerração.

O caminho coberto por uma camada veludosa de areia fina, amarelenta, embebia-se pela neblina espessa que afogava a terra. A selva formava um maciço negro, compacto. Uma ou outra árvore isolada no pasto transparecia por entre o nevoeiro, como um espectro gigantesco.

Sentia-se um frio seco, picante, sadio. De repente Lenita percebeu o que quer que era, retouçando na areia levemente úmida do caminho, a vinte metros de distância.

Sustou o passo, levou a arma à cara e, rápida, quase sem pontaria, desfechou.

– Que foi que atirou, d. Lenita? perguntou a mulata.

– Vá ver, que lá está ainda bulindo, volveu a moça, e fazendo gangorrear o cano da arma, meteu-lhe novo cartucho.

Com efeito, um animal qualquer estrebuchava convulso, raspava a areia, atirava-a longe.

A rapariga aproximou-se cheia de receio, retraindo o corpo, estendendo o pescoço.

– É *candimba*! gritou jubilosa, e, baixando-se, apanhou uma soberba lebre que, ferida na cabeça, ainda não acabara de morrer.

Lenita tomou da rapariga a macia alimária[1], examinou-a com a volúpia orgulhosa de caçadora apaixonada e triunfante, afagou-lhe o pelo sedoso, passou-a de encontro ao rosto; depois meteu-a em uma bolsa de malhas, entregou-a com cuidado à mulata.

Ia clareando o dia; rareava o véu de neblina. O negror indeciso da mata transmutava-se em verdura. Distinguiam-se as moitas festivas das taquaras, os penachos luzidios dos palmitos, as copas opulentas das paineiras, revestidas literalmente de um tapete cor-de-rosa, pela infloração precoce.

Perfumes agudos de orquídeas fragrantes, refrescados pelas brisas matutinas, deliciavam o olfato, sem irritar e sem adormentar os nervos.

Ouvia-se o gorjear dos pássaros, o zumbir dos insetos que, em hino festivo, saudavam o despontar do dia.

Lenita e a mucama penetraram na mata: aí tudo era escuro, tudo era treva. O diminuto orvalho, caído durante a noite, se condensara nas folhas, e pingava, batendo docemente, surdamente, na camada de folhas secas que juncava o solo.

Os pulmões hauriam à larga o oxigênio puro, expirado da vegetação ambiente.

As duas companheiras caminharam pelo largo carreadouro, até que chegaram a uma peroveira alta, de junto a qual partia a picada, entranhando-se pelo mato, à esquerda.

Por aí enveredaram, seguiram, até que pararam junto de uma caneleira esguia, em frutificação temporã.

Dominava o silêncio, quebrado apenas pelo gotejar manso e raro da orvalhada tênue.

Lenita mandou que a mucama se afastasse um pouco, que se sentasse, que se escondesse junto de outra árvore qualquer. Olhou para cima.

A folhagem da caneleira recortava-se indecisa no céu obscuro: de súbito acentuou-se, amarelou em partes, como se a tivesse borrifado um jato de ouro líquido: beijara-a o primeiro raio de sol do dia nascente.

Por cima já luz, vida; por baixo ainda escuridade, mistério.

Uma sombra escura cortou veloz o espaço: era um jacu-guaçu. Pousou, balançando-se, em um dos galhos baixos. Ao assentar colheu vagaroso as asas que trazia pandas[2], librou-se[3] ainda nelas, fechou o leque formosíssimo da longa cauda, estendeu o pescoço, espiou cauteloso à direita e à esquerda.

Após momentos de observação, trepou pelo galho, marinhou aos pulos por entre a folhagem, sumiu-se, surgiu no pino da copa, mostrando, banhada de sol, a sua barbela rubra.

Lenita, pálida de emoção, com o seio a arfar, com os nervos frouxos, sentindo dobrarem-se-lhes as pernas, olhava, contemplava extática a ave elegantíssima.

Fazendo um esforço de vontade, aperrou[4] a arma, ergueu-a lentamente, molemente, pô-la em mira.

Não desfechou, não teve ânimo: retirou-a da cara, e pôs-se de novo a contemplar o *alector*[5].

De repente seus olhos brilharam em um como relâmpago negro, contraíram-se-lhe as feições, seus dentes brancos morderam o lábio rubro, e, fria, resoluta, ela encarou pela segunda vez a espingarda, fez pontaria, puxou o gatilho, o tiro partiu.

O jacu, fulminado, revirou, despencou, veio bater no chão com um som baço, abafado.

Saltando como um felino, Lenita empolgou-o trêmula de ferocidade e prazer; ergueu-o à altura do rosto, soprou-lhe as penas salmilhadas do peito, queria ver-lhe os ferimentos. Com volúpia indizível sentia umedecerem-se-lhe os dedos no sangue tépido que escorria.

A arma ainda estava descarregada, quando ouviu-se um voo forte, sacudido, estalado.

Lenita levantou o olhar.

No mesmo galho, de onde derrubara o jacu, uma pomba legítima fazia brilhar ao sol em reflexos furta-cores o seu colo gracioso.

Lenita abriu ligeiro a espingarda, carregou-a, levou-a à cara, fez fogo, e a nova vítima caiu ferida, pererecando em desespero, nas vascas[6] da agonia.

A mucama, com os olhos brilhantes, com as feições expandidas pelo entusiasmo, acudiu a meter na bolsa os pássaros mortos.

– Uma pomba e um jacu, d. Lenita! exclamou cheia de júbilo.

– Silêncio!

No galho fatal um tucano acabava de pousar: virava e revirava, para um e outro lado, o seu grande bico esponjoso. Era uma maravilha o efeito de suas penas dorsais a contrastarem negras com o alaranjado soberbo da gorja, com o vermelho-vivo do peito: ao vê-lo ostentando ao sol ardente do trópico os esplendores dos seus matizes, dir-se-ia um ente fantástico, uma flor animada, viva, que viera voando de uma região desconhecida, que se fixara naquela árvore.

Um tiro certeiro de Lenita fê-lo tombar, e depois a outro, e a mais outro e a araçaris, e a pavôs, e a aves de bico redondo – uma carnificina, uma devastação.

Eram quase dez horas: o sol ia em alto, derramando torrentes de luz, enlanguecendo, a beijos de fogo, as folhas largas do caetê, as folhas cordiformes[7] da periparoba. No céu muito azul esgarçavam-se nuvens muito brancas, e nesse festival de cores alegres punha uma nota negra um corvo solitário, perdido na amplidão.

Fazia calor.

– São horas, já passa até de horas de almoçar, disse Lenita. Vamo-nos embora, amanhã voltaremos.

– Que caçadão, d. Lenita. Dezenove pássaros grandes e uma lebre. Não perdeu um tiro.

– Eu nunca perco tiro, respondeu a moça com fatuidade.

– Então é como eu, disse uma voz por trás de ambas, também não perco tiro.

Era Barbosa.

A espingarda caiu das mãos de Lenita: com o coração relaxado, incapaz de injetar sangue nas artérias, descorada, quase sem ver, ela teve de encostar-se ao tronco liso da caneleira, para não tombar desamparada.

– Que é isto, minha senhora; que é isto, Lenita? acudiu Barbosa, segurando-a solícito.

– Tive um tal susto... murmurou a moça mal recobrada.

– Perdoe-me, fui imprudente. O desejo que tinha de vê-la, o prazer de causar-lhe uma surpresa... Perdoe-me, sim?

E tomou-lhe as mãos frias que apertou nas suas.

– Perdoar-lhe? Se eu lhe agradeço tanto o ter-me antecipado um pouco o gosto de vê-lo. Como pôde chegar a esta hora? O trem só passa pela estação da vila às 3 horas da tarde.

– É que vim a cavalo, para ganhar algumas horas. Caminhei a noite toda. Quando cheguei a Jundiaí, ontem, já não alcancei o trem. Tinha de estar lá, à espera, até agora: não tive paciência.

– Não escreveu, não deu parte de que vinha...

– Eu não esperava terminar os negócios anteontem, como terminei. Os homens estavam teimosos, tinham-se encastelado na sua proposta. De repente, quando eu menos esperava, mudaram de acordo, cederam, aceitaram as minhas condições, e ficou tudo acabado.

– Satisfatoriamente?

– O mais satisfatoriamente que era possível esperar.

– Meus parabéns sinceros.

– Obrigado. Mas que mortandade, que São Bartolomeu![8] Arrasou a passarada. Cáspite! Araçaris, tucanos, pombas, sabiacis, um jacu e um serelepe... não, não é serelepe, uma *candimba*, uma lebre, e grande! Sim, senhora! É uma Diana[9].

E com ares de amador entusiasta examinava as peças de caça.

– Diga-me, perguntou-lhe a moça, como se chamam estes pássaros verdes, de bico redondo?

– Chamam-se sabiacis.

– No Brasil os *psitacídios* serão representados somente por *arás* e *papagaios*?

– Em S. Paulo, pelo menos, são.

– Quantas espécies temos de papagaios?

– Ao certo, que eu saiba, seis: tuins, periquitos, cuiús, sabiacis, que são estes, baitacas e papagaios propriamente ditos.

– E de arás ?

– Quatro: tirivas, araguaris, maracanãs e araras.

– Ao todo, dez?

– Que eu conheço: no sertão pode haver mais.

— Lá ia eu com a minha marotte[10] científica! Basta, basta de ornitologia. Deve ter chegado cansadíssimo e morto de fome.

— Cansado, não; com algum apetite, sim.

— Pois vamos, vamos almoçar.

— Confesso que almoçarei com prazer.

E seguiram.

Era imensa a alegria de Lenita, a gratidão mesmo em que se achava para com Barbosa, por tê-la vindo surpreender na mata, por não tê-la esperado em casa. Sentia-se lisonjeada em seu orgulho de mulher. E mais, Barbosa esquecera ou fingira esquecer os justos, mas injustificáveis arrufos da véspera da partida. Amava e adquirira a convicção de que era correspondida.

No percurso da picada que mundo, que infinidade de pequenos gozos! Aqui um tronco podre, deitado, a transpor; ali, um ramo espinhoso a evitar; uma ladeira íngreme, escorregadia, a subir. Barbosa, nessas dificuldades, ajudava-a, tomava-lhe a espingarda, dava-lhe a mão. Ela deixava-o fazer, aceitava-lhe o auxílio, não porque se sentisse fraca, porque precisasse, mas para dar-lhe a ele o papel de forte, de protetor. Achava uma delícia inefável[11] em ser mulher para que Barbosa fosse homem. A voz máscula, doce, de Barbosa acariciava-lhe o ouvido, acalentava-lhe o cérebro, envolvia-a em uma como atmosfera de harmonia e amor.

Insensivelmente, sem darem fé da distância chegaram à casa.

Esperava-os na porta o coronel.

— Com que então não foi difícil encontrar a Lenita, gritou ele. E atentando na caça: Deixa ver isso, rapariga! Ih! que razoura! No mato não ficou pássaro! Esta menina! Olhe, você devia ter nascido homem... e quem sabe se você não é mesmo homem?

Lenita corou até às orelhas.

O coronel não se deu por achado da inconveniência.

– Vamos, vamos almoçar, que Manduca deve estar a tinir: fez a loucura de caminhar a cavalo a noite toda.Vamos!

O almoço correu bem, mas terminou desagradavelmente. Quando estavam tomando café com leite, terminação obrigatória do almoço rural paulista, entrou na sala uma preta velha, assustada.

– Acuda, sinhô! disse, Maria Bugra está morrendo!

– Onde está ela? Que é que tem? perguntou surpreso o coronel.

– O que ela tem eu não sei. Está aí na sala de fora, eu a mandei trazer para aí.

O coronel levantou-se, saiu a ver, aflito, trôpego. Barbosa e Lenita seguiram-no.

Na sala de entrada, sobre uma marquesa[12] forrada de couro, encostando-se a um travesseiro de marroquim que fora encarnado, estava uma preta fula ainda moça.

Estertorava com a face tumefata[13], com os tendões do pescoço retesados; os olhos protraíam-se das órbitas; as pupilas enormemente dilatadas tinham feito desaparecer os limbos dos íris. Das comissuras dos lábios contraídos e deformados escorriam fios de baba, viscosos, resistentes, translúcidos.

O coronel abeirou-se da enferma, tomou-lhe o pulso.

– Veja isto, Manduca, que pensa você?

Barbosa aproximou-se por sua vez, procurou sentir o calor da preta na pele do rosto, encostando-lhe o dorso da mão, achou-a fria; tateou-lhe o pulso, encontrou-o débil, espaçadíssimo; beliscou-a, ela não pareceu dar acordo disso.

– Como principiou esta moléstia, perguntou ele à preta que tinha ido dar parte.

— Eh! sinhô moço! Maria estava no paiol, debulhando milho, muito sossegada. De repente entrou a queixar de ansiedade, levantou, andou vira-virando, entrou a gritar, a falar as coisas à-toa. Batia com a cabeça, escumava, queria morder gente, parecia mesmo que estava louca. Depois perdeu o sentido, caiu, ficou assim como está. Eu mandei trazer para aqui, fui chamar sinhô.

— Sim! Faz muito tempo?

— Não, sinhô moço, foi agora mesmo.

— Comeu ela ou bebeu alguma coisa?

— Ela almoçou, há de fazer duas horas.

— Não bebeu nada?

— Bebeu café, uma meia tigela.

— Donde veio o café?

— Veio da senzala de pai Joaquim.

— Joaquim Cambinda?

— Sim, sinhô moço.

Barbosa foi ao seu quarto e, após breve demora, voltou com um frasquinho, a meio de um líquido claro como água. Pediu uma colher; trouxeram-lha. Chamou a enferma, junto do ouvido:

— Maria!

A negra não respondeu.

— Maria! repetiu ele em voz mais alta.

A preta tentou sair do estado soporoso em que se achava, procurou levantar a cabeça, não conseguiu; deixou-a recair pesadamente no travesseiro, proferindo uns sons inconexos, semi-inarticulados. De sob as suas roupas exalava-se um cheiro fétido de matérias fecais.

Barbosa, vendo que nada poderia obter, que a vontade estava ali aniquilada, passou o frasquinho ao coronel.

— Vou abrir-lhe a boca com a colher; vossa mercê despejará dentro o conteúdo deste vidro.

– Todo?

– Todo; é uma dose forte de emético[14]; convém fazê-la vomitar.

Introduziu com algum custo o cabo da colher entre as arcadas dentárias da doente, e, fazendo dele uma alavanca, descerrou-lhe os queixos.

– Agora, meu pai!

O coronel vazou dentro da boca, entreaberta à força, o líquido todo do vidrinho.

– Engula! gritou Barbosa.

A negra fez um esforço, deu um safanão violento, a colher saltou longe, e o líquido, revessado, caiu sobre a marquesa, correu para o soalho. A deglutição era impossível.

– Não será bom mandar chamar o doutor Guimarães?

– Inútil, meu pai; nada há a fazer neste caso.

– Assim mesmo...

– O doutor Guimarães só poderia estar aqui à noite, e dentro de uma hora a preta já terá morrido.

– Manduca, olhe...

– Sei o que isto é, meu pai; não há mesmo nada a fazer.

O coronel voltou triste para a sala de jantar; Lenita e Barbosa voltaram com ele.

Sentaram-se junto de uma janela, abatidos: a moléstia da preta lançara-os em um desânimo profundo, em uma apreensão de vagas ameaças, de perigos desconhecidos.

Entreolhavam-se, não ousando arriscar um dito, uma palavra.

E todavia essa reserva pesava-lhes, era-lhes incomportável o silêncio.

Quebrou-o Barbosa.

– Meu pai, a Maria Bugra morre, e sabe vossa mercê de que morre ela?

— Tenho medo de o saber.

— Vejo que me compreendeu. Morre do que têm morrido vários escravos aqui na fazenda, morre envenenada.

— Bem possível.

— Não é possível, é certo. Lembra-se da morte do Carlos, da do Chico Carreiro, da do Antônio Mulato, da Maria Baiana?

— Perfeitamente!

— Não apresentaram eles os mesmos sintomas que apresentou e está apresentando agora a Maria Bugra?

— Homem, com efeito! Apresentaram.

— Excitação violenta mas passageira, delírio, depois paralisia quase completa, face túmida, conjuntivas injetadas, olhos saltados, dilatação de pupilas, deglutição impossível, queda de pulso, esfriamento geral, incontinência de urina e de fezes?

— Exato.

— Pois tudo isso, estou convencido, é consequência da ingestão de um veneno terrível, e infelizmente muito comum entre nós, a atropina[15].

— Muito comum entre nós, a atropina?!

— Sim senhor.

— Pois a atropina não se tira da beladona?[16]

— Também se tira da beladona.

— E onde encontrar a beladona? No Brasil só poderá haver beladona em algum horto botânico.

— Meu pai não conhece aquilo que ali está? E Barbosa apontou para um vasto trato de terreno, coberto de plantas baixas, escuras, de folhas repicadas, de flores brancas, em forma de trombeta.

— Conheço, respondeu o coronel, é figueira-do-inferno, mamoninho bravo, um veneno terrível, dizem. Mas você falou em atropina.

– Cientificamente a figueira-do-inferno chama-se *Datura stramonium*: extrai-se dela um alcaloide venenosíssimo, a que se chama *daturina*: Ladenburg, porém, e Schmidt verificaram nestes últimos tempos que a daturina é pura e simplesmente a atropina, a *mesma* letal atropina que se obtém da beladona.

– E a sua convicção é...

– Que Maria Bugra morre envenenada por uma decocção[17] fortíssima de sementes de datura, e, conseguintemente, por atropina.

– E tem suspeita de quem tenha sido o propinador do veneno?

– Não tenho suspeita, tenho certeza.

– Quem pensa que foi?

– Joaquim Cambinda.

A esta acusação precisa, formal, convicta, o coronel baixou a cabeça. Pensava. Barbosa tinha razão. Perdera a fazenda vários escravos mortos todos de uma moléstia esquisita, que apresentava invariavelmente o mesmo cortejo de sintomas. E isso começara depois de que viera Joaquim Cambinda. Esse preto, tinha-o ele recebido com outros em herança de uma tia, já velho, incapaz de trabalhar. Nunca exigira dele serviço; dera-lhe até para morar, a pedido seu, um paiol largado, independente, no fundo do terreiro. Tempos havia, morrera na fazenda um feitor branco: a viúva, lembrava-lhe bem, tinha feito um berreiro enorme, infernal, dissera que o marido sucumbira a *coisa feita*, acusara terminantemente a Joaquim Cambinda. Não dera ele, coronel, importância à acusação, e essa acusação ressurgia, feita agora por seu filho, homem inteligente, ilustrado, muito sisudo.

– Em que se estriba você para inculpar o negro velho? perguntou após minutos de meditação.

— Em muita coisa. Primeiro, os fatos, os envenenamentos indiscutíveis, e que só começaram de dez anos a esta parte, depois que Joaquim Cambinda veio para a fazenda: eu cá não estava, mas por informações acho-me ao corrente de tudo. Em segundo lugar, a fama de *mestre feiticeiro*, que tem ele em todo o município: várias pessoas de critério têm-se interrogado a esse respeito. Depois, surpreendi-o eu mesmo, outro dia, a secar cabeças de cobra, raízes de cicuta[18] e de guiné[19], sementes de datura. E mais... ele tinha seus agravos de Maria Bugra...

E Barbosa acentuou estas palavras, olhando para Lenita.

— É verdade, sei, até já tive de tomar providências por causa disso. Mas, são presunções apenas...

— Que, reunidas, fazem convicção.

— Precisamos de tirar isto a limpo.

— É o meu modo de entender: não podemos deixar correr à revelia uma coisa de tanta gravidade.

Realizaram-se as previsões de Barbosa: o estado soporoso de Maria Bugra passou para coma, e o coma para morte.

À tarde, ao escurecer, depois da revista, o coronel mandou chamar Joaquim Cambinda.

O medonho negro veio arrastando os pés, escorando-se em um bordão, a rojar pelo solo a imunda coberta parda, de que sempre usava.

Chegou, entrou na antessala, largou o bordão a um canto.

O cadáver de Maria Bugra aí estava, sobre a marquesa, no meio da quadra, inteiriçado, coberto por um lençol fino que lhe desenhava as formas duras, angulosas. Quatro velas de cera alumiavam-no lugubremente, casando os seus clarões aos últimos clarões do dia.

Por entre o cheiro acre de vinagre ferrado e o cheiro enjoativo da alfazema queimada, percebia-se um cheiro fétido, um fartum de carne podre, de decomposição cadavérica.

Joaquim Cambinda entrou, olhou com indiferença para a defunta, dirigiu-se ao coronel que, junto com Barbosa, aí o esperava.

— Vá sãos cristo, sinhô. Sinhô mandou chamar negro velho, negro velho está aqui, disse na sua algaravia bárbara, horripilante, impossível de reproduzir.

— Sabe quem está ali morta, Joaquim?

— Sei, é Maria Bugra.

— De que morreu, não sabe?

— De suas moléstias dela.

— Que moléstias?

— Eu não sei, eu não sou doutor.

— Então você não sabe, não é doutor? Não sabe também de que morreu a Maria Baiana, o Antônio Mulato, o Carlos, o Chico Carreiro?

— Como quer sinhô que eu saiba?

— Se você não confessar tudo o que tem feito, aqui, direitinho, mando-o acabar a bacalhau, sô feiticeiro do diabo!

— Ah! Sinhô! Feiticeiro, negro velho, que não tarda a ir dar contas a Deus do feijão que ele comeu!

— Deixe-se de histórias, de mamparras[20], vamos! Com que matou você a Maria Bugra?

— Não matei com coisa alguma, sinhô. Como hei de eu confessar uma coisa que eu não fiz?

— Se fez ou se não fez é o que vamos já saber. Pedro, João, venham cá, agarrem-me este patife.

À porta a negrada acotovelava-se curiosa estendendo uns o pescoço por sobre os ombros dos outros.

Os dois pretos chamados abriram caminho, empurrando os companheiros, entraram na antessala.

– Segurem-me este tratante, conduzam-no à casa do tronco. Eu já lá vou. Levem o bacalhau e uma salmoura forte.

– Que é que sinhô vai fazer comigo? inquiriu rápido Joaquim Cambinda.

– Você vai ver.

– Sinhô, Joaquim Cambinda nunca apanhou de bacalhau…

– Vai apanhar agora; será então a primeira vez.

Operou-se uma revolução medonha em Joaquim Cambinda. Atirou ele para longe de si a coberta esfarrapada, endireitou o busto derreado, ergueu a cabeça, cerrou os punhos e encarou o coronel. Cintilavam-lhe os olhos, os beiços arregaçados deixavam ver os dentes.

– Ah! você quer saber, eu digo: fui eu mesmo que matei Maria Bugra.

– E por que a matou você?

– Porque ela comia o meu dinheiro, e me enganava com a crioulada nova.

– E os outros, o Carlos, a Maria Baiana, o Chico Carreiro, Antônio Mulato?

– Fui eu mesmo que matei a todos.

– E por quê?

– Maria Baiana pelo mesmo motivo que me fez matar Maria Bugra. Os outros para fazer mal a sinhô.

– Para me fazer mal? Por quê? Pois você não é o mesmo que forro?[21] Exijo eu algum serviço de você? Não lhe dou moradia, roupa, comida? Por que me quer mal?

– Já que principiei a falar, irei até o fim. Sinhô é bom para mim, é verdade, mas sinhô é branco, e obrigação de preto é fazer mal a branco sempre que pode.

– Matar-me cinco escravos!

– Cinco! Só crioulinhos mandei eu embora dezessete. Negro grande, nem se fala: Manuel Pedreiro, Tomaz, Simeão,

Liberato, Gervásio, Chico Carapina, José Grande, José Pequeno, Quitéria, Jacinta, Margarida, de que é que morreram? Fui
eu que matei a todos.

Ergueu-se grande sussurro de entre o grupo de negros.
Ouviam-se gritos, imprecações[22].

— Agora também você está mentindo: José Pequeno
morreu picado de cobra.

— Qual cobra! A cobra que o picou não tinha veneno.
E ele morreu, mas foi da beberagem que eu lhe dei para
curar.

— Mas todos esses pobres diabos eram pretos como
você: para que os matou?

— Para sinhô ficar pobre: eu queria ver sinhô se servir
por suas mãos.

— E a mim nunca pretendeu você matar?

— Matar, não: fazer penar só.

— Então sempre me queria fazer alguma coisa?

— Queria fazer! Eu fiz mesmo.

— Fez? Que é que me fez você?

— Esse seu reumatismo, sinhô, então que é? Entreva-
mento de sinhá velha donde vem?

E o negro deu uma gargalhada feroz.

O coronel ficou aterrado.

— Levem, levem daqui esta serpente! gritou Barbosa. Me-
tam-no no tronco, não quero mais vê-lo. Vai para a vila amanhã.

Os negros apoderaram-se de Joaquim Cambinda, que
não ofereceu resistência, rodearam-no, levaram-no a empur-
rões para o meio do terreiro!

— Então foi você que matou meu pai! dizia um.

— Minha mãe! bradava outro.

— Meus três filhinhos tão bonitos, que entraram a in-
char de repente, na cabeça e na barriga, a amarelar e que

morreram com as perninhas finas como pernas de rã! lamuriou uma negra e, tomando do chão um caco de telha, bateu com ele na cara do feiticeiro.

Foi como que um sinal.

Os negros todos achegaram-se a Joaquim Cambinda, uns davam-lhe punhadas, outros escarravam-lhe, outros atiravam-lhe areia nos olhos.

— Peste do diabo! Coisa ruim!

— Feiticeiro do inferno!

— Enforque-se já este demônio!

— O melhor é queimar!

— Que se queime! Que se queime!

E numa confusão horrorosa foram arrastando o desgraçado.

Ao pé do paiol estava um montão de sapé seco, e junto dele uma mesa velha de carro, com uma roda só, desconjuntada, meio podre.

Em um momento amarraram o mísero sobre essa mesa de carro, apesar da resistência louca que ele então procurou fazer, a pontapés, a coices, a dentadas.

Trouxeram sapé, aos feixes, encheram com ele o vão que ficava por baixo da mesa.

— Querosene! gritou uma voz, tragam querosene!

Um moleque correu ao engenho, e de lá voltou com uma lata quase cheia.

Um preto tomou-lha, subiu à mesa do carro, começou a despejar petróleo sobre Joaquim Cambinda: o líquido corria em fio farto, claro, transparente, com reflexos azulados, ressaltava do peito piloso do negro, da sua calva lustrosa, embebia-se-lhe nas roupas imundas, misturado, confundindo, com o suor que manava em camarinhas. Os olhos do miserável revolviam-se sangrentos, seus dentes rangiam, ele bufava.

– Fósforos! Fósforos! Quem tem fósforos? perguntou o preto, depois que esvaziou a lata, e que fez desaparecer Joaquim Cambinda sob um montão de sapé.

– Eu! acudiu a negra que dera princípio ao motim, e estendeu-lhe uma caixa de fósforos.

O preto saltou abaixo, tomou-a, abaixou-se, riscou um fósforo, protegeu-lhe a chama com a mão em forma de concha, encostou-o ao sapé, junto do chão.

Ergueu-se uma fumarada espessa, azul-claro por cima, cor de ferrugem por baixo; a chama cintilou em compridas línguas gulosas, lambeu, rodeou a mesa do carro, chegou ao sapé de cima e ao corpo do negro. As roupas deste, embebidas em petróleo, fizeram uma como explosão, inflamaram-se repentinamente. Ele soltou um mugido rouco, sufocado, retorceu-se frenético...

Tudo desapareceu num turbilhão crepitante de fogo e de fumo.

As faúlas voavam longe, e o vento carregava a distâncias enormes as moinhas carbonizadas.

Sentia-se um cheiro acre, nauseabundo de chamusco[23], de gorduras fritas, de carnes sapecadas.

Capítulo XIII

Até 1887 vivia-se em pleno feudalismo no interior da província de São Paulo.

A fazenda paulista em nada desmerecia do solar com jurisdição da Idade Média. O fazendeiro tinha nela *cárcere privado*, gozava de *alçada efetiva*, era realmente *senhor de baraço e cutelo*[1]. Para reger os *súditos*, guiava-se por um código único – a sua vontade soberana. De fato estava fora do alcance da Justiça: a lei escrita não o atingia.

Contava em tudo e por tudo com a aquiescência nunca desmentida da autoridade, e, quando, exemplo raro, comparecia à barra de um tribunal por abuso enorme e escandalosíssimo de poder, esperava-o infalivelmente a absolvição.

O seu predomínio era tal que às vezes mandava assassinar pessoas livres na cidade, desrespeitava os depositários de poderes constitucionais, esbofeteava-os em pleno exercício de funções, e ainda... era absolvido.

Para manter o fazendeiro na posse de privilégios consuetudinários, estabeleciam-se praxes forenses, imorais e antijurídicas. Em Campinas, por exemplo, todo o crime cometido por escravos, fossem quais fossem as circunstâncias, era sistematicamente desclassificado; a condenação, quando se fazia, fazia-se no grau mínimo; a pena era comutada em açoites, e o réu entregue ao senhor, que exercia então sobre ele sua vindita[2] particular.

O sucesso pavoroso, o linchamento atroz do feiticeiro pelos escravos da fazenda, não transpirou e, se transpirou, se alguma coisa chegou aos ouvidos das autoridades da vila, elas não se moveram.

O coronel, homem bom, compassivo, horrorizara-se a princípio com o fato que não pudera impedir; afinal entendera que o que não tem remédio está remediado, achara até que o exemplo não havia de fazer mal. Barbosa, conquanto tivesse passado boa parte de sua vida na *filantrópica* Albião, era filho de fazendeiro, como tal tinha sido criado: não estranhara, pois, o sucesso, gostara até da solução que ele trouxera a um caso complicado e gravíssimo.

A atmosfera de tristeza, de desalento, que um sucesso trágico gera sempre, foi-se pouco a pouco dissipando.

O viver da fazenda entrou logo em seus eixos: dir-se-ia até que havia melhoramento, que se estava mais à vontade. Joaquim Cambinda inspirava medo, ninguém se atrevia a proferir uma palavra contra ele, e, todavia, exceto um pequeno número de adeptos de suas práticas, todos o odiavam. A sua morte, como a de todo tirano, fora um motivo de júbilo geral, alargara todos os pulmões que bebiam ar então a haustos largos. Desaparecera o perigo invisível e temeroso que a todo o instante a todos ameaçava.

A *fruiteira* continuava a ser muitíssimo frequentada por pássaros de espécies várias, por serelepes e até por ouriços caixeiros.

Lenita ia por diante com as suas *razzias*[3] matinais. Acompanhava-a então Barbosa que lhe deixava todo o prazer das caçadas, reservando-se o trabalho. Era ele quem ia buscar as aves mortas, quem perseguia e apanhava as que caíam ainda vivas. Tendo achado um carreiro batido de caça, a alguma distância da caneleira, escolheu um lugar que lhe pareceu apropriado, limpou-o em bom espaço, deitou milho, fez uma ceva[4]. Ao terceiro dia notou com prazer indizível que a caça acudia, que o milho estava comido. Em pouco tempo teve de renová-lo: tinha acabado. Entendeu que era tempo de construir um reparo[5]. Fê-lo quadrangular, grande bastante para duas pessoas. Tapou-o em roda com palmas de guarirova, arranjou dentro um assento de varas, sólido, relativamente cômodo. Cravou no chão forquilhas para encostar as espingardas, dispôs olheiros por onde pudesse espreitar a caça. Antegostava a surpresa agradabilíssima que ia causar a Lenita, o arrebatamento, o êxtase em que ficaria ela, ao defrontar pela vez primeira com caça de importância, com caça grande de pelo.

Deixou passar alguns dias para que a caça se familiarizasse com a choça, e, quando entendeu ser tempo azado[6], mandou acordar a Lenita bem de madrugada, muito antes da hora do costume. Saíram. Para atravessar o carreadouro e a picada, Barbosa teve de ir riscando fósforos; estava escuro como breu. Ao chegarem junto da caneleira ainda tudo eram trevas. A copada das árvores formava uma pasta compacta, negra, indistinta do negror do céu. Lenita tinha sono, bocejava. A mucama encolhia-se toda, aconchegando-se no xale.

— Parece que perdemos hoje a hora, que viemos cedo demais, disse Lenita.

— Viemos a hora precisa, respondeu Barbosa.

— Os pássaros não começarão a vir nem nesta uma hora.

— Que venham quando quiserem: nós hoje não estamos cá por amor de pássaros.

– Então por amor de que estamos?

–Vai ver. Marciana, você fica aqui. Sente-se, não faça a mínima bulha[7]. Agora, d. Lenita venha comigo.

– Onde vamos nós?

–Vai ver, tenha paciência.

A moça, intrigada ao último ponto, deixou-se guiar silenciosa, dócil. Barbosa ia adiante, mostrando o caminho: ora dava-lhe a mão, ora afastava um ramo, para que lhe não batesse no rosto. Chegaram à ceva.

– Entre, Lenita, disse Barbosa, colocando-se ao lado da porta do reparo, com modo tão cortês, como se a estivera convidando para chegar ao *buffet*[8] em um salão de *cotillon*[9] cerimonioso, aristocrático.

Lenita entrou confiadamente, resolutamente, naquele antro lôbrego, onde nada se podia divulgar.

Barbosa entrou também, riscou um fósforo, mostrou o banco a Lenita, fê-la sentar, dispôs-lhe a espingarda sobre a forquilha, assestou-lha sobre a ceva, sentou-se ao lado da moça.

– Mas isto que vem a ser, afinal de contas?

– É uma ceva. Agora silêncio, e esperemos.

No recinto, fechado pelo tapume espesso de palmas ainda verdes, havia um conchego[10] relativo. Lenita, com as mãos agasalhadas em luvas de lã, envolta em um *water-proff*[11] de casimira encorpada, sentindo o calor doce de Barbosa, achava-se bem. Hauria o ar puro, fresco, da mata, respirava as emanações da guarirova, essas emanações irritantes de palmeiras, que adormentam o cérebro em uma lubricidade mística. Ouvia com delícias o pingar manso e monótono de orvalho na camada de folhas secas. E despercebidamente o tempo ia passando. Amanheceu. A luz penetrou na mata, deu tom aos troncos, coloriu a folhagem, alumiou o chão pardecento e varrido da ceva, em o qual o amarelo do monte de milho punha uma nota muito clara.

De repente Barbosa deu com o joelho em Lenita.

Um animal pequeno, esguio, elegante, emergia do mato, e avançava cauteloso, alongando o corpo fino. Chegou ao milho, retraiu-se, encolheu-se, fugiu aos corcovos, sumiu-se, reapareceu e, sempre arisco, sempre desconfiado, principiou a comer. Pouco a pouco perdeu o receio, ergueu as patas dianteiras, sentou-se sobre as traseiras, e, tomando uma espiga entre as mãozinhas, começou a roê-la com apetite, vorazmente.

Lenita com o coração a bater descompassado, descorada, quase sem consciência, por um como instinto venatório[12], aperrou a arma, fez pontaria, desfechou.

O tiro restrugiu pela mata, repercutiu com um baque seco nas quebradas distantes.

A clareira encheu-se de fumo.

A moça e Barbosa saíram correndo, a ver o resultado do tiro.

Junto do milho, com o pelo arrufado, percorrido a espaços por uma crispação fraca, estava o animal, atravessado de banda a banda pela chumbada mortífera.

Era uma cotia.

Ao vê-la ferida, prostrada, a exalar o derradeiro débil alento, o prazer de Lenita foi tão intenso, que dobraram-se-lhe as pernas, e ela caiu de joelhos, erguendo para Barbosa um olhar repassado de gratidão.

Levantou-se, largou a espingarda, tomou o animal, sopesou-o[13] com ambas as mãos, a tremer, dementada pelo triunfo, em arrancos de riso nervoso.

– Agora é irmos para a choça, que não tarda a vir mais caça, disse Barbosa e, raspando terra com os pés, cobriu o sangue e o pelo que havia no chão; depois ergueu a espingarda de Lenita, apresentou-lha e pediu-lhe a cotia para levar.

— Leve-me a espingarda, eu quero levar a cotia, respondeu a moça.

Instalaram-se de novo na choça. Lenita carregou a espingarda, sentou-se, pôs a cotia diante de si, apoiou as pontas dos pés no seu corpo macio, cravou na ceva olhares vigilantes, cobiçosos, sôfregos.

Não esperou muito. Ouviu-se um estalar de ramos quebrados, e, um logo após outro, apresentaram-se dois vultos escuros, grandes, dois enormes porcos de queixo branco. Entraram no limpo da ceva confiados, lentos, majestosos, caminharam direto ao milho, trombejando, foçando, fazendo estalar os dentes. Pararam, puseram-se a comer tranquilamente, descuidosamente.

Lenita engatilhou a espingarda, quis metê-la em pontaria. Barbosa impediu-a com um gesto enérgico.

— Não se mova, segredou-lhe rápido, ao ouvido. Estamos em perigo sério.

— Em perigo?

Os dois porcos continuavam a trincar, a esmoer o milho, sem suspeitar da vizinhança de gente.

Passaram-se dez minutos, dez séculos de ansiedade para Lenita.

Barbosa lento, cauteloso, sem fazer o mínimo rumor, como uma sombra, tirou a espingarda, de Lenita, e pôs em lugar a sua, uma arma excelente de Pieper, canos *choke-rifled*[14], calibre 12.

— Atire com esta, disse em voz baixa que mal Lenita o pôde ouvir, não tenha receio, não dá coice.

Lenita armou os dois cães[15], premendo os gatilhos para que não estalassem os gafanhotos[16] nos dentes das nozes, levou a arma à cara e, quase sem apontar, disparou um tiro e outro imediatamente.

Os estampidos das cargas fortíssimas ribombaram pela mata de modo pavoroso: a fumaça enevoou a ceva, tapou tudo; sentia-se o cheiro forte, bom, de sulfureto de potássio, de pólvora queimada.

Lenita impaciente, incapaz de conter-se quis sair. Barbosa a reteve.

– Cuidado! disse, esperemos que se dissipe a fumaça. O caso é sério. São queixadas.

– Então foi a queixadas que eu atirei?

– Foi, e felizmente não há bando, são só dois.

– Se houvesse bando?

– Estaríamos perdidos.

– São assim perigosos?

– Em bando, no mato, piores do que onça. Por amor das dúvidas, dê-me a espingarda, quero carregá-la.

Demoradamente foi-se dissipando o fumo. Barbosa e Lenita saíram. Junto do milho o chão estava escarvado, via-se muito sangue. De dentro do mato, de pequena distância, vinha um como grunhido, um ronco lastimado.

Barbosa ordenou a Lenita que se deixasse ficar e, com a espingarda armada, pronto a dar fogo, entranhou-se no mato, do lado donde vinham os grunhidos. Não teve que andar muito: a pouco espaço, perto um do outro, jaziam os dois porcos, alcançados ambos pelos tiros certeiros de Lenita. Um estava morto, o outro estertorava enfraquecido nos arrancos da agonia.

– *Albo notanda dies lapillo!*[17] Venha Lenita, venha ver o que fez! gritou Barbosa.

Lenita, apressada, correu sem se importar com os ramos que lhe açoitavam, que lhe arranhavam o rosto, sem dar fé dos espinhos que lhe rasgavam a roupa. Chegou-se: ao dar com as suas vítimas, perdeu de todo a cabeça, teve uma como vertigem, soltou um grande grito, atirou-se a Barbosa, abraçou-o freneticamente. Depois caiu em si, retraiu-se confusa, desapontadíssima, correu a examinar os queixadas.

Baixou-se junto do que estava morto, examinou-lhe detidamente, minuciosamente: os cascos aguçados, as cerdas duras, longas, as orelhas tesas, a tromba lisa, os olhos pequeninos, sanguíneos, os colmilhos[18] oblíquos, o queixo branco. Tirou as luvas, premiu-lhe, esvurmou-lhe[19] a glândula tumefata das cadeiras, fez correr o líquido lácteo, catinguento.

– Foi feliz, disse Barbosa, risonho. Fez uma proeza de que se não podem gabar muitos caçadores velhos.

– E ao senhor a devo! Obrigada!

Havia tanta doçura, tanto sentimento no modo por que Lenita disse essa frase, que Barbosa sentiu um calafrio percorrer-lhe o dorso. Foi-lhe preciso uma violência enorme sobre si próprio, para conter-se, para impedir-se de atirar-se à moça, de cobri-la de beijos.

– Então, perguntou ele, voltamos ao reparo, a esperar mais caça?

– Não, respondeu Lenita, queixadas com certeza não vêm mais, e seria profanar o dia e a espingarda atirar à caça inferior. Como havemos de levar estes monstros?

– Eu mando um preto buscá-los com um cargueiro.

– A cotia ao menos eu quero levar.

– Pois levaremos a cotia.

– Aquele porco menor não quer morrer. Vamos nós dar-lhe mais um tiro?

– Não vale a pena, ele morre logo. Está muito mal ferido.

– Mas são mesmo queixadas?

— E dos maiores.

— Boa carne?

— Excelente, melhor ainda que a do tateto.

— Em que se diferença o queixada do tateto?

— O queixada, *Dycotylus torquatus*, vive só na mata virgem, é maior e muito mais feroz do que o tateto, *Dycotylus labiatus*, que é pequeno, medroso e que vive às vezes na capoeira. A nota, porém, característica que os distingue é ter o queixada o queixo branco, como está vendo.

— E é daí que lhe vem o nome?

— Exatamente. Então, vamos?

— Com franqueza, estou sem ânimo de separar-me das minhas soberbas vítimas. Mas vamos.

E foram.

A ceva ficou deserta por muito tempo. De súbito, pequenino, atrevido mesmo pela sua insignificância, surdiu um rato, chegou-se sem cerimônias, entrou a roer o milho, o germe somente, o coração. Depois veio outro, e outro, um bando. O sol, coando um raio por entre a folhagem, ateava no monte de milho solto e de espigas descascadas um incêndio de reflexos cor de ouro.

Rojando em ondulações por entre as plantas rasteiras da mata, entreparando em um lugar, escutando em outro, veio avançando para a ceva uma cobra de grande talhe. Tinha o dorso fusco, sem brilho, maculado de losangos escuros, quase negros. A cabeça era chata, o focinho tronco, como que aparado, com duas fossazinhas tapadas, duas ventas falsas. De cada olho partia um traço escuro que ia fenecer no pescoço. A cauda terminava em um como rosário curto, de contas córneas, ocas, achatadas, que, ao rastejar do animal deixavam escapar um ruído leve, quase imperceptível, do pergaminho fuchicado.

Chegou, viu os ratos, parou, foi-se torcendo em espiral, formou um rolo, donde emergia, atenta, vigilante, a pavorosa cabeça. O olhar negro, luzente, gélido, tinha uma fixidez fascinadora. A língua lúrida[20], comprida, fina, bífida[21], açoitava o ar em rápidas lambidelas. Um dos roedores percebeu o réptil, fitou-o aterrado, encolheu-se, enovelou-se, arrepiou o pelo, começou a chiar lastimosamente, miseravelmente. Os outros desapareceram.

Continuava a fascinação.

O desgraçado rato tremia. Começou de mover-se às guinadas, dando saltos irregulares, atáxicos[22]. Não fugia, avançava para a cobra. Chegou-se-lhe muito perto. O rolo hediondo distendeu-se rápido, como uma mola de relógio, que se escapa do tambor, deu um bote. O animalzinho, ferido pelo dente fulmíneo[23], virou de costas. Dentro de um minuto estava morto.

A cobra desenrolou-se então de uma vez, estendeu-se ao comprido, abriu, escancarou uma boca enorme, começou a deglutir a preia[24], desarticulando as mandíbulas para dar passagem ao corpo relativamente volumoso...

Depois, saciada, farta, com o repasto a formar um bolo visível exteriormente no abdômen dilatado, foi deslizando, lenta, preguiçosa, em busca de um abrigo, até que chegou ao reparo, entrou, enrodilhou-se embaixo do banco de varas, e aí começou o sono comatoso da digestão equídnica[25].

Lenita passou o dia contentíssima, a lembrar-se a todo o momento da sua brilhante façanha venatória. Fechava os olhos, via as cevas, os queixadas. Estava satisfeita consigo, estava orgulhosa.

O jantar foi alegre.

Louro, coberto de rodelas de limão, apetitoso, tentador, figurou nele o lombo de um dos queixadas. A peça, nobre, a cabeça, *la hure*[26], desossada magistralmente por Barbosa, que, como o velho Dumas, era perito em culinária, campeou em um prato travessa, imponente, majestática, fragrante, cativadora.

– Hoje morro de indigestão, e é você quem me mata, Lenita, dizia o coronel, repetindo pedaço sobre pedaço. Há que anos que me não encontro com porco do mato! Essa cabeça está divina; como ela... só o lombo!

Lenita também gostou, comeu muito.

Logo depois do café, ela, Barbosa e a mucama seguiram para a ceva.

Muito embora seja quente o dia, na mata há sempre frescor. A luz não é crua, mordente, como em uma campina rasa; esbate-se, quebra-se, dá aos contornos dos objetos um aveludado mole, uma languidez suavíssima. Os sons se abrandam, tomam um como timbre murmuroso. Na mata domina a todas as horas o que quer que é de vago mistério.

Lenita nessa atmosfera balsâmica, sadia, achava-se feliz. Ao bem-estar gozoso, indefinível, que gera a boa digestão de um repasto suculento, juntavam-se alegrias de mente, a consciência de que seu amor por Barbosa era correspondido, o triunfo esplêndido, inesperado, incrível sobre duas temerosas feras. Fora por traição que as matara, a tiro, escondida... embora! Na luta terrível da vida toda a arma aproveita. A astúcia é uma força. A espingarda de bala explosiva é que equipara o homem ao rinoceronte: para mostrar coragem irá o homem atacar o rinoceronte sem espingarda de bala explosiva? As alimárias da selva não se deixam aproximar, fogem mal farejam a vizinhança do homem; o homem só consegue tê-las em alcance, escondendo-se, dissimulando-se: pois, para ser leal, irá o homem avisá-las a gritos de que se acha presente? A força é uma contração da fibra muscular, o pensamento é uma irritação da célula nervosa: por que não empregar uma contra a outra? Na batalha da existência, seja qual for a arma a empregar, o que importa é não ficar vencido: o vencedor tem sempre razão. Os queixadas tinham morrido. Lenita estava triunfante: o cérebro vencera o músculo mais uma vez. O fato era esse, o mais não entrava em linha de conta.

Barbosa quedou-se ao pé da caneleira, a estudar umas epífitas[27] que descobrira sobre um tronco carcomido.

– Então não vem? perguntou-lhe Lenita.

– Já não. Leve consigo a Marciana, que pode ajudá-la no que for preciso. Perigo não existe mais: queixadas só havia aqueles, desguaritados de uma vara[28] que por aqui estanceou, há meses. O administrador conhecia-os, já os tinha visto quando andou a tirar madeiras.

– Então até logo.

– Até já, eu não me demoro.

Lenita seguiu com Marciana por um pouco; mandou que ela se quedasse ali, junto de uma árvore, ao alcance da voz, às ordens; chegou-se à ceva, espiando de longe, cautelosa. A ceva estava deserta.

Entrou no reparo, sentou-se, dispôs a espingarda, começou a esperar.

Um bando de urus[29] vinha-se aproximando; por duas vezes ouviu ela perto o seu harpejo aflautado, sonoro, intercadente. Mostraram-se, invadiram a ceva. Eram doze. Uns deitaram-se, desidiosos[30], dispépticos[31], arrufando as penas, espojando-se; outros entraram a comer gulosamente, sofregamente.

Lenita fez um movimento para erguer-se, e pisou em uma coisa mole, que achatou sob a pressão do seu pé. Ao mesmo tempo quase, uma como chicotada surrou-lhe as pernas, e ela sentiu no peito do pé esquerdo um ligeiro prurido, um pequeno ardor.

Fez-se um reboliço nas palmas do tapume, ao rés-do--chão, e ouviu-se o chocalhar áspero, nervoso, irritante, como de uma vagem seca de fava, em vibração frenética.

A um canto do reparo, armada, pronta para novo bote, estava a cascavel. Os olhos pequeninos, fixos, luzentes como diamantes negros, pareciam despedir relâmpagos gelados. O extremo da cauda, erguido verticalmente, tremia como o badalo de uma campainha elétrica, como um jato de vapor a escapar-se de um conduto estreito.

Lenita sentia-se ferida, conheceu o perigo em que estava. De um salto saiu do reparo, atirou-se para o limpo da ceva.

Os urus fizeram uma revoada temerosa, fugiram em todas as direções.

Com admirável presença de espírito, Lenita sentou-se no chão, descobriu a perna, tirou o sapato e a meia.

Na pele alvíssima do peito do pé viam-se dois arranhões paralelos, pequenos, de pouco mais de um centímetro de comprimento.

Lenita espremeu-os, limpou-os de uma como serosidade amarela que continham, tirou a fita que lhe prendia a trança, amarrou a perna, acima do tornozelo, apertou muito a atadura.

Depois gritou pela rapariga, mandou que chamasse Barbosa a toda pressa.

Barbosa não se demorou.

Ao dar com Lenita, pálida, sentada no chão da ceva, sem espingarda, com o pé descalço, ficou pasmado, não sabendo o que pensar.

— Que tem, Lenita, que lhe aconteceu, perguntou acercando-se, ansiado.

— Estou picada de cobra.

– Não me diga isso, não brinque assim.

– É sério.

– Onde é que está picada?

– Aqui no pé, veja.

– Sabe que cobra foi?

– Cascavel.

Barbosa empalideceu; por um momento ficou como atordoado. Dominou-se, porém, logo ajoelhou-se, tomou o pé de Lenita entre as mãos, examinou detidamente.

– Não há de ser nada, disse. Nenhuma veia importante foi tocada. A precaução que tomou de atar a perna com esta fita foi excelente. Agora, nada de acanhamento, entregue-se a mim, deixe-me fazer o que entendo.

Tirou do bolso um charuto, trincou-o nos dentes, mascou-o, encheu a boca de tabaco dissolvido em saliva, tomou de novo o pé de Lenita, com respeito, com adoração quase, chegou-lhe a boca, entrou a sugar-lhe a ferida a sorvos vagarosos, contínuos, fortes.

Cuspiu, renovou o tabaco, repetiu a operação.

– É curioso, disse Lenita, eu nada sinto, nada absolutamente; é como se não tivesse sido picada.

– Mas tem certeza mesmo de que foi cobra, de que foi cascavel?

– Ora! Escute lá. Ouve?

No reparo continuava a chocalhada sinistra.

Barbosa tomou a espingarda, aperrou-a, aproximou-se do reparo, olhou pela porta, levou a arma à cara, fez fogo. Depois entrou e saiu logo com a cobra, morta, suspensa pela cauda. Tinha de seis a sete palmos, era muito grossa, um crótalo[32] medonho, um monstro.

– Lenita, disse Barbosa, atirando o réptil ao chão, seria fazer-lhe injúria querer dissimular a gravidade do que aconteceu. Mas as providências tomadas dão-nos quase ganho de causa: você com a atadura impediu em tempo a circulação do sangue, e por conseguinte a absorção do veneno; eu suguei a ferida, e retirei o que era ainda possível retirar. Sente alguma coisa agora?

– Apenas um pouco de turvação na vista.

– Vamos para casa. Vou seguir um processo racional de curativo, e espero vê-la logo risonha e alegre, outra vez, aqui na ceva. Não tire, não deixe afrouxar o amarrilho da perna.

Foram. Lenita em caminho teve duas vertigens, quase caiu. Em algumas subidas ásperas Barbosa carregava-a. Marciana acompanhara-os levando as espingardas.

Chegaram. Lenita despiu-se, deitou-se. Tinha frio, sentia sonolência.

Barbosa foi ao seu quarto e de lá voltou com uma garrafa de rum: abriu-a, encheu um cálice grande, fê-lo beber a Lenita, inteirinho de uma vez.

– Bom, temos meio caminho andado. Agora toda a docilidade, sim?

Lenita aquiesceu com um gesto triste.

Barbosa assentou-se à beira da cama, levantou discretamente uma parte das cobertas, tomou o pé ferido de Lenita, desfez o atilho da perna. Um vinco em círculo afundava-se lívido, um pouco acima do tornozelo. O pé estava inchado.

Esfregou por algum tempo a pele, restabelecendo a circulação; tornou depois a pôr a ligadura.

Lenita entrou a ficar ansiada, aflita.

– Dói-me a cabeça, foge-me de todo a vista, confundem-me as ideias.

– Tome mais um cálice de rum, é preciso.

– Tomo, mas escute, diga-me uma coisa com franqueza, eu vou morrer, não?

— Não, não morre. Eu respondo pela sua vida.

— Não morro! Diz isso para me animar. Eu bem sei o que é veneno ofídico.

— Também eu, e por isso afirmo que não morre.

— Seja. Em todo o caso quero lhe dizer uma coisa, chegue-se aqui bem perto.

Barbosa aproximou a cabeça do rosto da moça.

— A minha convicção é que morro e eu não quero morrer sem lhe contar um segredo.

— Diga, Lenita, diga o que quiser, confie em mim, sou seu amigo.

— Amo-o, Barbosa, amo-o muito...

Barbosa teve um deslumbramento. Dominou-se, curvou-se, beijou Lenita na testa, castamente, paternalmente.

— Pobre menina!... Mas não morre! Tome mais um cálice de rum, sim?

— Ora, o primeiro já me atordoou.

— É mesmo para isso, tome.

Lenita ergueu-se, bebeu a custo, recaiu pesadamente sobre o travesseiro.

— Tenho sono... quero dormir...

E fechou os olhos.

Barbosa velou-lhe à cabeceira quase a noite toda: de meia em meia hora desfazia-lhe o atilho da perna e, depois de ter restabelecido a circulação por um pouco, tornava a apertá-lo: a moça não dava acordo. Inconscientemente, a dormir, murmurando palavras inconexas, ingeriu mais dois cálices de rum que lhe fez beber Barbosa, meio à força.

Pela madrugada despertou, chamou a mucama. Barbosa retirou-se, discretamente, Lenita tornou logo a adormecer.

Quando amanheceu Barbosa interrogou a mucama:

— D. Lenita urinou?

– Urinou, sim, senhor.

– Deitou você fora a urina?

– Não, senhor, está ali no vaso, dentro do criado-mudo.

– Vá buscar.

A rapariga trouxe o vaso: estava acima de meio de uma urina carregada, sanguinolenta.

– D. Lenita suou?

– Não reparei, não senhor.

– Vá ver. Se tiver suado, troque-lhe a roupa, e traga-me aqui a camisa molhada.

Dentro de dez minutos a rapariga voltou com o camisolão de dormir, que tirara de Lenita, úmido, levemente tinto em alguns lugares, de um vermelho deslavado.

Ao meio-dia a moça acordou. Estava fresca, bem disposta, sentia-se com apetite.

Barbosa mandou vir um caldo de frango, suculento, grosso, fê-la tomar uma xícara dele e beber um cálice de vinho velho.

O coronel, informado do que acontecera, estava aflitíssimo.

– Vegetalina, por que não lhe deu vegetalina?[33] É um grande remédio.

– Grande remédio é o álcool, respondeu Barbosa. A vegetalina e outros quejandos específicos devem o efeito, que se lhes atribui, ao álcool em que são administrados.

– Olhe que a vegetalina tem arrancado muita gente da sepultura.

– E como se dá a vegetalina, não me dirá?

– Em cachaça forte, de vinte e quatro graus.

– Ora aí está. Lenita não tomou vegetalina, e eu a considero livre de perigo.

– Tinha pouco veneno a cascavel, era pequena?

— Era enorme.

— E Lenita, acha você que esteja livre de perigo?

— Ela teve a boa inspiração de atar a perna; chupei-lhe as feridas; pouco veneno foi absorvido.

—Você chupou? E pôs fumo na boca? Não tinha alguma fístula na gengiva, alguma escoriação na língua?

— Felizmente tenho a boca perfeitamente sã.

— E que lhe deu você a beber?

— Álcool excelente, rum de Jamaica.

— Só?

— Só.

— Hum! não sei...

— O meu tratamento foi todo racional: pus em prática o que aprendi de Paul Bert[34], que o aprendeu de Claude Bernard[35]. Vossa mercê conhece bem o jogo da circulação. O sangue hematosado nos pulmões vai, pela veia pulmonar, armazenar-se nos compartimentos esquerdos do coração: daí sai pela aorta, corre pelo sistema arterial, vivifica todo o organismo, chega aos capilares, transfunde-se, torna carregado de resíduos pelas veias, entra na aurícula direita do coração, recolhe os elementos reparadores trazidos pelas veias subclávias, passa para o ventrículo respectivo, volta a depurar-se, a reoxigenar-se nos pulmões, e assim por diante, sempre. Ora muito bem. No caso de uma infecção qualquer de veneno, de uma mordedura de cobra por exemplo, há três *fases*, três *etapes* indefectíveis: primeira, dissolve-se o veneno nos humores animais que se encontram na ferida; segunda, penetra o veneno nas veias e é levado ao coração; terceira, põe-se o veneno em contato com os elementos orgânicos do corpo por meio da torrente arterial. Meu pai sabe que o que constitui *venenosa* uma substância qualquer, não é a sua qualidade, mas sim a sua quantidade: um miligrama de estricnina não é veneno para o homem porque, tomado de uma vez, não o mata; um litro de conhaque é veneno para ele porque, tomado de uma vez, fulmina-o. Um veneno que se elimina antes de exercer ação tóxica deixa de ser veneno. No caso de mordedura de cobra, para que o veneno produza efeito mortífero, é preciso que a sua eliminação seja desproporcional, é preciso que seja menor do que a absorção: é indispensável que haja acumulação no sangue. Pois bem: o veneno está na ferida, mas não pode subir, que lho impede uma ligadura. Impossível prolongar tal estado, traria a gangrena. Força é desfazer o atilho, deixar subir o sangue e com ele o veneno. Desfaz-se, deixa-se aos poucos, porém, de modo que o veneno que entra com o sangue não seja suficiente para produzir ação letal, de modo que seja eliminado antes que venha outra quantidade que, somada com ele, possa produzir essa ação. Assim, pois, solta-se a ligadura, aperta-se de novo, torna-se a soltar, torna-se a apertar, até que todo o veneno tenha percorrido o corpo e tenha sido eliminado sem efeito mortífero. O álcool excita os nervos, aviva a torrente circulatória; ajuda, portanto, facilita a eliminação.

– E há exemplos de curas realizadas com esse processo?

– Inúmeros. Claude Bernard salvava, quando queria, animais que ele próprio tinha ferido com flechas curarizadas[36]. Na província do Rio um amigo meu foi picado por um sururucu enorme, e eu salvei-o seguindo este tratamento.

– Então a Lenita?...

– É o meu segundo caso de cura: julgo-a tão livre de perigo agora, como estava ontem, antes de ser picada.

– Posso vê-la?

– Por certo.

Entraram no quarto. Lenita estava sentada na cama, com as pernas encruzadas à chinesa, por debaixo das cobertas. Alegre, radiante, tinha esse ar de triunfo que têm todos os doentes escapos de moléstia grave. Um lenço de cambraia alvíssima, dobrado em tira, cingia-lhe a cabeça como um diadema, fazendo sobressair o brilho dos olhos, o negror dos cabelos, o doirado pálido das faces. Uma camisa de dormir, afogada, de seda crua, mal dissimulava nas pregas largas e moles a linha dura dos seios.

– Então, com que, pronta para outra! disse o coronel. Pois escapou de boa! É no que dão as caçadas. Podia estar morta a esta hora!

– Mas estou viva.

– E não ganhou medo ao mato?

– Não, ganhei experiência. Serei vigilante, cautelosa para o futuro: não assentarei o pé em um lugar qualquer sem o ter examinado bem primeiro. E, realmente, mais foi o susto. Olhe eu tive um pouco de dor de cabeça, enfraquecimento geral, sonolência: sofrer, sofrer mesmo, não sofri.

– Foi feliz, acertou com bom médico.

Lenita volveu para Barbosa um olhar doce, repassado de gratidão.

Capítulo XIV

O veneno da cobra parece deixara viciado o sangue de Lenita.

Sentia-se ela tomada de acessos súbitos de fraqueza moral, exatamente como nos primeiros tempos de sua vinda para a fazenda.

Deixara de caçar, deixara de ler; extinguira-se-lhe a sede de ciência.

Sentava-se a toda a hora na rede ou em uma cadeira de balanço e imergia-se em cisma. Comia pouco, quase nada.

Às vezes encostava-se à mesa, debruçava-se, pegava em um lápis, em uma flor, em um objeto qualquer, e virava-o, revirava-o, batia com ele em ritmo estranho, durante tempo largo, com os olhos parados, sem expressão na face, como se estivesse a um milhão de léguas das coisas da terra.

Barbosa, por sua parte, tornara-se reservado: a confissão de amor que Lenita lhe fizera acanhava-o a ele.

Insensivelmente deixara-se prender em um laço de que não cogitara, que nem sequer suspeitara. Achava-se em posição escabrosa.

Amava a Lenita doidamente, perdidamente; sabia que era dela amado; ouvira-lho a ela própria. Que mais? Ou cortar de vez tudo, fazer as malas, embarcar-se para a Europa, ou tornar-se abertamente amante da rapariga. A *flirtation*[1] sentimental, platônica, naquele caso, era uma imbecilidade, um cúmulo de ridículo.

E Barbosa passava a mor parte do tempo em visitas e jogos pela vizinhança, ele que dantes não jogava, que não visitava a ninguém.

Andava pelo mato, de espingarda; mas a espingarda era um pretexto; ele não caçava.

Uma tarde, ao descambar do sol, sentou-se cansado à raiz de uma figueira branca, no centro da mata virgem, olhou para cima maquinalmente; viu um enorme quati--mundé, que o espiava da bifurcação de um galho, fazendo--lhe gaifonas com o longo focinho pontiagudo. Como se não bastasse a tentação, ouviu-se um batido de asas forte, volumoso, e um macuco gigantesco veio empoleirar na figueira, bem por cima do quati. Pousou, achatou-se em um galho, sacudiu-se, aconchegou-se, encolheu a cabeça, soltou três pios altos, seguidos, compassados. Barbosa não prestou atenção nem ao quadrúpede, nem à ave. A sua espingarda continuou imóvel entre seus joelhos.

Por diante dos olhos, em uma como visão beatífica, esvoaçava-lhe a imagem de um pé, do pé de Lenita, branco, cetinoso, brevíssimo, com unhas róseas transparentes, e veias azuladas.

E ele beijara esse pé, mais do que isso, ele sugara lentamente, por muito tempo, tendo na mão o calcanhar adorável, redondo, rubro, onde a pressão de seus dedos deixava marcas muito brancas.

Sentia o saibo da pele fina, veludosa, ameaçada de morte, mas cheia de vida. Seus lábios como que tinham memória, recordavam-se.

E o beijo paternalmente parvo que lhe dera na testa ao confessar-lhe ela o amor que lhe tinha. Ainda lhe hauria o perfume natural dos cabelos, o hálito fresco, lácteo, são, como o que vem da boca de um bezerro novo.

Por que não aceitar esse amor que se impunha, que se dava, que se oferecia? Não procurara ele a Lenita, viera ela a seu encontro, cônscia da situação, sabendo que ele era casado, que a não poderia nunca desposar legitimamente.

E sem rebuços, com imprudência castíssima, fizera uma confissão que as mulheres nunca querem ser as primeiras a fazer. Gracejo não tinha sido, a ocasião não era para gracejos.

Que mal adviria ao mundo de que se enlaçassem, de que se possuíssem, de que se gozassem um homem e uma mulher que se amavam?

Não se podia casar com Lenita? Que tinha isso? Que é o casamento atual senão uma instituição sociológica, evolutiva como tudo o que diz respeito aos seres vivos, sofrivelmente imoral e muitíssimo ridícula? O casamento do futuro não há de ser este contrato draconiano, estúpido, que assenta na promessa solene daquilo exatamente que se não pode fazer. O homem, por isso mesmo que ocupa o supremo degrau da escada biológica, é essencialmente versátil, mudável. Hipotecar um futuro incerto, menos ainda, improvável, com ciência de que a hipoteca não tem valor, será tudo quanto quiserem, menos moral. Amor eterno só em poesias piegas. Casamento sem divórcio legal, regularizado, honroso, para ambas as partes, é caldeira de vapor sem válvulas de segurança, arrebenta. Encasaca-se, paramenta-se um homem; atavia-se, orna-se de flores simbólicas uma mulher: e lá vão ambos à igreja, em pompa solene, com grande comitiva: para quê? para anunciar em público, em presença de quem quiser ver e ouvir a repiques de sino e som de trompa, que ele quer copular com ela, que ela quer copular com ele, que não há quem se oponha, que os parentes levam muito a bem... Bonito! E a multidão de *badauds*[2], velhos e moços, machos e fêmeas, de olhos encarquilhados e dentes à mostra em riso alvar, dando-se cotoveladas maldosas, segredando obscenidades! Seria ridículo, se não fosse chato, sujo.

O amor é filho da necessidade tirânica, fatal, que tem todo o organismo de se reproduzir, de pagar a *dívida do antepassado*, segundo a fórmula bramática. A palavra *amor* é um eufemismo para abrandar um pouco a verdade ferina da palavra *cio*. Fisiologicamente, verdadeiramente, *amor* e *cio* vêm a ser uma coisa só. O início primordial do amor está, como dizem os biólogos, na afinidade eletiva de duas células diferentes, ou melhor, de duas células diferentemente eletrizadas. A complexidade assombrosa do organismo humano converte essa afinidade primitiva, que deveria ter sempre como resultado uma criança, em uma batalha de nervos que, contrariada ou mal dirigida produz a cólera de Aquiles[3], os desmandos de Messalina, os êxtases de Santa Teresa![4] Não há recalcitrar contra o amor, força é ceder. À natureza não se resiste, e o amor é a natureza. Os antigos tiveram a intuição clara da verdade quando simbolizaram em uma deusa formosíssima e implacavelmente vingativa, na Vênus Afrodite[5], o laço que prende os seres, a alma que lhes dá vida.

Lenita se lhe oferecia, pois bem, ele seria o amante de Lenita.

E Barbosa ergueu-se robustecido, forte, como quem acaba de tomar uma resolução definitiva; caminhou apressadamente para casa.

Quando chegou era quase noite, já estava escuro.

Entrou no seu quarto, largou a espingarda e a patrona[6], riscou fósforos, acendeu uma vela, lavou as mãos.

Saiu.

No corredor, ao chegar à antessala, deu com alguém: era Lenita.

– Oh! exclamou ele.

As mãos de ambos como que se procuravam no escuro: encontraram-se, enlaçaram-se.

Barbosa puxou Lenita para si, quis beijá-la na boca, não teve ânimo, beijou-a ainda na testa.

Lenita abandonava-se, entregava-se, molemente, sem resistência.

No corredor tudo eram trevas: Barbosa não via a chama negra da volúpia que torvelinhava nos olhos da moça; não lhe via a palidez das faces, o rubor dos lábios, a arfarem túmidos, mendigando beijos; não lhe via o quebramento langue[7] do pescoço.

A resolução tomada fraqueou, cedeu: sentiu-se Barbosa sem coragem, sem desejos, sem virilidade mesmo. Batia-lhe o coração em estos[8] desordenados, como o de um seminarista que pela vez primeira se acha a sós com uma mulher da vida.

De repente, afastou Lenita de si com gesto brusco, fugiu desatinado.

Ouviu-se um soluço triste, dorido, que vinha das trevas do corredor.

A ceia dessa noite correu cheia de constrangimento: nem Barbosa olhava para Lenita, nem Lenita para Barbosa. Comiam, ou antes, fingiam comer em silêncio.

– Esta menina precisa de tomar remédios, disse o coronel, reparando no abatimento, no apetite quase nulo de

Lenita. Depois da tal história da cobra deixou de ser o que era. Se tivesse usado da vegetalina, o caso seria outro.

Veio o chá: quando acabaram de tomá-lo, Barbosa levantou-se, deu boa noite ao pai, despediu-se de Lenita em voz sumida, soturna, cerimoniática; chamou-lhe *minha senhora*.

Recolheu-se.

Lenita ainda conversou por algum tempo com o coronel. Seguia, fingia seguir bem o assunto, fazendo observações, multiplicando perguntas, afetando muito interesse. De repente deixava escapar uma exclamação forte, descabida, deslocada, que nada tinha com o que estava tratando. Caía em si, procurava homologar o que dissera, atrapalhava-se, confundia-se. Dava estremeções[9] súbitos, como quem recebe inesperadamente uma alfinetada. Corava, empalidecia, tinha na voz um timbre esquisito.

— Menina, sabe você de uma coisa, disse o coronel, vá se acomodar: você não está boa. Se eu não tivesse visto que você quase nada comeu, diria que a ceia lhe tinha feito mal. Ande, vá se deitar, procure dormir.

Lenita obtemperou[10] sem replicar.

Foi para o seu quarto.

Um banho morno, em que se demorou, não serviu para acalmar-lhe os nervos, muito pelo contrário. Arrepiava-se ao perpassar da esponja, ao sentir as suas próprias mãos; a água tépida irritava-a como se fosse um contato humano estranho.

Saiu, enxugou-se em uma toalha felpuda, grande, vestiu uma camisa branca de cambraia finíssima, deitou-se por sobre as cobertas, de costas, bem estendida, com as mãos entrançadas por baixo da cabeça, com uma perna por cima da outra.

A cambraia mole, semitransparente, desenhava-lhe as formas esculturais do busto, do ventre, das coxas, e toda essa

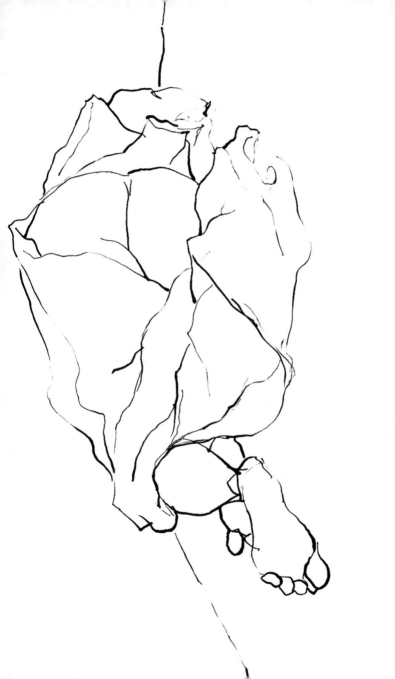

alvura de pele e de tela sobressaía, realçada pelo vermelho--escuro do damasco da colcha. O tempo passava.

Do quarto de Lenita ouvia-se bater compassado, lento, o pêndulo do velho relógio francês da antessala.

Deu dez horas, deu onze, deu meia-noite. Cada pancada do badalo na campainha soava muito distinta, muito vibrante.

Lenita mudava de posição, revolvia-se na cama, não dormia, não podia adormecer.

Uma obsessão mordente subia-lhe da periferia do corpo, comprimia-lhe o coração, atordoava-lhe o cérebro.

Sentia picadas na pele, tinha calafrios, zuniam-lhe os ouvidos.

Sugando-lhe as feridas feitas pelos aguilhões da cobra, Barbosa retirara um veneno, mas deixara outro. Lenita nunca mais cessara de sentir a sucção morna, demorada, forte, dos lábios de Barbosa em torno às picadas, no peito do pé. A sensação estranha, deliciosa, incomportável que produzira essa sucção perdurava, vivia; mais ainda, multiplicava-se, alastrava. Era um formigamento circular que lhe trepava pelas pernas, que lhe afagava o ventre, que lhe titilava os seios, que lhe comichava os lábios.

E ela queria Barbosa, desejava Barbosa, gania por Barbosa.

Esperar até amanhecer: uma! duas! três! quatro! cinco! seis horas! Ouvir o *tic-tac* do relógio, lento, medido, regular, igual, metálico; monótono, impiedoso; ouvi-lo sessenta vezes por minuto, três mil e seiscentas vezes por hora, duzentas e dezesseis mil vezes nas seis horas que faltavam para amanhecer? Impossível!

Ergueu-se e, descalça, em camisa, inconsciente, louca, abriu a porta, atravessou a sala, abriu a outra porta, saiu na antessala, enfiou pelo corredor, parou junto à porta do quarto de Barbosa, a escutar.

E nada ouvia.

Dentro, fora, dominava um silêncio profundo, quebrado apenas pelas pulsações violentas do seu próprio coração.

Encostou o ouvido à fechadura, nada.

O seu ombro fez uma ligeira pressão sobre a folha da porta, e esta cedeu, entreabriu-se, chiando ligeiramente.

Uma lufada de ar quente, saturada de aroma de charuto havano, veio afagar-lhe o rosto, os seios, o busto quase desnudado no decote grande da camisa.

Lenita perdeu completamente a cabeça, entrou: em bicos de pés, sem fazer rumor, escorregando, deslizando, como um fantasma, abeirou-se da cama de Barbosa.

Curvou-se, apoiou a mão no respaldo da cabeceira, aproximou a sua cabeça do peito do homem adormecido, escutou-lhe a respiração igual, hauriu-lhe o cheiro másculo do corpo, sentiu-lhe a tepidez da pele.

Quedou-se por muito tempo nesse ambiente entorpecedor.

De súbito o braço com que se encostava falseou; ela caiu pesadamente sobre o leito.

Barbosa deu um estremeção, acordou sobressaltado, sentou-se, estendeu as mãos, encontrou-a, asiu-a, perguntou assustado:

– Quem é? Quem é?

A cútis morna, cetinosa da moça, a macieza da cambraia que a envolvia em parte, o perfume de *peau d'Espagne* que de seu corpo se alava, não lhe permitiam dúvidas; mas ele recusava a evidência dos sentidos, não podia crer. Achava absurda, monstruosa, impossível a presença de Lenita em seu quarto, àquela hora, naquela quase nudez.

E, contudo, era real, ali estava: ele sentia-lhe a carne quente, dura, palpava-lhe a pele hispidada[11] pelo desejo, escutava-lhe o estuar[12] do sangue, e o pulsar do coração.

Um tropel de ideias desordenadas agitou-se-lhe, confundiu-se-lhe no cérebro excitado; o raciocínio ausentou-se, venceu o desejo, triunfou a sugestão da CARNE.

Sentou-se rápido à beira da cama sem largar a moça, puxou-a para si, cingiu-a ao peito, segurou-lhe a cabeça com a mão esquerda, e, nervoso, brutal, colou-lhe a boca na boca, achatou os seus bigodes ásperos de encontro aos lábios macios dela, bebeu-lhe a respiração. Lenita tomou-se de um sentimento inexplicável de terror, quis fugir, fez um esforço violento para desenlaçar-se, para soltar-se.

Era o medo do macho, esse terrível medo fisiológico que, nos pródromos[13] do primeiro coito, assalta a toda mulher, a toda fêmea.

Baldado intento!

Retinham-na os braços robustos de Barbosa: em suas faces, em seus olhos, em sua nuca os beijos dele multiplicavam-se: esses beijos ardentes, famintos, queimavam-lhe a epiderme, punham-lhe lava candente no sangue, flagelavam--lhe os nervos, torturava-lhe a carne.

Cada vez mais fora de si, mais atrevido, ele desceu à garganta, chegou aos seios túmidos, duros, arfantes. Osculou-os[14], beijou-os, a princípio respeitoso, amedrontado, como quem comete um sacrilégio; depois insolente, lascivo, bestial como um sátiro. Crescendo em exaltação, chupou-os, mordicou-lhes os bicos arreitados[15].

– Deixe-me! Deixe-me! Assim não quero! implorava, resistia Lenita, com voz quebrada, ofegando, esforçando-se por escapar, e presa, todavia, de uma necessidade invencível de se dar, de se abandonar.

De repente fraquearam-lhe as pernas, os braços descaíram-lhe ao longo do corpo, a cabeça pendeu-lhe, e ela deixou de resistir, entregou-se frouxa, mole, passiva. Barbosa ergueu-a nos braços possantes, pô-la na cama, deitou junto dela, apertou-a, cobriu-lhe os seios macios com o peito vasto, colou-lhe os lábios nos lábios.

Ela deixava-o fazer, inconsciente, quase em delíquio, mal respondendo aos beijos frementes que a devoravam.

E corria o tempo.

Barbosa não podia prestar fé ao que se estava dando.

Descrente de mulheres, divorciado da sua, gasto, misantropo[16], ele abandonara o mundo, retirara-se com seus livros, com seus instrumentos científicos, para um recanto selvagem, para uma fazenda do sertão. Abandonara a sociedade, mudara de hábitos, só conservara, como relíquias do passado, o asseio, o culto do corpo, o apuro desprentensioso do vestir. Levava a vida a estudar, a meditar; ia chegando ao quietismo, à paz de espírito de que fala Plauto[17], e que só se encontra no convívio sincero, sempre o mesmo dos livros, no convívio dos ausentes e dos mortos. E eis que a fatalidade das coisas lhe atira no meio do caminho uma mulher virgem, moça, bela, inteligente, ilustrada, nobre, rica. E essa mulher apaixona-se por ele, força-o também a amá-la, cativa-o, aniquila-o. Faz mais: contra toda a expectativa, tornando realidade o improvável, o absurdo, vem ao seu quarto, interrompe-lhe o sono, entrega-se-lhe... Ele a tem entre os seus braços, lânguida, mole, roída de desejos; aperta-a, beija-a...

E... nada mais pode fazer!

Não que o detenham preconceitos, receio de consequências, não tem preconceitos, já não receia consequências.

O que o detém é um esgotamento nervoso de momento, uma impossibilidade física inesperada.

Debalde procura na concentração da vontade o tom da fibra nervosa, o robustecimento do organismo...

Sente o ridículo da posição, desespera, tem as mãos frias, banha-se em suor, chega a chorar. Afastou-se de Lenita, dementado, louco, escalavrando o peito com as unhas.

– Não posso! Não posso! exclamou, ululou desatinado.

Deu-se uma inversão de papéis: em vista dessa frieza súbita, desse esmorecimento de carícias, cuja causa não podia compreender, nem sequer suspeitar; no furor de erotismo que a desnaturava, que a convertia em bacante[18] impudica, em fêmea corrida, Lenita agarrou-se a Barbosa, cingiu-o, enlaçou-o com os braços, com as pernas, como um polvo que aferra a preia; com a boca aberta, arquejante, úmida, procurou-lhe a boca; refinada instintivamente em sensualidade, mordeu-lhe os lábios, beijou-lhe a superfície polida dos dentes, sugou-lhe a língua...

E o prazer que ela sentia revelava-o na respiração açodada; no hálito curto, quente; era um prazer intenso, frenético, mas... sempre incompleto, falho.

Barbosa arquejante tinha ímpetos de levantar-se, de tomar uma pistola, de arrebentar o crânio.

Pouco a pouco operou-se uma reação.

Sentiu Barbosa que menos agitado lhe circulava o sangue, que um calor doce se lhe expandia pelos membros, que o desejo físico se despertava, dominante, imperativo.

Recobrou-se de vez da passageira fraqueza, achou-se forte, potente, varão.

Com o ímpeto irresistível do macho em cio, mais ainda, do homem que se quer desforrar de uma debilidade humilhosa, retomou o papel de atacante, estreitou a moça nos braços, afundou a cabeça na onda sedosa e perfumada de seus cabelos que se tinham soltado...

– Lenita!

– Barbosa!

E um beijo vitorioso recalcou para a garganta o grito dorido da virgem que deixara de o ser...

Depois foi um tempestuar infrene[19], temulento[20], de carícias ferozes, em que os corpos se conchegavam, se fundiam, se unificavam; em que a carne entrava pela carne; em que frêmito respondia a frêmito, beijo a beijo, dentada a dentada.

Desse marulhar orgânico escapavam-se pequenos gritos sufocados, ganidos de gozo, por entre os estos curtos das respirações cansadas, ofegantes.

Depois um longo suspiro seguido de um longo silêncio.

Depois a renovação, a recrudescência da luta, ardente, fogosa, bestial, insaciável.

Pela frincha da janela esboçou-se um rastilho de luz tênue.

Era o dia que vinha chegando.

– Deixe-me! Deixe-me, Barbosa! É preciso ir, está amanhecendo, está clareando.

– Não, não! Ainda não! Aquilo não é o dia, é o luar.

–Vou! Deixe-me, deixe-me.

E, fazendo um esforço violento, Lenita escapou-se do leito e dos braços de Barbosa.

No desvão da porta entreaberta enquadrou-se, por um momento, a sua sombra indecisa. Desapareceu.

Barbosa ergueu-se, vestiu-se rapidamente, saiu, fechou a porta, tirou, guardou no bolso a chave.

Lenita do seu quarto ouviu-lhe, contou-lhe as passadas que ressoavam fortes.

A moça estava com febre; tinha a cabeça em fogo; sentia-se zonza, atordoada; via a todo momento discos luminosos, com um núcleo que se alargava, cambiando de cores, passando do verde-escuro ao vermelho-cobre; ardia-lhe a garganta, a boca estava peganhenta[21].

No quarto deserto de Barbosa o rastilho de luz, coado pela frincha da janela, ia bater sobre a cama desarranjada: na alvura dos lençóis amarrotados punham notas muito vivas algumas manchas de sangue frescas, úmidas, rubras.

Capítulo XV

– Que lindo está o dia, exclamou o coronel, chegando à porta que dizia para o terreiro. Um tempo firme, sim senhor! – Jacinto!

– Sinhô! acudiu um preto velho.

– Para onde foi a gente hoje?

– Foi a cortar arroz, sim, sinhô.

– Onde está Manduca?

– Sinhô moço mandou ensilhar o rozilho[1], e foi para a banda da vila, sim sinhô.

O coronel respirou à larga o ar fresco, puro, da manhã resplendente. Dormira toda a noite, não tivera dores, estava bem disposto. Queria expandir-se, queria conversar.

– Logo hoje que estou sequioso por uma prosa é que me foge o Manduca, é que se deixa ficar na cama a Lenita! Forte coisa! Vou fazer uma extravagância, vou dar uma volta pelo cafezal.

E mandou arrear uma égua velha, muito mansa, andadeira, uma rede, dizia ele. Saiu, foi visitar o cafezal, coisa que fazia raramente, uma ou outra vez por ano.

Quando voltou era quase meio-dia. Perguntou por Barbosa, não tinha vindo; por Lenita, ainda estava deitada. Veio com fome, mandou pôr a mesa; enquanto esperava foi ao quarto de Lenita, bateu à porta.

— Que é isto? perguntou. Temos macacoa?[2]

— Macacoa, não; sono, respondeu a moça.

— Ainda estava dormindo?

— Acordei com o seu batido.

— Olhe, levante-se, venha-me fazer companhia. O Manduca não sei para onde foi. Eu ainda não almocei, e não quero almoçar sozinho.

— Já vou.

— Pois fico esperando; venha logo, que estou com o estômago a dar horas.

A cabo de meia hora, Lenita apareceu. Estava pálida, macilenta: tinha as pálpebras vermelhas, os olhos batidos, grandes olheiras. Veio embrulhada em uma peliça. De quando em quando estremecia com um calafrio. Sentou-se à mesa, meio de lado, alquebrada, lânguida.

— Melhor cara traga o dia de amanhã! gritou o coronel ao vê-la. Parece que passou a noite no cemitério. Que é que teve?

— Uma ligeira indisposição.

— Hum! Já eu estava vendo isso mesmo ontem à noite. Ai, moças, moças! Isso enquanto não casam... Que há de querer um mingauzinho de cará?

— Não, obrigada.

— Olhe estas ervas...

— Obrigada.

— Um pedaço de fiambre?[3]

— Fiambre... quero, mas pouco, sim?

O coronel serviu-lhe uma naca larga, rósea, marmoreada de veios de gordura branca.

Lenita polvilhou-a de sal moído, comeu com apetite.

– Está gostando de salgados, hein? Eu quando digo... Mais uma naquinha, sim?

Lenita aceitou, mandou buscar *ginger-ale*[4], bebeu um copo cheio.

Conversou com o coronel por cerca de duas horas.

Ao cair da tarde sentiu-se fraca, tomada de invencível soneira. Recolheu-se, dormiu. Levantou-se ao escurecer. Quando ia saindo do quarto, deu com Barbosa que, de pé junto de um consolo, fingia examinar uma estatueta.

– Boa tarde, Lenita, disse ele com voz trêmula, tímido, desapontado.

A moça não respondeu: com um arranco nervoso tomou-lhe a cabeça entre as mãos, curvou-a, beijou-a sofregamente, esquisitamente, no alto, afundando, sumindo o rosto nos cabelos curtos, levemente crespos.

– Lenita, segredou Barbosa em voz sumida, tênue como um sopro, não vá mais ao meu quarto, é perigoso, podem vê-la, podem encontrá-la. Eu virei aqui, ao seu, é melhor.

– Aqui dorme a rapariga.

– Fácil é afastá-la sob qualquer pretexto. Deixe as portas cerradas.

Foram para a sala de jantar.

O coronel já tinha feito acender o lampião; estava de pé, junto da mesa, lendo a correspondência, que minutos antes tinha chegado da vila.

– Olhe, Lenita, disse, aí estão os seus jornais, e também uma carta. Leia, leia logo a carta; é coisa que lhe interessa.

– Sim! Como sabe?

– A letra do sobrescrito é a mesma desta que eu recebi. Leia.

240 JÚLIO RIBEIRO

– Que será? interrogou-se a moça, rasgando o envol-
tório com gesto fatigado, aborrida[5]. Desdobrou a folha de
papel, leu sem manifestar sentimento algum, com absoluta
indiferença. Depois passou-a aberta ao coronel.

– Ora! exclamou, arrastando a voz, com fastio.

– Então? perguntou o coronel.

– Leia, está aí.

– Pois não é do dr. Mendes Maia?

– É.

– E que lhe diz você?

– Eu digo... digo... não digo coisa nenhuma.

– Já se deixa ver que quer: quem cala...

– Nem sempre consente. O dr. Mendes Maia perdeu
o seu tempo, a sua retórica, o seu papel, a sua tinta e o seu
selo. Eu não me caso com ele.

– É um pedido de casamento? perguntou Barbosa, ansiado.

– Em forma.

– E quem é esse dr. Mendes Maia?

– Esse dr. Mendes Maia é um bacharel em direito,
nortista; fez seu quatriênio[6], e está na corte, à espera de um
juizado de direito aqui na província.

– E donde o conhece D. Lenita?

– De Campinas. Estivemos juntos em um baile, no *Club
Semanal*, há de haver três anos. Dançou comigo, fez-me a
corte por duas horas, e agora pede-me em casamento.

– Meu pai também o conhece?

– Conheço: ele andou viajando por estas bandas com
um primo que queria comprar sítio de café. Veio-me reco-
mendado de São Paulo, e até pousou aqui, uma noite.

– Que espécie de homem é?

– É um bacharel em direito como a maioria dos bacharéis em direito. Parece-me boa pessoa... Homem, sou

franco, para mim tem um defeito capital, é nortista. No mais, não há que dizer. Lenita, que hei de eu responder ao homem?

– Boa pergunta! Responda que eu não me quero casar, que agradeço muito a honra da proposta, e coisas e tal, uma *tábua* cortês.

– Não valerá a pena pensar um pouco antes de decidir a coisa assim de talho, sem remédio?

– Não há que pensar, não quero.

– Olhe que o rapaz, segundo me diz o meu velho amigo Cruz Chaves, nesta outra carta que recebi, tem todos os requisitos para um bom corte de noivo: é inteligente, honesto, morigerado[7], trabalhador, econômico, bom católico, e muitas coisas mais. Fez o seu quatriênio como promotor e juiz municipal, está à espera de um juizado de direito, como você mesmo disse, e há de obtê-lo, porque dá-se com o Cotegipe[8] e é muito protegido pelo Mac Dowell[9]. E tem seus cobres.

– O partido tenta, tenta, mas eu é que me não deixo prender.

– Olhe que isto não vai a matar, não é sangria desatada, pense primeiro, responda depois.

– Não há que pensar.

– Esta mocidade! Para que tomar decisões de afogadilho, quando há tempo para refletir, para pesar todos os prós e todos os contras?

– A resposta agora, ou daqui a um ano há de ser esta mesmo: não quero.

– Menina, ninguém deve dizer "deste pão não comerei".

– E nem tão pouco "desta água não beberei". Sabido, mas eu não quero mesmo.

– Bom, bom, bom; não quer, não quer! Amanhã lá segue a recusa: que se aguente o sr. dr. Mendes Maia.

Capítulo XVI

Lenita despedira a mucama, e ficara a dormir só no seu quarto. O coronel estranhou, não levou a bem tal resolução. Que era perigoso, que podia ficar doente, ter um ataque alta noite, sem que ninguém lhe acudisse.

Que não, respondeu Lenita, que estava perfeitamente boa, que não havia ataque a recear; e mais, que a rapariga ressonava forte, e que isso a impedia de dormir.

Por volta das onze horas vinha Barbosa, mansamente, pé ante pé, entrava na sala, fechava a porta por dentro, a chave.

As ferragens cuidadosamente azeitadas, funcionavam veleiras[1], em atritos macios, suaves, sem o mínimo rangido.

A fechadura era das portuguesas antigas, de chapas furadas coincidentemente: para evitar que alguém pudesse espiar pelo buraco o que se passava na sala, espionagem aliás improvável, Barbosa pendurava na chave o seu chapéu.

Em liberdade absoluta, perfeita, não se contentava com o prazer material de possuir Lenita. Queria o pecado mental inteligente, os *mala mentis guadia*[2] de que fala Virgílio[3]; queria contemplar, comer com os olhos a plástica soberba do corpo da moça, ora em todo o esplendor da incandescente nudez, ora realçado pelos atavios, pelas extravagâncias da moda.

Despia-a, punha-a na posição da Vênus de Milo, arranjava-lhe os braços, como conjeturam os sábios terem estado os da estátua; enrolava-lhe um lençol de volta aos quadris, arrufava-lho[4], em pregas suaves, em panejamentos artísticos.

Depois arrancava-lhe esse último vestuário, mudava-lhe a atitude: erguia-lhe o busto, avançava-lhe a arca do peito, fazia sobressair o relevo insolente dos seios erguidos e duros.

Por meio de um refletor poderoso focava, dirigia a luz branca de uma lâmpada belga, fazia cair sobre a moça uma toalha de reflexos suaves e vivos, cientificamente combinados.

Afastava-se, aproximava-se, tornava a afastar; mirava, estudava, gozava à Lenita, como Pigmalião à Galateia[5], como Miguel Ângelo ao Moisés[6].

Chegava um momento em que se não podia conter: com um grito rouco, áspero, sufocado, de bode em cio, atirava-se, ela atirava-se também, e ambos caíam sobre um sofá, sobre o assoalho, estreitando-se, mordendo-se, devorando-se.

Por vezes fazia com que Lenita se frisasse[7], se espartilhasse, se enflorasse, se enluvasse, com todo o capricho, com toda impertinência de uma leoa da moda, que se prepara para um baile do *high-life*[8], para um sarau diplomático.

Ele ajudava-a, servia-lhe de camareiro, orgulhoso, radiante.

Todo aquele aparato do *mundus mulieris*[9], toda aquela expansão de garridice era para ele, para ele só, para mais ninguém.

E sentia o que quer que era do prazer exclusivista, egoístico, do rei Luís da Baviera[10], a assistir em um teatro vazio, como espectador solitário, único, a uma ópera de

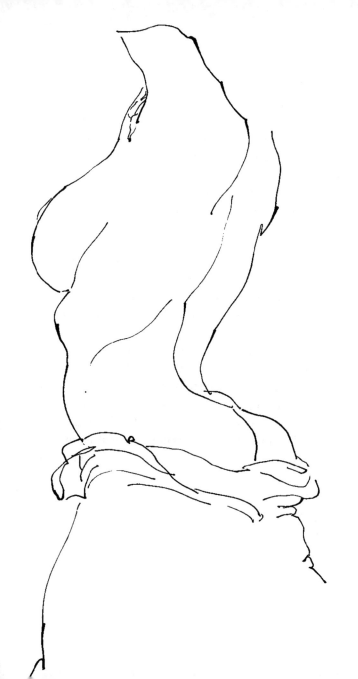

Wagner[11], majestosamente posta em cena, divinamente cantada por artistas de primor.

Adorava a macieza tépida, perfumosa, da pele nua de Lenita; mas, refinado em lubricidade, gostava de lhe premer as mãos quando calçadas de luvas de pelica ou de *peau de Suède*[12], gostava do contato quente dessas mãos, através das malhas das *mitaines*[13] de retrós, gostava de lhe sentir a viveza do corpo por entre as asperidades brandas das rendas, por entre as flores relevadas do *tule*.

Em breve não lhe bastaram mais esses desbragamentos noturnos, de paredes a dentro, clandestinos: quis moldura mais larga para os seus quadros vivos, quis palco mais espaçoso para suas encenações carnais, quis o amor ao ar livre, à luz do dia, em liberdade plena. A pretexto de caçar, ia com Lenita todos os dias, afundava-se na mata.

Enquanto na estrada, deixava-a seguir, ficava alguns passos atrás, para ver-lhe o remoinho agitado dos calcanhares na fímbria[14] roçagante do vestido de fazenda mole.

Esse movimento de saias estuoso[15], contínuo, que ia em ondulações confundir-se com o bamboar das cadeiras, causava-lhe uma excitação estranha, particularíssima.

Quando na mata se lhe deparava uma grota profunda, uma barroca sombria, uma clareira afestoada[16] de criciúmas, de taquaras, parava.

Junto de um velho tronco, ao pé do leque esmeraldino e ainda baixo de uma palmeira nascente, bem sob a ação de um feixe de raios solares, colocava a moça despida, fazendo com gosto de artista, com perícia de devasso prático, que lhe destacasse a alvura da pele banhada de luz, no fundo verde da mata afogado na sombra. Lenita prestava-se a tudo com a docilidade de rainha complacente, de deusa satisfeita; deixava-se adorar, recebia contente o culto de latria[17] dirigido a sua carne.

Barbosa mirava-a, remirava-a, voltando-lhe em torno; os círculos concêntricos que descrevia iam-se estreitando como os de um açor[18] em volta da preia: chegava-se, ajoelhava-se; e, trêmulo, com a respiração açodada, beijava-lhe as unhas róseas e a pele branca dos pés, erguia o busto, alteava-se ousado, osculava-lhe as coxas roliças, pousava a cabeça de encontro ao ventre liso, aspirando, sorvendo, de olhos semicerrados, as emanações sãs, provocantes da carne feminina irritada.

Uma vez no coração da mata acudiu-lhe à lembrança a *Aurora* de Miguel Ângelo, que vira no túmulo dos Médicis. Uma anfratuosidade[19] de terreno fora a ideia acidentalmente associada, que lhe avivara a memória.

Perto estava uma árvore velha coberta de musgo: colheu-o às braçadas, fez um montão, alcatifou[20], alfombrou[21] com ele a acidentação de terreno que lhe recordara o mármore florentino.

Nervosamente, brutalmente, foi despindo a Lenita: não desabotoava, não desacolchetava; arrancava botões, arrebentava colchetes. Quando a viu nua, fê-la reclinar-se sobre o musgo, dobrou-lhe a perna esquerda, apoiou-lhe o pé em uma saliência de pedra, dobrou-lhe também o braço esquerdo, cuja mão, em abandono, foi tocar o ombro de leve, com as pontas dos dedos; estendeu-lhe o braço e a perna direita em linha suave frouxa, a contrastar com a linha forte, angulosa, movimentada, do lado oposto.

Desceu um pouco, deitou-se de bruços e, arrastando-se como um estélio[22]..
....
....
....
....
....

Lenita desmaiou em um espasmo de gozo.................
....
....
....
....
....
....
....
....[23]

Uma noite Barbosa não foi ao quarto de Lenita.

A moça passou em claro, ralada[24] de cuidados. Pela madrugada ergueu-se e, sem se importar com a possibilidade de que alguém a visse, de que alguém a encontrasse, sem tomar precauções, foi ao quarto de Barbosa, empurrou a porta, entrou.

O pavio da vela, quase inteiramente gasta, afogava-se em um lago de estearina[25] derretida, que se acumulara na açucena do castiçal: a chama vasquejava, bruxoleava, ora iluminando vivamente o quarto, ora desaparecendo, quase submergindo tudo em trevas.

Barbosa estirado de costas, na cama, com as mãos a comprimir as têmporas, gemia. Lenita debruçou-se.

– Que tem? Que é isto? perguntou-lhe.

– Não é nada, é a minha enxaqueca. Mas retire-se, olhe que a veem, vai amanhecer.

– Retirar-me, eu? Deixá-lo assim sofrendo, só? Não me conhece.

– Conheço, conheço muito bem. Eu não a repeliria, se me fosse precisa, se me fosse mesmo útil a sua presença. Mas nada me pode fazer. Isto não é moléstia, é incômodo; eu não estou enfermo, tenho dores.

– Quero ficar, eu não posso vê-lo padecer sem ao menos procurar aliviá-lo.

– Nada conseguiria senão me afligir e me agravar o sofrimento. Isto passa com o tempo, só com o tempo. Vá, peço-lhe, vá.

Lenita foi, muito contrariada.

Eram horríveis as enxaquecas de Barbosa.

Começavam por uma dor surda de cabeça. Pouco a pouco acentuava-se uma displicência inexplicável em tudo e para tudo; as forças abatiam-se, prostravam-se; o rosto ficava pálido, dilatava-se a pupila do olho direito.

Penoso qualquer movimento, impossível qualquer esforço: Barbosa tinha de procurar o leito forçosamente, fatalmente. Um suor gélido umedecia-lhe, banhava-lhe a fronte. Do lado direito a artéria temporal saltava tumefata, engurgitada: o globo do olho contraía-se, minguava e, como se estivesse contundido, pisado, era sensível à mínima pressão. No alto da cabeça havia um ponto doloroso, a sensação como de um prego que aí estivesse fincado. Cada pulsação, cada jato de sangue nas artérias era uma martelada que parecia fazer estalar o crânio e afundar mais o prego. O estômago enchia-se de bile. Uma fraqueza extrema, uma necessidade imperiosa de alimentos se fazia sentir; mas à simples ideia da ingestão de qualquer coisa, exacerbavam-se os sofrimentos todos. Na retina havia cintilações, moscas luminosas, subjetivas; o menor ruído, como avolumado por um microfone infernal, tomava-se em fracasso, em cataclismo de estrondo e dores no ouvido hiperestesiado[26]. Não havia concentrar a atenção, pensar. Se nesses momentos viessem dizer a Barbosa que um incêndio devorava os seus livros preciosos, que seu pai e sua mãe pereciam nas chamas, ele nada poderia fazer, nem sequer tentar um esforço: a vontade estava abolida.

E durava, ia sempre até à noite esse sofrer inenarrável, essa tortura de réprobo.

Amanheceu.

Logo que se abriram as portas, que começou a vida da fazenda, voltou Lenita para o quarto de Barbosa, sentou-se-lhe à cabeceira, inquirindo solícita do que havia a fazer, do que era possível aproveitar em casos tais.

Que nada, que nada mesmo havia a tentar, repetiu Barbosa impaciente; que aquilo era um estado nervoso especial, hiperestético, que só passava com o tempo, que à noite havia de estar bom.

Lenita com o tato indizível, com o jeito especialíssimo que têm as mulheres para enfermeiras, arranjou-lhe as almofadas e a travesseirinha em uma posição que lhe deu alívio; foi ao armário, procurou entre mil frascos, achou um quase cheio de xarope de cloral, trouxe, fez-lhe tomar quase à força duas colheres de sopa, grandes, a transbordar.

Depois apalpou-lhe os pés, sentiu-os frios, mandou vir uma botija com água quente, envolveu-a em uma toalha, pôs-lha sob eles, enrolou tudo em um cobertor, habilmente, quase sem incomodá-lo, como se não fizesse movimentos.

Os gemidos de Barbosa foram esmorecendo em um como queixume flébil[27], indistinto; cessaram, ele adormeceu.

Foi um sono longo, de duas horas pelo menos.

A moça não arredou pé um minuto: sentada à cabeceira, imóvel; em silêncio contemplava-o a dormir.

De repente ele acordou, sentou-se rápido, fez sinal, ordenou-lhe com gesto impaciente, irritado que se retirasse.

Lenita não obedeceu.

Barbosa, pálido, com as feições desfeitas, curvou-se, abriu desordenadamente, atabalhoadamente o criado-mudo, tirou o vaso, colocou-o junto de si sobre a cama. Ajoelhou-se.

Abdome, estômago, diafragma, esôfago, contraíram-se em uma náusea violenta: os zigomáticos[28] distenderam-lhe a pele descorada e macilenta do rosto, e um jato de bile amarela e espumosa golfou no fundo do vaso, tingindo-lhe as paredes com os salpicos peganhentos.

Seguiu-se outro jato, e outro, e outro, vinha a bile, sem esforço, não mais amarela, não mais espumosa, porém verde, líquida, linda até em sua pureza transparente.

Lenita, com dó profundo debuxado[29] nas feições, sustentava-lhe a testa mádida.

Extenuado, Barbosa deixou-se cair pesadamente nos travesseiros, gemeu por um pouco, tornou a adormecer.

Lenita mandou retirar, lavar, trazer o vaso: depois retomou o seu posto junto do enfermo, velando-lhe com amor o sono sossegado.

Quando a chamaram para almoçar, foi em bicos de pés, sem fazer o mínimo rumor.

À narração circunstanciada do incômodo do filho, fez observar o coronel que lhe não dava aquilo cuidado, que o rapaz era atreito[30] a enxaquecas desde a meninice, que até tinha melhorado com a idade, que os acessos iam ficando mais quarteados.

Lenita voltou para o quarto.

Ao virar do meio-dia, Barbosa acordou. Estava bom, completamente restabelecido, sentia fome, mandou vir comida.

Capítulo XVII

Havia muito que tinha começado a nova moagem: ia ela já quase em meio, quando se deu um desastre. Um crioulinho deixou-se prender nos cilindros do engenho, e teve um braço esmagado.

Ao ver a mísera criança segura, atraída pelo revolver lento, implacável, do mecanismo bruto, o pai dela, o negro moedor, tomou uma alavanca de aço que achou à mão, entalou entre os dentes dos rodetes[1].

Ouviu-se um grande estalo metálico, um tinir sonoro de ferros partidos, o engenho parou.

Salvou-se a vida do negrinho, mas as moendas inutilizaram-se; rodetes, pescoços, mancais, tudo ficou arrebentado.

Que fora uma caipora[2], que fora o diabo aquele desastre em meio da moagem, disse o coronel arreliado[3]. Lá pelo crioulinho, não: era ingênuo, era 28 de setembro, ficasse aleijado, pouco prejuízo havia. Que o azar era a interrupção da moagem, quando ia tudo correndo tão bem, em um tempo como se não havia de ter outro. Que remendos no engenho não queria, que de longa data andava com ideias de reformar tudo aquilo, e que ia reformar, embora levasse a casqueira a safra.

E ficou assentado que, no outro dia, Barbosa havia de seguir para o Ipanema, a entender-se com o dr. Mursa, sobre planos e dimensões para a nova máquina que urgia ficasse pronta dentro de poucos dias.

Lenita, ao saber da viagem, teve um sobressalto, ficou pálida, quase desmaiou: lembrava-lhe o muito que sofrera com a ida de Barbosa a Santos, quando ele não era ainda seu amante, quando ela nem sabia sequer ao certo que o amava.

Como havia de ser então, que as coisas se achavam em pé diversíssimo? Uma tortura inenarrável, impossível, o inferno.

E não foi.

Lenita ajudou a Barbosa nos seus aprestos de viagem, sem sentir por forma alguma o que sentira da vez passada. As expansões lúbricas[4], desenfreadas, a que ele se entregou na despedida noturna, contrariaram-na, mortificaram-na, mesmo.

Admirava-se da transição brusca, repentina que se lhe operara no espírito: sentia-se fria, indiferente, aborrecida quase; achava-o a ele grosseiro, vulgar, impertinente, ridículo, chato.

Na hora da partida apertou-lhe a mão; viu-o montar a cavalo, dar de rédeas, seguir vagaroso em uma nuvem de pó que se levantava da estrada; distinguiu-lhe o gesto de adeus que lhe fez ele ao transpor o viso[5] da colina, ao sumir-se--lhe da vista.

E não se entristeceu; em torno de si não sentiu vácuo algum: achou-se até mais à vontade por ficar só, em companhia de si própria, senhora de pensar, de agir em liberdade, sem sugestão.

Todavia era-lhe grata à vaidade a ideia de que Barbosa ia a cogitar ininterrompidamente nela, só nela; de que levava a sua imagem estereotipada, viva, na memória; de que todo o pensamento, todo o ato dele a ela se reportava, tinha-a por objetivo.

E, analista sutil, não se enganava sobre os seus próprios sentimentos: no prazer que tinha com a sujeição de Barbosa, descobria mais a satisfação do orgulho lisonjeado do que o contentamento do amor correspondido.

Foi ao quarto de Barbosa, começou a pôr em ordem as coisas dispersas, os livros e jornais que atravancavam a mesa, o mármore do criado, as cadeiras.

Ninguém em casa, nem mesmo o coronel, estranhava mais esses cuidados: a amizade estreita, a intimidade que reinava entre ela e Barbosa justificavam-na; todos achavam muito natural o papel de ecônoma[6] que ela a si chamara.

Nas senzalas, porém, o viver excêntrico e liberdoso que ela levava com Barbosa já começava a servir de pábulo[7] à maledicência característica da raça negra: os pretos, e principalmente as pretas, murmuravam, comentavam as caçadas improdutivas, sublinhavam ditos, aventavam torpitudes[8].

Ao puxar uma gaveta da mesa de Barbosa, para recolher miudezas que achara dispersas, Lenita deu com uma caixinha oblonga, de tartaruga, incrustada de metal e madrepérola.

Abriu-a por abrir, sem curiosidade. Encontrou dentro quatro papéis dobrados, uma medalha muito oxidada de Nossa Senhora Aparecida, flores secas e várias bolinhas de lã branca, desfiada.

Fez-lhe espécie aquilo: que diabo poderia ser? Barbosa não era religioso, a medalha não tinha explicação como coisa dele. E as bolinhas de lã? Com certeza tinham caído de uma manta de malha, de uma saída de baile, em que se envolvera, em que se agasalhara uma mulher, para procurá-lo a ele na sua casa, no seu quarto, no seu leito. E as flores secas? E os papéis? Ah! os papéis... Os papéis continham de certo a chave do enigma, davam a solução de tudo aquilo.

Desdobrou o primeiro, encontrou um anel de cabelos castanhos, quase pretos, cetinosos, muito finos.

Desdobrou o segundo, era um bilhetinho em poucas linhas: a letra bonita, fina, redonda, de mulher. Dizia:

Espero-o sábado sem falta; se não vier zango-me. Não o esqueço um só momento. Adeus.

Lenita empalideceu, mordeu os beiços e, trêmula, com os olhos a despedir chispas, abriu o terceiro papel, uma folha grande, larga, de almaço Fiume. Estava escrita pela letra de Barbosa, um cursivo feio, muito legível. Era evidentemente uma série de impressões lançadas no papel *sur place*[9], no momento mesmo em que se tinham produzido, inconexas, cortadas de reticências.

Lenita leu:

O trem ia partir.

Ela estava na plataforma da Estação da Luz, com o marido, em bota-fora de não sei quem. Olhou-me, eu a olhei; ela baixou os olhos, uns grandes olhos verdes; corou. O braço esquerdo estava passado no do marido enfastiadamente, aborrecidamente; o direito, em abandono, pendia-lhe ao longe do corpo, forte, musculoso, muito branco. A mão estava sem luva, era pequenina, bem-feita, tinha no anular uma marquesa de muito brilho. Levantou os olhos, encarou-me, tornou a baixá-los, avançou o pé direito, um pezinho adorável, bateu com ele freneticamente, como se estivesse muito contrariada. O marido disse-lhe o que quer que foi em alemão, ela respondeu-

-lhe na mesma língua. Saíram, eu segui-os. Tomaram o bonde *que
vinha de Santa Cecília.....................................*
...
...
...
..olhos verdes
...
amor...
...
..venusta.
.. [10]

Tornei a vê-la.

*Era no Grande Hotel: ela estava jantando, à mesa do centro.
Dava-me as costas. Recostava-se na cadeira, pendendo o corpo para
a esquerda; a perna direita, passada por sobre a esquerda, agitava-se
com um movimento sacudido, nervoso; o pé muito pequeno, estreitado
em uma meia de seda carmezim, recurvando-se, descalçava em parte
o sapatinho Clark, mostrava o calcanhar redondo, diminuto, delicioso.
O pé esquerdo assentava firme no chão. O vestido rodeava, cobria
parte da poltrona em fartos panejamentos, e por sob ele entrevia-se
uma orla de saia muito branca. A aragem que entrava pelas janelas
altas agitava-lhe os crespinhos dourados da nuca. Levantou-se, rodan-
do para a esquerda, com o busto curvado, em um movimento gracioso,
que pôs em relevo a exuberância dos seios a avultarem reprimidos no
corpete retesado, em contraste provocador com a exiguidade da cintura.*

O quarto papel, amarelo, poído nas dobras, continha
uma poesia escrita também por letra de Barbosa.

Lenita leu:

M. L.

*Não sei se és feia ou bonita,
Segundo as regras da arte;*

Sei, sim, que gosto de ver-te,
Que gosto até de estudar-te.

Nas faces sedosas tuas
Não brilha o rubor das rosas,
Retinge-as a palidez
Das compleições biliosas.

Estranhas cintilações
Mordentes, frias, geladas
Tens nos olhos baços, vítreos,
Azuis, da cor das espadas.

Teu lábio, sempre agitado
De leve tremor nervoso,
Parece ressumar sangue
Com sede infrene de gozo.

Contorce-te as mãos pequenas
Espasmo febricitante,
Tem não sei que de felino
Teu breve corpo ondulante...

Queres então que eu te diga
Meu sentir quando te vejo?
Amor não te tenho, não;
Porém morde-me o desejo.

A moça teve um deslumbramento: em seu espírito, subitamente iluminado, fez-se um vácuo enorme, desmoronou-se fragorosa a mole das ilusões.

Pensava – Barbosa era casado na Europa, ela o tinha conhecido como tal, não podia exigir-lhe conta dos afetos que ele votara em tempo à esposa, das recordações que dela porventura conservasse.

Mas ali não se tratava de esposa, tratava-se de três mulheres pelo menos – a dos cabelos que, escuros, tinham naturalmente por correlativo olhos pretos ou castanhos; a do fragmento em prosa, de olhos verdes; a da borracheira[11] poética, de olhos azuis, cor de aço.

E quem sabe se não seriam seis ou mesmo sete: o bilhete podia ser de uma outra; a medalha azinhavrada, de uma outra; as flores secas, de uma outra, as bolinhas de lã branca, de uma outra ainda.

E que eram aquelas bolinhas de lã branca, senão lembranças, troféus amorosos, colhidos de certo em cama desfeita sobre os lençóis ainda quentes, após uma noite de delírios eróticos?

Aquele homem era um devasso, um D. João[12] de pacotilha, e ela, Lenita, não passava de uma das suas muitas amantes.

Quem lhe dizia a ela que uma dádiva sua, que um épave[13] qualquer lhe tivesse pertencido, não iria aumentar aquela ignominiosa coleção.

Em que dera seu orgulho, o alto conceito que ela formava do seu sexo, que ela formava de si própria!

Amante de um devasso, barregã[14] de um homem velho, casado, que guardava troféus das conquistas... Bonito! Esplêndido!

Estava castigada e achava justo o castigo.

Tinha ido pedir à ciência superioridade sobre as outras mulheres; e na árvore da ciência encontrara um verme que a poluíra.

Quisera voar de surto, remontar-se às nuvens, mas a CARNE a prendera à terra, e ela tombara, submetera-se; tombara como a negra boçal do capão[15], submetera-se como a vaca mansa da campina. Revoltada contra a metafísica social, pusera-se fora da lei da sociedade, e a consciência castigava-a, dando-lhe testemunho de quanto ela descera abaixo do nível comum da mesma sociedade.

É loucura quebrar de chofre o que é produto de uma evolução de milhares de séculos. A sociedade tem razão: ela assenta sobre a família, e a família assenta sobre o casamento. Amor que não tenda a santificar-se pela constituição da família, pelo casamento legal, aceito, reconhecido, honrado, não é amor, é bruteza animal, é desregramento de sentidos. Não, ela não amara a Barbosa, aquilo não tinha sido amor. Procurara-o, entregara-se a ele por um desarranjo orgânico, por um desequilíbrio de funções, por uma nevrose. Como a Fedra da fábula, como as bíblicas filhas de Jó[16], como a histórica mulher de Cláudio[17], ela caíra sob o látego[18] da CARNE, empurrada por um devasso ilustradíssimo, resvalara ao fundo do pego[19], à última estratificação da vasa[20]. Não, ela não amara, ela não amava a Barbosa. O que por ele sentira fora uma atração paulatina, gradual, viciosa, mórbida. A primeira impressão que recebera, ao vê-lo, não tinha sido boa; e as primeiras impressões é que fazem fé, porque são as que se produzem instintivamente no espírito desprevenido. Nesse momento em que ficava conhecendo a Barbosa como Barbosa realmente era, é que ela podia avaliar o báratro[21] em que se despenhara. Pomba inocente, procurara por seu pé o açor, metera-se-lhe nas garras, e ele a conspurcara, não somente lhe arrancando a virgindade, mas debochando-a em práticas infames para despertar-se os sentidos embotados...

Meteu tudo às pressas, desordenadamente, na caixinha, atirou a caixinha para a gaveta, empurrou com violência a gaveta, saiu, foi para seu quarto, entrou, fechou-se por dentro, atirou-se na cama; desatou em pranto.

De repente ergueu-se.

Que era aquilo? perguntou-se a si própria. Pois ela era mulher para chorar, para carpir-se, como qualquer criadinha de servir, violentada pelo filho da patroa? Não! Caíra, mas caíra vencida por si, só por si, por seu organismo, por seus nervos. O homem não entrava em linha de conta, não passava de mero instrumento: fora Barbosa; poderia ter sido o administrador, poderia ter sido o velho coronel. Enquanto quisera gozara; estava saciada...

Uma ideia terrível atravessou-lhe o cérebro.

De pouco tempo, de um mês a essa parte, sentia-se modificar de modo estranho, moralmente, fisicamente: tornara--se irritadiça, tinha impaciências febris. Uma nuga[22], um nada a punha fora de si. Mal se alimentava: à simples vista da mesa posta, vinham-lhe engulhos, chegava mesmo a vomitar. Aberrara-se-lhe o apetite, desejava coisas extravagantes. Uma tarde vira um cacho de caraguatá à beira de um valo: quisera por força comer, comera, queimara a boca com o sumo cáustico da fruta da bromeliácea.

Com pasmo grande, sem poder dar a razão por que, via que Barbosa já lhe não inspirava admiração. As tiradas, as dissertações científicas, aliás corretas, que lhe ele fazia enfastiavam-na: ela achava-o desajeitado, vulgar, pretensioso; ganhava--lhe aversão; cria até perceber-lhe no corpo e na roupa um cheiro esquisito, enjoativo, o que quer que era como catinga de rato. Repugnavam-lhe as carícias dele, e, para chegar bem à verdade, elas incomodavam-na, de fato, topicamente.

Acudiu-lhe o dizer de Rabelais[23] − "*Les bêtes sur leurs ventrées n'endurent jamais le mâle masculant*"[24].

Estaria grávida?

Correu à cômoda, puxou uma gaveta, tirou um calendariozinho de algibeira, percorreu os meses, virando as folhas com rapidez: estavam a 20 de agosto, e o último dia marcado com uma cruzinha vermelha era o dia de S. Pedro, 29 de junho. Mediava um espaço de cinquenta e dois dias...

Desabotoou o corpinho, desceu o cabeção da camisa, fez sair o seio esquerdo, globuloso, duro: baixou a cabeça para vê-lo, estendendo o beiço inferior. O aréolo, outrora róseo, imperceptível, acentuava-se retinto, pardacento, constelado de papilas ouriçadas. Não havia duvidar, estava grávida.

Sentiu ou julgou sentir que uma coisa qualquer se lhe agitava, se lhe enovelava dentro do útero. No mesmo instante apoderou-se dela um afeto imenso, indizível, por esse quer que fosse, que assim ensaiava os primeiros movimentos na antessala da vida. Era o desencadear de uma tempestade, de uma inundação nevrótica, que a invadia, que a alagava, como as águas de um açude roto invadem, alagam a planície. No amor enorme de que se via repassada, Lenita reconheceu o sentimento tão ridiculamente guindado ao sublime pelo romantismo piegas, e todavia tão egoístico, tão humano, tão animal – a maternidade.

– Que iria fazer? perguntou-se a si mesma, e, sem hesitar, respondeu-se – levar a bom termo a gestação, parir, criar, educar o filho, rever-se nele, ser mãe.

Dois dias se passaram sem que Lenita saísse do quarto, senão para ir a uma ou outra refeição.

Ao almoço do terceiro dia, uma quinta-feira, disse ao coronel que no domingo tencionava seguir para a vila, de lá para a cidade, e da cidade para S. Paulo; que seus tarecos estavam arranjados, suas malas feitas; que precisava do carroção para conduzi-los, do *trolley*[25] para conduzi-la a ela; que, saindo bem cedo, chegaria a tempo, teria ainda de esperar pelo trem, talvez uma hora.

– Que nova loucura era aquela? perguntou o coronel. Que ia Lenita fazer a S. Paulo, assim de repente, sem quê nem para quê?

À insistência de Lenita, que a nada se demoveu, fez ele sentir que ao menos era preciso esperar ela vir Barbosa do Ipanema para levá-la; que, só, ela não podia, não devia ir; que ele, coronel, ameaçado e até já principiando a sofrer de um insulto de reumatismo, achava-se incapaz de uma vez para cumprir o dever de acompanhá-la.

– Que iria muito bem só com o moleque até à vila, volveu Lenita inabalável; que na estrada de ferro não se fazia mister companhia; que lhe era impossível deixar de ir, que havia de ir.

As súplicas da entrevada, as instâncias e amuos do coronel, de nada aproveitaram.

O carroção com a bagagem partiu sábado de tarde, e, no domingo cedo, Lenita de guarda-pó e chapéu de abas largas, abraçou, chorando, a velha; abraçou o coronel que soluçava como uma criança, subiu para o *trolley*, seguiu.

– Rapariga, gritou-lhe de longe o coronel, limpando os olhos, engasgado, você tem má cabeça, mas seu coração é bom, e eu quero-lhe bem deveras. Em toda e qualquer emergência lembre-se de que eu e seu avô fomos como irmãos, de que eu tive sempre a seu pai na conta de filho. Para tudo, mas mesmo para tudo, aqui fica o velho.

E acrescentou consigo:

– Nalguma coisa haviam mesmo de dar as físicas e as botânicas e as caçadas: foi nisto. Antes nunca esta rapariga se lembrasse de ter vindo aqui para a fazenda, ou antes Manduca lá se tivesse deixado ficar pelo Paranapanema. Agora é pegar-lhe com um trapo quente.

Capítulo XVIII

Seis dias depois da partida de Lenita chegou Barbosa. De nada sabia ele: o coronel não lhe tinha escrito.

Desde que transpusera a crista do morro, vinha alongando os olhares, à espera, a todo o momento, de divulgar o vulto da moça a uma janela no terreiro, em qualquer parte. Antegostava o prazer de vê-la estremecer de júbilo ao enxergá-lo, de vê-la correr-lhe ao encontro pálida, trêmula, convulsionada pela emoção.

Lembrava-se da noite, e tinha calafrios: afastava, expelia da mente a lembrança do gozo, para também esquecer que lhe era preciso esperar tantas horas.

E às janelas ninguém assomava. No pardo sujo do terreiro esburgado, agitavam-se, passavam rápidas de uma para outra parte, manchas azuis e encarnadas: era um lote de crioulinhos a correr, a brincar, vestidos de camisolas de baeta. Mais nada.

— Melhor, disse Barbosa consigo, vou surpreendê-la na varanda, em prosa com o velho.

Desceu, chegou à porteira.

A crioulada reuniu-se em um magote, e, alçando as mãos e tripudiando, começou de gritar em uma melopeia cadente, rítmica, afinada:

– Aí vem nhonhô! Nhonhô aí vem!

– Cala o bico, canalhada! gritou Barbosa, cruzando nos lábios o índice da mão direita.

A crioulada, afeita a obedecer, emudeceu.

Ele apeou-se, descalçou as esporas, atravessou o terreiro, entrou em casa, foi andando nas pontas dos pés até à varanda.

Estava deserta.

Dirigiu-se ao quarto do pai. Encontrou o coronel deitado, a gemer com o reumatismo. Na *chaise-longue*[1] do costume cabeceava a velha entrevada.

– Como vai, meu pai? Como está, minha mãe?

E beijou a mão de um e a testa da outra.

– Na forma do louvável... respondeu o coronel, sofrendo sempre... ai!... Este maldito reumatismo não me larga... Como foi você de viagem?

– Muito bem.

– O engenho?

– Vem aí, chega amanhã à estação.

– Assim, pois, é preciso que sigam os carroções a esperá-lo, hoje mesmo?

– Basta que sigam amanhã.

– E veio coisa boa?

– Ótima. Algumas peças foram fundidas especialmente; fizeram-se os moldes sob meu risco.

– Muito bem, e quanto custou?

– Ficou barato; não anda em mais de três contos.

– Ai!... Você já jantou?

– Não, senhor.

O coronel sentou-se com esforço, tirou de sob o traves-seiro uma chavinha, levou-a aos lábios, arrancou um assobio estridente, prolongado.

— Sinhô, gritou dentro uma escrava, que logo assomou à porta do quarto.

— Nhonhô está aqui, e ainda não jantou.

— Sim sinhô, meu sinhô.

E, voltando-se rápida, desapareceu.

Barbosa não quis perguntar por Lenita. Ela estava de certo no quarto. Ele lá iria ter com ela.

Pediu licença ao pai para sair: que se não demoraria, disse: que voltaria logo, para conversarem.

Chegou à sala de Lenita, e sentiu um grande aperto do coração ao ver os consolos despidos, sem um bronze, sem uma estatueta, sem uma jarra de Sèvres[2], sem um defumador de Satzuma.

Foi à porta do quarto de dormir, empurrou-a, estava fechada a chave: foi ao outro quarto, vazio. Empalideceu, encostou-se à ombreira da porta para não cair. Que era aquilo? perguntou-se. Para onde tinha ido a moça?

Voltou aos aposentos do pai.

— Meu pai, onde está D. Lenita?

— Se realizou o que tinha na intenção, está em S. Paulo, em casa de um parente, do Fernandes Frias, ou em qualquer hotel. Aquilo é uma doidinha.

— Pois D. Lenita foi para S. Paulo?! exclamou Barbosa, como que recusando a evidência, como que fugindo à bru-talidade do fato.

— Se foi! Você a conhece pelo menos tão bem como eu: e desencabritando, desencabrita mesmo: não há pegar-lhe.

Barbosa deixou-se cair em uma cadeira.

Não estava pálido, não estava lívido: estava uma e outra coisa: tinha manchas cor de chumbo no rosto cor de terra.

Em suas feições havia alguma coisa da expressão que deve ter uma máscara de bronze, que, caída em uma fogueira, começa a entrar em fusão.

Conservou-se sentado por muito tempo, mal respondendo às perguntas do pai.

Chamaram-no para jantar; foi, sentou-se à mesa, cruzou os braços sobre ela, afundou a cabeça no ângulo formado pelo braço esquerdo, deixou-se ficar, quedo, imóvel.

Refletia.

Lenita ali não estava, não estava na sala, não estava no quarto, não estava no terreiro, não estava no pomar, não estava na fazenda. Ele a não veria mais, não lhe ouviria mais a voz suave, não lhe beijaria mais os lábios corados, não lhe beberia mais a frescura do hálito... Só... só... estava só!

Ela o provocara, ela se lhe oferecera, ela o procurara, ela se lhe entregara, ela se prestara a todos os seus caprichos, mansa, dócil, submissa, para depois assim abandoná-lo, a sós com as lembranças, entregue à tortura da saudade!

Não, não era possível: Lenita ali estava, do outro lado da mesa; não se fora...

Ergueu a cabeça, abriu os olhos esgazeados[3] e só viu diante de si a crioulinha servente, que abanava moscas, movendo preguiçosa e mole, para a direita e para a esquerda, um ramo de alecrim bravo.

Barbosa deixou cair de novo a cabeça, continuou no cismar doloroso, como quem se praz a revolver em uma ferida o ferro que a produziu.

Louco que fora!

Tinha tido dezenas de amantes, tinha sido, era ainda casado, conhecia a fundo a natureza, a organização caprichosa, nevrótica, inconstante, ilógica, falha, absurda, da fêmea da espécie humana; conhecia a mulher, conhecia-lhe o útero, conhecia-lhe a carne, conhecia-lhe o cérebro fraco, escravizado pela carne, dominado pelo útero; e, estolidamente, estupidamente, como um fedelho sem experiência, fora se deixar prender nos laços de uma paixão por mulher!

O tempo ia passando: o jantar arrefecera.

Barbosa levantou-se.

– Nhonhô não janta? perguntou triste a preta cozinheira que o observava da porta do corredor.

– Não, Rita: estou sem vontade, estou doente.

Saiu, chegou à porta do terreiro, circunspecionou os arredores.

Parecia-lhe morta a natureza: a paisagem figurava-se-lhe um cadáver, vasto, enorme.

Do diafragma subia-lhe para o coração um aperto constante, ininterrompido, doloroso, que lhe tolhia o fôlego, que o sufocava.

Queria chorar; o pranto, julgava, far-lhe-ia bem, seria um desabafo: impossível. Um ardor seco, febril, queimava-lhe os olhos.

No imóvel do arvoredo secular, na calma impassível das encostas amareladas, havia, ele pelo menos sentia, o que quer que era de hostil: essa indiferença majestosa irritava-o, era como um escárnio à angústia em que se estorcia seu espírito.

E tudo lhe fazia lembrar Lenita; na antessala, a cuja porta estava, a vira ele pela vez primeira por entre as torturas de uma enxaqueca; no pomar, de que avistava um ângulo, com ela tivera a primeira entrevista; no pasto, que se lhe estendia entre os olhos, quantas e quantas vezes não tinham passeado juntos! na mata fronteira, as caçadas, os pássaros, a cotia, os porcos, a cascavel... ah! a cascavel!! Por que não sucumbira Lenita ao veneno da cobra? Por que a fizera ele viver?! Morta naquele tempo, ela seria apenas uma saudade doce, e não a lembrança voraz que o havia de matar.

Anoiteceu.

A escuridade, o silêncio, reprodução cruel da escuridade e do silêncio das noites de outrora, das noites de amor, que não mais voltariam, acenderam-lhe, exacerbaram-lhe o pungir do sofrimento, o ralar da soledade.

Lembrou-lhe o suicídio.

– Ainda não, disse: esperemos.

Entrou para o seu quarto, deitou-se, fez uma injeção de morfina, dormiu.

No dia em que era esperado chegou o maquinismo.

Barbosa desenvolveu uma atividade febril.

Desengradou-o, armou-o, instalou-o ele próprio. Multiplicou-se, dividiu-se: fez-se carpinteiro, pedreiro, serralheiro, maquinista.

Queria esquecer de dia, hipnotizava-se com trabalho, de noite, com morfina.

Pronto o engenho, a moagem continuou.

Barbosa tomou-a a si, dirigiu o serviço. O açúcar da fazenda criou fama.

– Eta! rapazinho destorcido! dizia o coronel, é pau para toda a obra! Quem havia de dizer que ele entende mais de fabricação de açúcar do que eu que lido com cana desde que me conheço por gente? Quem estuda sabe mesmo. Mas... eu não ando contente com ele: estes modos que ele agora tem não são naturais, ele não os tinha. Aquela Lenita...

Em um dos dias da primeira quinzena de outubro, o moleque trouxe da vila, na correspondência, duas cartas sobrescritadas por uma letra redonda, fina, bonita letra, letra de mulher.

Era de Lenita.

Barbosa a conheceu imediatamente.

Uma lhe era endereçada, outra ao coronel.

Barbosa tomou a sua, abriu-a e, pálido, muito pálido, com um ligeiro tremor a agitar-lhe as mãos, começou a leitura.

Dizia:

S. Paulo, 5 de outubro de 1887.

Ao sr. Manuel Barbosa envio muito saudar.

Mestre.

Ao chegar à fazenda, surpreendeu-se de certo com a minha partida um tanto brusca.

Procurou-lhe explicação, não achou: nem eu. Lembro-lhe o que diz Spinoza[4]: "nossa ilusão do livre-arbítrio vem de ignorarmos nós os motivos que nos dirigem". No caso, desta minha partida, eu poderia bem crer que tinha livre-arbítrio. Demais sou mulher, sou fantasque[5]. Quem vai discutir, explicar caprichos de mulher? Vale infinitamente mais.

non ragionar di lor, guardar, passar![6]

Qual tem sido a minha vida desde que vim da fazenda? Nem eu mesmo sei.

Estudar, não tenho estudado; fui sábia, fui preciosa tanto tempo, que achei de justiça dar-me o luxo de ser ignorante, de ser mulher um poucochinho.

Mas, qual! Ninguém é sábio impunemente. A ciência é uma túnica de Dejanira[7]: uma vez vestida, gruda-se à pele, não sai mais. Quando se tenta arrancar, deixa pedaços do forro, que é o pedantismo.

E a prova é estar-lhe eu escrevendo, por não poder resistir ao prurido de comunicar as minhas impressões, de conversar um bocadinho com quem me entenda.

Que saudades não tenho eu às vezes das nossas palestras, das nossas lições, em as quais tanto se dissipava a treva da minha ignorância à luz do seu profundo saber!

O passado, passado: fomos como dois astros vagabundos que se encontraram em um recanto do espaço, que caminharam juntos, enquanto foram paralelas as suas órbitas e que ora estão separados, seguindo cada qual o seu destino.

Vamos ao que serve.

S. Paulo é hoje uma grande cidade, dou-lhe, sem receio de erro, sessenta mil habitantes.

Dia a dia, para norte, para sul, para leste, para oeste, está crescendo, está-se alastrando, e, o que mais é, está-se aformoseando.

Os horríveis casebres dos fins do século passado e dos princípios deste vão sendo demolidos para dar lugar a habitações higiênicas, confortáveis, modernas. Os palacetes do período de transição, à fazendeira, à cosmopolita, sem arte, sem gosto, chatos, pesados, mas solidamente construídos, constituem um defeito grave que não mais desaparecerá. Obras, porém, há feitas, nestes últimos cinco anos, pelo arquiteto brasileiro Ramos de Azevedo, pelo italiano Pucci e por outros estrangeiros, que são realmente primores de arte. Gosto imenso da Tesouraria da Fazenda que está construindo Ramos de Azevedo: é um edifício que honra S. Paulo pela severidade e elegância do estilo, pela robustez que ostenta, desde os profundíssimos alicerces até o levantado coruchéu[8]. Aquela mole[9] enorme forma um todo compacto, homogêneo, sem o mínimo defeito, sem uma trinca sequer de tassement[10]. Quem viu o que ali estava... cruzes!!! Para se avaliar o que era basta que se veja o atual Palácio do Governo, da mesma procedência. Os manes[11] do sr. Florêncio de Abreu podem limpar as mãos à parede dos Campos Elíseos, se é que os Campos Elíseos têm parede. Desmanchar a velha, a maciça, a histórica, a legendária construção dos Jesuítas, para estender por ali fora aquele pardieiro medonho! Não sei por que não mandou botar abaixo também a capela... O sr. do Parnaíba desvendou os mistérios da cripta dos padres de Loyola[12], rasgando uma porta no andar térreo da torre dessa capela. À esquerda de quem entra, veem-se distintamente seis cavas sepulcrais, seis catacumbas, superpostas, em duas ordens, de três cada uma, praticadas na grossura enorme da parede. Entraram já cadáveres os que ali jazem, ou foram emparedados vivos, segundo a lei terrível do código secreto da Companhia? Ao governo, ao bispo diocesano, incumbe, corre o dever de mandar abrir aqueles jazigos, onde talvez se encontrem documentos importantes para a história da província

O Chá, lembra-se bem, era mato quando eu estive com meu pai em S. Paulo, pela primeira vez: hoje é um bairro populoso, constituído por um vasto enxadrezamento de ruas direitas e largas, arejadas e mordidas de luz.

Há na cidade vários calçamentos a paralelepípedos. O antigo, famoso largo de S. Francisco está que é um brinco.

A academia foi reformada.

Talvez eu não tenha razão; mas o caso é que eu a preferia exteriormente como ela era outrora. Tinha pelo menos o mérito de representar o gosto arquitetônico dos religiosos que dirigiram a colonização do Brasil. Hoje não representa coisa nenhuma, tem uma aparência limpa, mas desgraciosa e até caturra[13].

No alastrar da cidade, os bairros unem-se, vão desaparecendo as soluções de continuidade predial: a Luz já pega com o Brás pela rua de S. Caetano.

O comércio tem-se desenvolvido de modo assombroso, e a indústria segue-o de perto.

Há em São Paulo fábricas de móveis, de chapéus, de chitas, de bordados de luvas, que rivalizam com as do Rio, e que estabelecem concorrência séria aos produtos europeus.

Nas ruas de S. Bento e da Imperatriz é enorme o acervo de lojas, e de armazéns, de casas bancárias, de estabelecimentos de todo o gênero.

As vitrines das casas de joias entram em compita[14] de riqueza e gosto: aqui a relojoaria suíça, delicada, elegantíssima, ostenta os seus primores, os seus inexcedíveis "Patek Philippe", a par dos artefatos sólidos da relojoaria americana, dos " Waltham" feitos a máquina, grossos, esparramados, angulosos, profusa e desgraciosissimamente ornamentados. Ali a prata do Porto, aereamente, maravilhosamente filigranada, casa sua alvura mate aos reflexos fulvos da ourivesaria francesa, às cintilações mágicas dos brilhantes puríssimos do Brasil, dos diamantes coloridos do Cabo, dos rubins, das safiras, dos topázios, das ametistas, das opalas irisadas. A luz brinca nos lavores dos metais e nas facetas das pedrarias em um tal deboche de magnificências, que faz lembrar os contos de fadas, a caverna de Aladino.

Entrei ontem em uma casa de modas, a Mascote

Atraíram-me a atenção bronzes de Barbedienne[15], expostos em uma vitrine interior.

Alguns eram reproduções dos que eu possuo, o hoplitodromo conhecido por gladiador Borghese[16], a Vênus de Milo[17], a Vênus de Salona[18]: outros eu ainda não conhecia, o menino da cesta, por Barrias[19]; a bacante do cacho, por Clodion[20].

Que bronze adorável este; que verdade nos panejamentos! que morbidez suave de postura! No rosto o metal parece ter o emaciamento, a transparência fosca da pela viva. Os olhos como se cerram em um êxtase de volúpia...

Encomenda de Júlio Ribeiro, um gramático que se pode parecer com tudo menos um gramático: não usa simonte[21], nem lenço de Alcobaça, nem pince-nez[22], nem sequer cartola. Gosta de porcelanas, de marfins, de bronzes artísticos, de moedas antigas. Tem, ao que me dizem, uma qualidade adorável, um verdadeiro título de benemerência – nunca fala, nunca disserta sobre coisas de gramático.

Veio receber-me um dos proprietários da loja, rapaz afável, parisiense nos modos, flor na botoeira do paletó, sorriso engatilhado.

Fiz alguns pedidos: tomou nota deles, para mandarmos a casa, o outro sócio, irmão, creio, do primeiro; moço grave, sério, de fisionomia leal, sempre ao bureau[23], *sempre a escrever, tipo acabado do português antigo, trabalhador, honesto, pontual, pé de boi.*

Em frente – a Casa Garraux[24], vasta Babel[25], livraria em nome, mas verdadeiramente bazar de luxo, onde se encontra tudo, desde o livro raro até a pasta de açofeifa, passando pelo Cliquot[26] legítimo e pelos cofres à prova de fogo.

Lá fui ver a exposição permanente.

Mal tinha eu entrado, entrou também um grupo de homens, três ou quatro, se bem me lembra.

O da frente, pelo elevado da estatura, pelo desembaraço, pela aisance[27] de maneiras, excedia os outros de toute la tête[28] como diria Fénelon[29].

Era um sujeito corpulento, coroado, limpo, no descambar da idade viril, ou melhor, no verdor da velhice. O bigode farto, betado aqui e ali por um fio de prata, e as longas costeletas acentuavam-se com nitidez no rosto fresco, caprichosamente escanhoado. O cabelo curto dividia-se em pastinhas despretensiosas no alto da testa vasta, ligeiramente redonda. Colarinho de pontas quebradas, gravata branca de nó, colete fechado até o nó da gravata, fraque, flor enorme na lapela, calças de casimira preta com listinha de seda branca, chapéu preto, alto, mole, sapatos Clark, pince-nez.

Belo homem, Ramalho Ortigão[30], já adivinhou.

Um dos que o acompanhavam era um rapaz alto, cheio de corpo, alvo, de cabelos castanhos claros, quase louros, ondeados, de bigode crespo, de lábio inferior coroado, úmido; um causeur[31] adorável, que o mestre disse-me ter encontrado uma vez em Campinas, e a quem eu fui apresentada um dia destes, em uma festa de anos, Gaspar da Silva.

Ramalho entrou em conversa com um dos sócios da Casa Garraux: eu, fingindo que examinava um livro, prestei-lhe toda atenção. Apanhei, dissequei, analisei cada uma de suas palavras.

Voz agradável, bem timbrada; pronúncia distinta, corretíssima; sotaque alfacinha[32] puro, estranho, muito estranho a ouvidos paulistas.

Ramalho Ortigão é incontestavelmente um homem de combate, um grande escritor. Eu, porém, não gosto dele. Acho-o traba-

lhado, limado, castigado demais; acho qu'il pose toujours[33]. *Não escreve como Garret*[34], *vazando a alma no papel: calcula o efeito de cada palavra, de cada frase, como um jogador de xadrez calcula o alcance do movimento de cada peça. Nos seus escritos há notas, há quantidades constantes, que reaparecem fatalmente. Encontra-se sempre uma admiração exagerada por tudo quanto é vigor muscular, por tudo quanto é manifestação de força humana física. O estadulho*[35], *a bengala grossa são fatores imprescindíveis das suas teorias de moralização social. Afeta pelo asseio, pelo cuidado do corpo um culto que chega a se tornar impertinente. Não perde ensejo de contar que se banhou, que se barbeou, que mudou a roupa branca. Tanto repete, tanto insiste, que até parece ter um secreto receio de que o não acreditem. Escreve ele um livro novo: os seus leitores habituais já lhe conhecem, já lhe esperam as* ficelles[36]. *Há de falar por força nas malas, nos apeiros de* toilette[37], *nos desinfetantes, na abundância de cuecas e piúgas. Tem frases feitas, uma por exemplo — todos os seus estandartes, todas as suas bandeiras, todas as suas flâmulas, todos os seus galhardetes, estão sempre a palpitar gloriosamente, estão sempre a bater em palpitações gloriosas.*

Os livros de Ramalho Ortigão são excelentes, não há negá-lo, quer pelo fundo, quer pela forma. Bom senso e correção de linguagem até ali: ensinam a pensar, e ensinam Português.

O que eu não creio é que eles sejam um espelho, uma câmara escura para se estudar a individualidade do autor.

Entendo que não se pode ficar conhecendo a Ramalho Ortigão nem no Em Paris, *nem nas* Farpas, *nem na sua parte de Mistério da Estrada de Cintra, nem nas* Caldas e Praias, *nem nas* Impressões de Viagem, *nem na* Holanda, *nem no* John Bull: *melhor do que em tudo isso, fotografa-se ele nos seus depoimentos sobre a questão Vieira de Castro*[38].

Seja como for, ontem foi para mim um grande dia: conheci um grande homem.

Agora, nós: o que mais de perto nos toca...

Seguiam-se algumas linhas criptográficas, em uma cifra que Barbosa e Lenita tinham combinado, desde os primeiros tempos de convivência.

Barbosa leu:

Estou grávida de três meses mais ou menos.

Preciso de um pai oficial para nosso filho: ora pater est is quem instae nuptiae demonstrant[39].

Se tu fosses livre, fazíamos iustas na igreja as nossas nuptias naturais, e tudo estava pronto. Mas tu és casado, e a lei de divórcio, aqui no Brasil, não permite novo enlace: tive de procurar outro.

"Tive de procurar" é um modo de dizer: o outro deparou-se-me, ofereceu-se-me; eu me limitei a aceitá-lo e ainda impus-lhe condições.

É o dr. Mendes Maia.

Ao chegar aqui, escrevi-lhe para a corte; ele veio imediatamente, tivemos uma conferência larga, eu fui franca, contei-lhe tudo e... e... e nós nos casamos amanhã, às 5 horas da madrugada... Pelo trem do Norte, que parte às 6, seguimos para a corte, e da corte para a Europa no primeiro, vapor.

Sei que te hás de lembrar sempre de mim, como eu sempre me hei de lembrar de ti: calembour[40] *a parte, o que entre nós se passou não se olvida.*

Não me guardes rancor. Fomos um para o outro o que podíamos ter sido; nada mais, nada menos.

A criança, se for menino, chamar-se-á Manuel; se for menina, Manuela...

A carta ainda continuava.

Barbosa, lívido, com as feições horrivelmente contraídas, rasgou-a em dois movimentos, atirou-a em um lamaçal, onde, com gáudio infinito, chafurdavam alguns porcos.

— Rameira! Prostituta vil! exclamou ele.

— Sabe você que mais? perguntou-lhe o coronel, que se aproximava. A Lenita casa-se! Escreveu-me, participando.

— A mim também escreveu ela.

— Sim? E ela a dizer que se não queria casar... Fiem-se lá em mulheres! Aquela partida repentina não teve outra causa.

— Não teve, não, volveu Barbosa.

A tarde levou-a ele toda a pensar, a malucar só consigo.

À noite não fez injeção de morfina, passou em claro, nem sequer se deitou.

No dia seguinte, cedo, saiu, deu uma volta pelo pomar, foi à mata, chegou à ceva, demorou-se a contemplar os destroços do reparo, as canas do milho que tinham nascido e morrido estioladas[41] pela sombra, sem produzir. Viu ainda por entre as folhas secas algumas vértebras, algumas espinhas da cascavel.

Voltou, passou pela *fruiteira*, em cuja copa uma araponga serrava estridulosa.

Viu no chão uma pena de jacu, desbotada pela umidade, suja de barro.

Ergueu-se, contemplou-a muito tempo, deixou-a cair.

Voltou para casa, não quis almoçar, pediu um banho.

Despiu-se, entrou na banheira, deitou-se, revolveu-se com delícia, na água tépida, aromatizada com vinagre de Lubin.

Após muito tempo saiu, enxugou-se com esmero, calçou ceroulas de linho, passadas a ferro, cheirosas, frescas, muito macias.

Chamou dois pretos, mandou esvaziar, retirar a banheira.

Foi à mesa, tomou uma garrafa de vinho húngaro, doce, perfumoso, Rusti-Aszú; abriu-a, encheu um cálice, examinou de encontro à luz a transparência cor de topázio queimado do precioso líquido, cheirou-o, hauriu-lhe o *bouquet*[42], bebeu-o como fino entendedor, aos golinhos, dando estalos com a língua.

Puxou uma gaveta, e dela tirou uma caixa oblonga de charão[43]: abriu-a. Havia dentro uma seringuinha de vidro, uma cápsula de porcelana, um escarificador[44] de dez lâminas e um pequeno pote, esquisito, bojudo, de barro preto, arrolhado cuidadosamente com um batoque[45] de madeira. Uma etiqueta em letras vermelhas sobre fundo amarelo denunciava-lhe o conteúdo.

Barbosa dispôs tudo isso sobre o mármore do criado.

Tomou o escarificador, fê-lo funcionar. Nove das lâminas tinham sido quebradas de adrede: uma só estava intacta, e essa cortava como uma navalha.

Barbosa largou o escarificador, pegou o potinho, fez cair dele, na cápsula, uns grãos irregulares, escuros, com quebraduras lustrosas.

Era *curare*[46].

De sobre a mesa tirou um moringue[47], deitou na cápsula cerca de duas colheres de água, e, com o bico da seringa, foi agitando, fazendo com que se dissolvesse o terrível veneno.

Quando inspissou-se[48] a solução, assumindo a cor carregada de café forte, Barbosa encheu com ela a seringa.

Tomou de novo o escarificador, engatilhou-o, aplicou-o sobre a face interna do antebraço esquerdo, premiu o botão.

Ouviu-se um estalo abafado.

Barbosa retirou o escarificador.

Um pequeno traço, fino como um cabelo, desenhava-se-lhe negro na alvura da cútis.

Uma gotazinha de sangue ressumou, merejou, redonda, rubra, brilhante, como um rubim.

Barbosa largou o escarificador e, a sorrir, sem empalidecer, pegou, segurou a seringa entre o índice e o médio da mão direita, introduziu-lhe o bico afilado na cesura, meteu o polegar no anel da haste, calcou firme, empurrou com força o pistão. O excesso do líquido injetado espandanou, desenhando-lhe na brancura da pele um como aracnide[49] sinistro.

Barbosa lançou no urinol o resto do conteúdo da cápsula, meteu-a com o potinho, com o escarificador, com a seringa na caixa de charão, escreveu em um bilhete de visita − *Cuidado, que isto é veneno* − pôs também o bilhete dentro, fechou a caixa, guardou-a na gaveta, foi ao lavatório, molhou uma toalha, limpou o braço, voltou para a cama, deitou-se de costas, ao comprido.

Passaram-se dois minutos.

Barbosa nada sentia, absolutamente nada.

Quis ver a cesura, tentou chegar o braço à altura dos olhos. Não pôde. O membro paralisado recusava-se à ordem do cérebro.

Tentou o mesmo com o braço direito, quis mover as pernas: igual impossibilidade.

Tentou sacudir a cabeça, fechar e abrir os olhos: sacudiu a cabeça, fechou e abriu os olhos.

Passaram-se mais alguns minutos.

Tentou de novo sacudir a cabeça, fechar e abrir os olhos. Impossível. A paralisia era já quase completa, quase total.

E não sofria dor, constrangimento de espécie alguma.

No terreiro de baixo, ao pé do engenho, os pretos estavam a malhar um resto de feijão que ficara de julho. Cantavam. A toada distante chegava a Barbosa, amortecida, em quebros suaves, como os das *vozes angélicas* de um harmô-nium[50]. Do teto pendia uma jardineira de vidro com um *Epidendron fragans*: Barbosa hauria com delícias os eflúvios embriagantes das flores da orquídea.

Na boca tinha ainda o ressaibo suave, quente do vinho húngaro generoso.

A um canto do forro, aranhas domésticas fabricavam as suas teias: Barbosa distinguia-lhes bem os movimentos hábeis das pernas longas, esguias, nodosas, verdadeiros dedos de tísico[51].

Veio uma mosca, e pousou-lhe na face: com uma hipe-restesia tátil que chegava a ser um padecimento, ele sentia o prurido leve das patas do inseto. Quis enrugar a pele do rosto para afugentá-lo, não pôde.

E a percepção de tudo era clara, a inteligência perfeita.

Lembravam-lhe, acudiam-lhe, de tropel à memória as metamorfoses mitológicas de homens, de mulheres em árvores, em rochedos.

O sonho extravagante da imaginação doentia dos poe-tas helenos era traduzido em realidade palpitante, era exce-dido no domínio dos fatos pela ação misteriosa do veneno americano.

– Oh! pensava Barbosa, não poder eu ditar a alguém o que em mim se está passando, descrever o gozo desta morte gradual, em que a vida esvai-se como um líquido que se escoa. Que sou eu neste momento? Uma inteligência que sente e quer, presa em um invólucro morto, cativa em um bloco inerte... O espírito, o conjunto das funções do cérebro, está vivo, dá ordens; o corpo está morto, não obedece. Tenho um pé na existência e outro no não ser. Alguns minutos mais, e tudo estará acabado, sem sofrimento, sem dor... Já entrevejo o *nirvana* búdico, o repouso do aniquilamento...

– Manduca! Manduca!

Era a voz do pai que o chamava.

Barbosa ficou triste: queria responder e não podia.

– Teresa!

– Sinhô!

– Onde está Manduca? Você não o viu?

– Vi, meu sinhô. Ele está aí no quarto dele. Estava se banhando. Ainda há pouco Pedro e José saíram com a banheira.

– Que diabo, não responde... Só se está dormindo.

E o coronel dirigiu-se ao quarto, entrou.

Ao dar com o filho nu da cintura para cima, estendido de costas na cama, pálido, imóvel, olhos abertos, fixos, o coronel deu um salto.

– Manduca! Que é isto, Manduca?!

E agarrando, abraçando o filho, sacudia-o nervosamente.

O corpo de Barbosa, flácido, quente, cedia aos esforços do pai, como um cadáver antes da rigidez.

E o cérebro, ativo, lúcido, em exercício pleno de funções, vivia, compreendia, sentia, tinha vontade, queria falar, queria responder ao pai; mas já não tinha órgão, estava isolado do mundo.

– Meu filho morreu! Meu filho morreu! bradou o coronel, e saiu desatinado, correndo com as mãos na cabeça.

A esses gritos deu-se um como milagre.

A velha entrevada firmou as mãos nas guardas da *chaise--longue*[52], fez um esforço supremo, ergueu-se, caiu de joelhos, e começou a engatinhar para o quarto do filho, movendo as juntas quase anquilosadas de um modo que seria ridículo, se não fosse horroroso.

Em camisa, em uma seminudez indecente, escorregando pelo assoalho, às sacadas, aos solavancos, como um inseto mutilado, foi, chegou onde estava o filho, abeirou-se-lhe da cama, levantou-se, agarrou-se ao colchão, guindou-se com dificuldade dolorosa, abraçou o corpo por sua vez, colou-lhe nos lábios os seus lábios de velha, moles, franzidos, frios.

Aos beijos da mãe, beijos que não podia retribuir, Barbosa sentiu-se tomado de um sentimento estranho, de uma ternura filial que nunca dantes conhecera.

Mãe! Pai!

Porque se não devotara com todas as suas poderosas faculdades a minorar os sofrimentos daquele casal de velhos, a suavizar-lhes as misérias da senectude?![53]

Descrente de amigos, descrente de amantes, descrente da esposa, ateu, farto do mundo, enojado até de si, fora pedir aos gelos da ciência exclusivista a morte, a extinção dos últimos afetos.

Tornara-se egoísta, tornara-se cruel.

E tinha ainda o que lhe prendesse ao mundo: tinha pai, tinha mãe, tinha a quem se devotar, tinha para quem viver!

Que vingança cruel a da natureza!

Entregara-o de mãos atadas aos caprichos de uma mulher histérica que se lhe oferecera, que se lhe dera, como se teria oferecido, como se teria dado a qualquer outro, a um negro, a um escravo de roça, não por amor psíquico, mas para satisfazer a carne faminta...

Repleta, farta, essa mulher o abandonara.

Nas cinzas quase frias das suas crenças mortas ateara-se o lume do amor, o fogo da fé brilhara um momento, mas prestes se extinguira, e a escuridão voltara mais tétrica.

Lenita fora procurar e achara um homem vil que lhe vendia o nome para coberta do erro, que a aceitava por esposa, desonrada, grávida.

Grávida... Ela estava grávida, ele ia ser pai...

E ela fugia dele, levava-lhe o filho e ainda o ludibriava, descrevia-lhe em cínica missiva as suas observações de viajante, as suas impressões de artista! Fazia ainda mais, dava-lhe parte do seu enlace com o minotauro[54] prévio e consciente, informava-o de que o seu filho, o filho dele, Barbosa, tinha de dar o nome augusto de *pai* a um homem sem brios, a um chatim refece[55] de honra.

E ele morria, morria por amor dessa mulher, morria porque ela lhe quebrantara o caráter, morria porque ela o prendera nos liames da CARNE, morria porque sem ela a vida se lhe tornara impossível... Covarde!

O remorso personificado na figura lastimosa e quase hedionda de sua desgraçada mãe, ali estava sobre ele, abraçando-o, devorando-o, bebendo-lhe os últimos alentos.

Oh! ele queria viver!

E não era impossível.

Se houvesse quem entendesse de fisiologia, quem estabelecesse a respiração artificial, até que fosse completamente eliminado o veneno, arredar-se-ia a morte, a vida voltaria.

Mudassem as circunstâncias, outrem fosse o paciente, e Barbosa salvava-o.

Mas por si, para si, nada podia fazer: enclausurado no corpo, como o lepidóptero[56] na crisálida, estava impotente, estava aniquilado: nem sequer lhe era concedido o consolo triste de pedir, de implorar o perdão da pobre mãe, da mísera entrevada, a quem a angústia curara em um momento.

A placidez da morte sem dor, da morte pela paralisia dos nervos motores, converteu-se em um suplício atroz, pavoroso, para cuja descrição não tem palavras a linguagem humana.

Morto e vivo!

Tudo morrera: só vivia o cérebro, só vivia a consciência, e vivia para a tortura...

Por que não ter despedaçado o crânio com uma bala?

A paralisia invadiu os últimos redutos do organismo, o coração, os pulmões, sístole e diástole cessaram, a hemato-se[57] deixou de se fazer. Um como véu abafou, escureceu a inteligência de Barbosa, e ele caiu de vez no sono profundo de que ninguém acorda.

FIM

GLOSSÁRIO

A

AMARELÃO – nome dado pelo povo a *hypohemia intertropical*.
ATABULAR – estugar, apressar.

B

BÊNÇÃO – (*tomar a bênção*) sinal de vassalagem que as pessoas de classe baixa fazem aos que reconhecem como superiores. Consiste em pôr as mãos ou em estender a mão direita aberta, com a palma para cima, exclamando: *A bênção!* ou *Louvado seja Nosso Senhor Jesu Khristo!*

Era e ainda é no interior de S. Paulo e Minas a maneira de saudarem os filhos aos pais, os afilhados aos padrinhos.

C

CANDIMBA – lebre brasílica.
CARPA – limpa, monda de plantações.
CASCAVEL – cobra (*Crotalus horridus*). Entre os caipiras é substantivo feminino.
CEVA – lugar que se limpa em meio de mata, e onde se põe milho, sal e outros engodos, a que se afaz a caça.

CHALO – leito, estrado de paus roliços.

COCHO – madeiro cavado; serve de comedouro a animais, serve também para ter líquidos por pouco tempo. Plural *cochos*.

CONTRA – substantivo, abreviação de *contraveneno*.

COUSA FEITA – veneno preparado e propinado com fórmulas de crendeirice, feitiçaria.

E

ESPELOTEADO – tonto. É metáfora tirada do fato de ficar tonto o pássaro ferido na cabeça por pelotada que não dá para matá-lo.

ESPREGUICEIRO – catre estreito, forrado de couro.

ESTAQUEIRA – cabide.

F

FRUITEIRA – o mesmo que *fruteira*, qualquer árvore que dá fruta. Em sentido restrito *jaboticabeira*, e também qualquer árvore silvestre a cuja fruta acode a passarada: foi empregada neste último sentido.

FUCHICAR – amarrotar.

I

IMUNDICE – caça miúda, de pelo.

K

KHILIOMETRO – conforme o Grego moderno χιλιόμετρον. A forma usual *kilometro* é viciosa, tanto em derivação, como em ortografia.

L

LOUVADO – o mesmo que *bênção*. Vide BÊNÇÃO.

M

MACHUCAR – brasileirismo clássico. Vide *machucar* e *machocar* em Moraes, 7ª edição.

Glossário

289

MANDINGA – feitiço. É vocábulo africano.

MANIPANÇO – ídolo africano, fetiche. O original da minha referência está no Museu Sertório, nesta capital. Foi achado em um quilombo no município de Sorocaba.

MUCAMA – escrava afeita ao serviço das senhoras, criada grave de cor preta.

P

PAR – Por um idiotismo peculiar ao oeste da província de S. Paulo usa-se de *par* no singular com o determinativo indefinido *um*, *uma* no plural. Diz-se, por exemplo:

"– Quer laranjas?

– Não, já comi *umas* par delas.

– Quer pinhões?

– Passe *uns par* deles."

O determinativo assume o gênero do substantivo que faz de restritivo: com *pinhões*, UNS; com *laranjas*, UMAS.

PERERECAR – debater-se em convulsões.

PITO – cachimbo. Vem de *pitum*, voz brasílica que significa *tabaco*. No sertão paulista e no mineiro diz-se *pito*, *pitar*, *pitador* em vez de *cachimbo*, *fumar*, *fumador*. Em Portugal antigamente significava *frango*; hoje é termo obsceno.

Q

QUEIXADA – porco do mato, grande, de queixo branco, ferocíssimo.

R

REBOLEIRA – moita circular de qualquer vegetação que sobressaia a outra vegetação mais baixa que a rodeia.

REPARO – abrigo feito de ramos, onde se oculta o caçador, para atirar à caça que vem à ceva.

RESTINGA – porção alongada de terreno, coberta de mato alto, em campos, em feitais.

REVISTA – verificação da presença dos pretos nas fazendas, por chamada nominal, de manhã e à tarde.

S

SAMBURÁ – cestinho de taquara estreito e longo, com um cordel para se pendurar, para se trazer a tiracolo. No sertão paulista chama-se também *chuã*.

SAPATEAR – bater os pés. Diz-se mesmo (antietimologicamente) de pessoas descalças, e até de animais.

SAPÉ – gramínea com que se cobrem choupanas; é o *colmo* do Brasil.

T

TÁBUA – recusa a pedido de casamento.

TATO – adjetivo. Significa *trêmulo, bambo, incerto*. Diz-se principalmente das mãos: – *mãos tatas* – mãos trêmulas, incertas, quase sem tato.

TAMBAQUE – tambor africano, feito de um cepo cavado de um lado só, sobre o qual se reteza uma pele. Tocam-no à mão, sem vaquetas.

TARECOS – trastes velhos, por extensão quaisquer trastes, quaisquer efeitos; exatamente como o francês *nippes*.

V

VINAGRE FERRADO – vinagre em que se fez esfriar uma peça de ferro em brasa; usado como desinfetante.

VIRA-VIRANDO – expressão do português dos pretos do Brasil. Para reforçar, para intensificar a significação de certos verbos, eles antepõem ao gerúndio a terceira pessoa do singular do presente do indicativo do mesmo verbo, e pospõem esse composto a qualquer tempo do verbo *andar*.

Exemplos:

"Ela *anda vira-virando* por lá.

Eu não estou para *andar corre-correndo* à toa."

Z

ZONZO – tonto.

Nota sobre Ortografia

Eu sigo a ortografia etimológica tanto quanto me permitem os compositores tipógrafos e os senhores revisores.

Já se deixa ver que não sigo muito.

Aqueles senhores, tanto uns como outros, em se lhes deparando cousa a que não estejam afeitos, entendem que o escritor errou, e não se fazem rogar para corrigir!

Eu, por exemplo (veja-se a primeira página deste livro), escrevo *dezoito* com *z*; eles põem *desoito* com *s*! Eu escrevo *si* (conjunção); eles arrumam *se*!!!

Que fazer?

Pois sobre escrever *si* ou *se* (conjunção), disse eu em minha *Gramática Portuguesa*:

Deve-se antes escrever *si* do que *se*: este modo de ortografar a palavra, sobre ser mais conforme com a pronúncia, identifica o derivado com a raiz latina. Em francês e em espanhol adotou-se *si*; em italiano, *se*.

A este respeito escreve Timotheo Lecussan Verdier:

Acerca da conjunção condicional *si* que hoje vertemos em *se*, observará o leitor que em muitos lugares deste poema ela se acha impressa *si*. Seguimos este modo de a escrever, não só por ser mais etimológico e adotado em outras línguas que, como a nossa, derivam da latina; mas também porque em manuscritos e livros antigos portugueses temos encontrado esta condicional, escrita *si* e não *se*. Ainda mais, como esta conjunção *si* sempre precede e começa todo o inciso que a pede, é indubitável que nunca se pode equivocar com o pronome *si* que sempre tem de ser precedido e acompanhado de alguma preposição – *a si, de si, por si, após si*, etc. Observará outrossim o leitor que o pronome *si*, quando regido por verbo, muda-se em *se*, e que neste caso muitas vezes precede o verbo; e, essencialmente, se o inciso é condicional: ora, encontrando-se com a conjunção *si*, se esta se escrever e pronunciar *se*, e se o verbo que se segue começa pelas sílabas *se* ou *ce*; o tríplice sucessivo som de *se* será sem dúvida sobejamente desagradável, por exemplo: *Se se separa; se se segura; se se segue; se se celebra; se se semeia; se se ceifa; se se sega, se se ceia*, etc. Observe finalmente o leitor que, se a eufonia das línguas modernas pede muitas vezes alguma alteração na prolação de palavras que nas línguas de que são derivadas se pronunciam bem diversamente; em a nossa, como a mais chegada de todas à latina, a mesma eufonia pede também em alguns casos, e mormente neste, que não desvairemos da etimologia e da ortografia, e que evitemos tão ingratas cacofonias, como a que fica apontada. As línguas espanhola e francesa, hoje mais distantes que a nossa da fonte latina de que elas manam, conservaram a ortografia e a pronúncia da condicional *si*; os nossos maiores assim a pronunciaram e escreveram; escrevamo-la, pois, e pronunciemo-la como eles. Declaramos que sempre escreveremos desta maneira, e que nos pesa de algumas, e não poucas, condicionais que ainda se acham nesta edição, impressas em *se* por haverem escapado à nossa correção.

Sobre o uso de *kh* e *kkh* escrevi eu na mesma *Gramática Portuguesa*:

A modificação vocal *ke* representa-se:

a) por *kh* – nos derivados de raízes gregas escritas por χ e em algumas palavras oriundas de línguas orientais, "*anakhronismo – arkhetypo – Akhmet – Khorassan*".

Os derivados de palavras gregas escritas com **c** ortografam-se usualmente com *ch*, ex.: "*anachronismo – archetypo*"; mas insta aceitar a reforma acima, já proposta por Grivet[1] e por vários outros gramáticos. Os latinos querendo trasladar papa o seu idioma o χ que é κ aspirado, com muito acerto pospuseram ao *c*, que no seu alfabeto equivalia sempre a *k*, o *h*, sinal de aspiração: representar, porém χ por *ch* português, que simboliza uma modificação vernácula especialíssima, é dislate etimológico que só serve para dificultar o tirocínio da língua.

Com efeito, quem será capaz de saber a pronúncia exata dos vocábulos "*archeiro, archonte*" só por vê-los escritos? Não é a confusão originada de tal uso de letras impróprias um estorvo sério ao conhecimento perfeito da língua francesa? Os vocábulos *chirurgien* e *chiromancie*, por exemplo, derivam-se ambos da mesma raiz χείρ e todavia um pronuncia-se *xirurgien* e o outro *kiromancie*!

b) por *kkh* – nos derivados de raízes gregas escritas por *kkh*, ex.: "*Dakkh – ekkhymose*".

O doutor sr. Antonio Ennes em sua monumental tradução da *História Universal* de Cesar Cantu[2] já adotou para os nomes próprios estas reformas ortográficas [5) 6)]. Oxalá o tivera feito em todos os casos em que é ela exigida pela etimologia.

E acrescentei em nota especial, no fim do volume:

O GRUPO KH

Os latinos, querendo representar o χ grego, que é o *x* aspirado, posposeram ao *c*, equivalente exato do *x* entre eles, o *h*, sinal de aspiração, constituindo o grupo *ch*.

Andaram bem, e χόρος, ἤχω, μοναρχια ficaram perfeitamente representadas por *chorus; echo; monarchia*.

Com o volver dos tempos alterou-se a pronúncia do Latim, e o grupo *ch*, em vez de continuar a representar somente o valor de χ grego, assumiu também em algumas palavras de origem diversa um

---

1. *Gramática Analítica da Língua Portuguesa*, Rio de Janeiro, 1865, p. 226.
2. *História Universal* por Cesar Cantu, reformada e ampliada por Antonio Ennes, Lisboa, 1879.

som particular, o som de *x* em *faxa*, e transmitiu-se assim geminado em funções a certas línguas românticas, ao português por exemplo.

Que fazer então para ortografar nesta língua palavras oriundas do Grego, e nele escritas com χ? – Usar de *ch* latino? Mas em virtude do fato acima exposto, isso abre lugar a enganos deploráveis. – Representar o χ por outro símbolo, por outro grupo que não *ch*, por *c*, por *k*, por *qu*? Mas isso da às palavras um aspecto bárbaro, obscurecendo as filiações etimológicas.

O remédio é simples e intuitivo: é fazer o que fez Constâncio, o que fez Baudry, o que fez Regnier, o que fez Bopp, o que fez Dübner, o que fizeram todos os helenistas que representaram kharacteres gregos com letras latinas; e pospor *h* a *k* e constituir o grupo *kh*.

E tal grupo não é *novo* como o entende o sábio professor de München, dr. Von Renhardstoettner. Muito pelo contrário é mais antigo do que o χ, é vetustíssimo.

Ora atenda-se:

"L'alphabet latin n'a point de caractères pour exprimer le son des explosives sourdes aspirées. Quand les Latins écrivaient *ph, ch, th*, ils ne faisaient que transcrire φ, x, ϑ qui s'écrivaient, *avant l'invention de ces lettres aspirées*, KH, IIH, TH"[3].

"N'ell' antichissimo alfabeto greco che appare nelle iscrizione delle isole di Thera e di Melos il χ è ancora espresso con KH, ed anche φ com IIH"[4].

"Inoltre la matatesi accenata dell'aspirazione, il KH p.x, ed il IIH p. Φ, e la trasformazione de K, T, II in X, Θ, Φ, allorquando adde—riscono ad uno spirito aspro, ci dimostrano che l'elemento fonetico, il quale aggiungeva se all'esplosive sorde nelle aspirate greche, era la mera aspirazione *h*, non la spirante omorganica, come altri suppose"[5].

Provada a legitimidade do grupo, estabelecido o seu anti—quíssimo direito de cidade no domínio helênico, que se pode objetar de sério contra a sua adoção em Português?

A sua estranheza de aspecto no meio dos grupos usuais?

---

3. Guardiaet Wierzeyskl, *Grammaire de la Langue Latine*, Paris, 1876, p. 22.
4. Domenico Pezzi, *Grammatica Storico Comparativa della Lingua Latina*, Roma, Torino, Firenze, 1872, p. 89, nota.
5. *Idem, ibidem.*

Mas isso é devido ao descostume, e uma vez que nos tenhamos afeito, ele será para a nossa vista como um outro grupo qualquer.

O que se deve considerar é que a adoção desse grupo nos traz duas vantagens reais.

1ª

Poupar-nos a erros vergonhosos de pronúncia quando encontremos escritas palavras que não conheçamos, ex.: *archote*, *archonte*; *chóro*, *khoro*.

2ª

Habituar-nos a reconhecer a filiação da palavra ao primeiro relance, ex.: "*archote* de *arseda* (baixo Latim por *arsa taeda*), *arkhonte* de ἄρχοντος; *choro* de *ploro*, *khoro* de χόρος".

NOTAS

Capítulo I

1. *Tutor*: protetor, defensor; indivíduo legalmente encarregado de tutelar alguém.
2. *Bas bleu*: do francês, "meia azul". A expressão, no entanto, é proveniente da língua inglesa, *blue stoking*, a qual se refere às mulheres com pretensões literárias que se reuniam em clubes para ouvir palestras de literatos.
3. *Touriste*: do francês, excursionista, alguém que viaja a passeio, turista.
4. *Fisiologia genésica*: o termo corresponde à genética, ciência que estuda a hereditariedade, surgida em 1900, ou seja, doze anos após a publicação de *A Carne*.
5. *Fâmulos*: criados, servidores.
6. *Atabulasse*: se apressasse.
7. *Bibelots*: do francês, pequenos adornos, enfeites.

Capítulo II

1. *Entrevada*: que não se pode mover.
2. *Trunfa*: espécie de turbante; cabelo em desalinho.
3. *Outeiro*: pequeno monte, colina.
4. *Estrídula*: estridente, que possui som agudo e penetrante.
5. *Embruscava*: tornava-se carregado, escuro, coberto, nublado.

298 A Carne

6. *Plúmbeas*: da cor de chumbo; pesadas, tristonhas, soturnas.
7. *Languidez*: fraqueza, frouxidão, abatimento; morbidez.
8. *Emaciada*: emagrecida; extenuada; macilenta.
9. *Bistre*: mistura de fuligem e goma, empregada em pintura.
10. *Estertorava*: tinha estertor: ruído relacionado à mobilização de secreções patológicas brônquicas; respiração rouca e crepitante dos moribundos.
11. *Escoucinhando*: dando coice.
12. *Charles Gabriel Pravaz* (1791-1853): médico francês, inventor da seringa hipodérmica.
13. *Bíceps*: do latim, designação anatômica para músculos que possuem dois ligamentos ou feixes.
14. *Malaxada*: massageada.
15. *Crispações*: contrações.
16. *Intumesceu-lhe*: inchou-lhe, aumentou-lhe de volume.

Capítulo III

1. *Paulo e Virgínia*: obra do escritor francês Jacques Henri Bernardin de Saint-Pierre (1737-1814), publicada em 1788. Narra a história de dois adolescentes que crescem juntos em um ambiente de natureza selvagem.
2. *Eneida*: epopeia do poeta romano Virgílio. Narra a viagem marítima de Eneias, de Troia até o Lácio.
3. *Telêmaco*: livro de François de Salignac de la Mothe Fénelon (1651-1715), escritor francês, que narra as aventuras do filho de Ulisses e Penélope, personagens da *Odisseia* de Homero.
4. *Lazarilho de Tormes*: obra de autor desconhecido que marcou o gênero da tradição picaresca na literatura espanhola.
5. *Modorra*: moleza, preguiça, sonolência.
6. *Ferdinand Barbedienne* (1810-1892): um dos mais notáveis fundidores franceses do século XIX, cujas obras eram moldadas em bronze.
7. *Gladiador Borghese*: estátua procedente da Villa Borghese, palácio romano convertido, em 1891, em importante museu de pintura e escultura.
8. *Cerviz*: a parte posterior do pescoço.
9. *Intuspecção*: conhecimento de si mesmo.
10. *Abstrusos*: complexos, difíceis, confusos.

NOTAS

11. *John Milton* (1608-1674): poeta inglês, autor de *O Paraíso Perdido*, poema célebre em que se narra a revolta dos anjos.
12. *Aguilhão*: ferrão, dardo.
13. *Espolinhar-se*: estender-se, cair.
14. *Concupiscências*: sensualismo, devassidão, lascívia, luxúria.
15. *Mosto*: sumo de uvas.
16. *Impudicícia*: ausência de atos e comportamentos que denotam pudor.
17. *Algibeira*: pequena bolsa em forma de saquinho que as mulheres prendiam à cintura, em geral, por baixo dos vestidos.
18. *Salva*: erva usada com fins medicinais.
19. *Langor*: fraqueza, frouxidão, abatimento.
20. *Peanha*: pequeno pedestal.
21. *Hispidavam-se*: encrespavam-se, eriçavam-se, levantavam-se.
22. *Tonicidade*: estado em que os tecidos orgânicos mostram vigor ou energia.
23. *Eretismo*: orgasmo, estado de excitação.

Capítulo IV

1. *Garrida*: elegante, vistosa, garbosa.
2. *Peau d'Espagne*: do francês, "pele da Espanha". Nesse caso, é nome de um perfume francês.
3. *Carreadouro*: trilha, vereda, picada.
4. *Adregou*: apareceu inesperadamente.
5. *Barroca*: grota, despenhadeiro, precipício.
6. *Talvegue*: o canal mais profundo do leito de um curso de água.
7. *Protraídas*: salientes, destacadas, ressaltadas.
8. *Acúleos*: pontas, espinhos.
9. *Mosqueava*: salpicava.
10. *Capitosa*: embriagadora, estonteante.
11. *Hauriu*: aspirou, sorveu.
12. *Sorvos*: tragos, goles.
13. *Perscrutou*: examinou, sondou, explorou.
14. *Cabeção*: colarinho largo e pendente usado como adorno por senhoras.
15. *Betados*: listrados, matizados.
16. *Borzeguins*: espécie de botas com atacadores.
17. *Velo*: pelo ou lã de carneiro, ovelha ou cordeiro.

300 〜〜 A CARNE 〜〜

18. *Venus Accroupie*: do francês, *Vênus de Cócoras*, título de uma estátua da cidade de Salona, na Itália.
19. *Atufou-se*: mergulhou; escondeu-se, abaixando-se.
20. *Tiritar*: tremer de frio.
21. *Trauteando*: cantarolando.
22. *Sinos de Corneville*: opereta em três atos, bastante popular na França do século XIX, composta por Jean-Robert Planquette (1848-1903); apresentada pela primeira vez no Folies-Dramatiques de Paris, em 1877.

Capítulo V

1. *Faina*: trabalho, serviço, lida.
2. *Baeta*: tecido felpudo e grosseiro de lã.
3. *Lôbregas*: escuras, sombrias, tristes.
4. *Infrene*: desordenada, descomedida.
5. *Aspas*: chifres, cornos.
6. *Aguilhadas*: varas compridas usadas para conduzir os bois.
7. *Estentóricos*: que têm voz forte.
8. *Atilhos*: ligaduras frágeis e estreitas; barbantes, cordões.
9. *Gorgolante*: produzindo ruído semelhante ao do gargarejo.
10. *Banqueiros*: encarregados das casas de caldeiras dos engenhos de açúcar.
11. *Átimo*: instante, momento.
12. *Sacarino*: relativo ao açúcar.
13. *Tépida*: quente, morna.
14. *Cabriúva*: árvore da família das leguminosas.
15. *Transvazado*: derramado, entornado.
16. *Reminhóis*: colheres grandes de cobre, com que nos engenhos se mexe o açúcar.
17. *Podão*: espécie de foice, de cabo curto.
18. *Tendal*: lugar onde se assentam as fôrmas, nos engenhos de açúcar.
19. *Mareta*: onda de rio.
20. *Charles Robert Darwin* (1809-1882): naturalista inglês que revolucionou os estudos de Biologia no século XIX. Em sua obra mais importante, *A Origem das Espécies* (1859), Darwin descreve o processo a que chamou *seleção natural*.
21. *Blue devils*: do inglês, "diabos azuis". Expressão que designa estado de mau humor.

Notas

22. *Encafuar*: esconder, ocultar.
23. *Torso do Belvedere*: Belvedere é o pavilhão do Vaticano construído por Inocêncio VIII que abriga uma coleção de estatuárias antigas. O torso do Belvedere é uma de suas esculturas mais célebres, talhada em mármore do século I a.C.
24. *Furu-furu*: espuma do melaço fervente.
25. *Ponto*: grau de consistência do açúcar em calda.
26. *Puxa-puxa*: calda do açúcar quando começa a ficar sólido.
27. *Pega*: braga de ferro com a qual se prendiam os pés dos escravos fugitivos.
28. *Jeremiadas*: lamúrias ou queixas importunas e vãs.
29. *Patranhas*: histórias mentirosas.
30. *Guasca*: tira ou correia de couro cru.
31. *Palhaça*: grande quantidade de palha.
32. *Esmoendo*: triturando, mastigando, remoendo.
33. *Orneios feros*: urros amedrontadores.
34. *Guampaço*: golpe dado pelo animal pela guampa (chifre); chifrada.

Capítulo VI

1. *Toilette*: do francês, traje, vestimenta; toucador.
2. *Pulverulência*: estado de pulverulento: diz-se das plantas cuja epiderme parece coberta de pó.
3. *Lascívia*: luxúria, libidinagem, sensualidade.
4. *Regougo*: ronco, roncadura.
5. *Revoluteavam*: revolviam-se, remexiam-se.
6. *Élitros*: asas anteriores dos coleópteros.
7. *Alfombra*: tapete de verdura ou de relva.
8. *Estilava*: derramava, vertia.
9. *Cotos*: partes da asa das aves de onde nascem as penas.
10. *Tunda*: sova, pancadaria, pisa.
11. *Adrede*: intencionalmente, de caso pensado, de propósito.
12. *Bacalhau*: chicote de correias de couro torcidas usado no Brasil para castigar os escravos; açoite, chibata.
13. *Anelava*: ansiava, desejava.
14. *Barrotes*: vigas, traves.
15. *Rostir*: esfregar, roçar, fazer atrito.

16. *Chuchar*: apanhar, levar, receber.
17. *Amolenta-se*: amolece-se, abranda-se.
18. *Enclavinhados*: diz-se dos dedos metidos uns pelos outros.
19. *Aberta*: abertura, fresta, fenda, vão.
20. *Esfrolando*: escoriando, roçando, esfolando.
21. *Ressumou*: verteu, gotejou, destilou.
22. *Rubins*: rubis.
23. *Acepipe*: iguaria, petisco, guloseima.
24. *Carapinha*: cabelo crespo dos negros.
25. *Corcovo*: salto que dá o cavalo, arqueando o dorso.
26. *Azorrague*: açoite, chicote, chibata.
27. *Vestais romanas*: sacerdotisas de Vesta, deusa do fogo, para os romanos.
28. *Ludo*: torneio, luta de atletas, jogo.
29. *Pollice verso*: do latim, "polegar voltado". Trata-se do conhecido gesto realizado pelo imperador romano autorizando o "golpe de miseri-córdia", ou seja, a permissão para que o gladiador vitorioso matasse o derrotado.
30. *Saibo*: gosto, sabor.

Capítulo VII

1. *Taludes*: barrancos, ribanceiras.
2. *Enxurro*: enxurrada, corrente impetuosa de água.
3. *Grelos*: hastes de algumas plantas em que deverão desabrochar as flores.
4. *Esplenética*: aquela que sofre de esplenopatia (doença do baço); mal-humorada, deprimida, melancólica.
5. *Satiríase*: excitação sexual morbidamente intensa.
6. *Vênus*: da mitologia grega, deusa do amor e da beleza, nasceu da espuma do mar. Gerou um filho, Cupido ou Amor.
7. *Dictynne*: da mitologia grega, deusa da ilha de Creta, protetora dos caçadores.
8. *Odaliscas molitas*: mulheres de harém, sensuais.
9. *Pasifae*: da mitologia grega, filha do sol, esposa de Minos, rei de Creta, mãe do Minotauro, de Ariadne e de Fedra.
10. *Fedra*: da mitologia grega, filha de Minos, casou-se com Teseu. Apaixo-nou-se pelo enteado, Hipólito, e, por não ter o amor correspondido, cometeu suicídio.

⮜⮜ NOTAS ⮞⮞   *303*

11. *Júlia* (39 a.C.-14 d.C.): personagem histórica, filha do imperador romano Augusto. Conhecida por sua "obscenidade" e "depravação".

12. *Messalina* (15 d.C.-48 d.C.): personagem histórica, esposa do imperador romano Cláudio. Conhecida por sua liberalidade sexual.

13. *Teodora* (nasceu nos primeiros anos do século VI, morreu em 547): personagem histórica, esposa de Justiniano, imperador bizantino. Conhecida por sua luxúria.

14. *Impéria*: famosa cortesã italiana, cujo nome foi bastante difundido no ambiente literário do século XIX.

15. *Lucrécia Bórgia* (1480-1519): personagem histórica, irmã de César Bórgia (1475-1507), conhecida pela beleza e devassidão. Influente na política e na história da Igreja nos séculos XV e XVI.

16. *Catarina da Rússia* (1762-1796): personagem histórica, imperatriz da Rússia. Mulher ambiciosa, era conhecida também pelo desregramento amoroso.

17. *Espeloteado*: desmiolado, estouvado, insensato.

18. *Lesta*: ativa, rápida, ligeira.

19. *Merinó*: espécie de carneiro espanhol, de lã muito fina.

20. *Santo Antão* (250-355): eremita cristão que foi tentado pelo Demônio.

21. *Pedilúvio sinapizado*: banho dos pés à base de mostarda com fins terapêuticos.

22. *Encarquilhavam-lhe*: enrugavam-lhe, encolhiam-lhe.

23. *Negregada*: funesta, desgraçada.

24. *Pinchos*: pulos, saltos.

25. *Caçador de Cooper*: referência ao romancista norte-americano James Cooper (1789-1851), autor de *O Último dos Moicanos* (1826).

26. *Nemrod*: imperador da Caldeia e, segundo a Bíblia, "caçador poderoso diante do Eterno".

27. *Melenas intonsas*: madeixas longas.

28. *Almocreve*: tropeiro, arrieiro.

29. *Bifada*: mau hálito.

30. *Tronejar*: exibir-se do alto; dominar.

31. *Lisonja*: adulação, bajulação, louvor afetado.

32. *Procos*: pretendentes.

33. *Conculcar*: desprezar, aviltar.

34. *Fartum*: mau cheiro, fedor.

35. *Francisco de Paula Ramos de Azevedo* (1851-1928): famoso arquiteto brasileiro.

36. *Francisco Aurélio de Figueiredo e Melo* (1856- 1916): artista brasileiro que se dedicou à escultura e à pintura.

304   A CARNE

37. *José Ferraz de Almeida Júnior* (1850-1899): um dos mais conhecidos pintores brasileiros do século XIX.
38. *Ventes*: do francês, "vendas", mercearias, lojas de produtos.
39. *Fukusas*: do japonês, pano pequeno de seda quadrado utilizado na cerimônia do chá.
40. *Étagères*: do francês, prateleiras, estantes.
41. *Grés de Satzuma*: porcelana de Satzuma, antiga província japonesa, localizada na ilha de Kyushu.
42. *Barbedienne*: ver nota 6 do capítulo III.
43. *Netskés*: pequenas figuras japonesas esculpidas em madeira ou em marfim que servem de fecho ou contrapeso nos objetos utilizados na cintura de vestimentas tradicionais do Japão.
44. *Pejaria*: carregaria, encheria.
45. *Escrínios*: guarda-joias, estojos.
46. *Vide-poches*: do francês, literalmente, "esvazia bolsos". Trata-se de um pequeno móvel utilizado para se colocarem pequenos objetos e joias.
47. *Crisólitas*: pedras preciosas da cor do ouro.
48. *Huit-ressorts*: do francês, "carruagem de oito molas".
49. *Pur-sang*: do francês, "puro sangue".
50. *Faisandées*: do francês, carne em princípio de decomposição, preferida pelos *gourmets* para o preparo de aves não domésticas.
51. *Calhandras*: espécie de cotovias.

Capítulo VIII

1. *Bamboar-se*: balancear, menear-se com o balanço do corpo.
2. *Vides*: braços ou varas de videira.
3. *Esfuziou*: zuniu, sibilou, assoviou.
4. *Gentlemam*: do inglês, "homem gentil", cavalheiro.
5. *Pastinha à Capoul*: penteado masculino usado por Victor Capoul (1839-1924), cantor francês.
6. *Costume*: roupa de homem (calça, paletó e colete).
7. *Veston*: do francês, termo de 1769, traje elegante masculino; corresponderia ao *smoking*, do inglês.
8. *Bonomia*: qualidade de quem é bom.
9. *Araucaria brasiliensis*: termo da ciência botânica para o Pinheiro do Paraná.

NOTAS — 305

10. *Garcia d'Orta, Brótero, Martius, Correia de Melo, Caminhoá*: botânicos e naturalistas que estudaram a flora brasileira.

11. *Arrefece*: esfria.

12. *Fulvo*: de cor amarelo-tostado, alourado.

13. *Leyde, Ramsden, Holtez, Kruikshank, Wollanston, Grove, Bunsen, Daniell, Leclanché, Planté, Ruhmkorf, Geissler, Foucault, Duboseq, Jablochkff, Edison*: cientistas (físicos, químicos) e técnicos que se dedicaram à invenção de aparelhos. Leon Foucault (1819-1868), por exemplo, físico francês, demonstrou a rotação da Terra, inventou o giroscópio e construiu o telescópio clássico. Já Thomas A. Edison (1847-1931), o mais famoso dos inventores americanos, é responsável pela criação do fonógrafo (ou gramofone) e pelo desenvolvimento da lâmpada incandescente.

14. *Refrangendo*: refratando.

15. *Tintinações*: sons como os de sino ou de moedas que se chocam.

16. *Burundangas*: ninharias.

17. *Glótica*: ciência da linguagem, glossologia.

18. *Epicuro* (341-270 a.C.): filósofo grego que atribuía ao prazer o bem supremo da existência e o único objetivo válido da vida. Isso não implica, no entanto, que a vida deve ser uma busca irrefreável de prazeres. Segundo a escola epicurista, o prazer diz respeito a um estado de espírito. A filosofia de Epicuro foi vítima de banalização e da falsa interpretação segundo a qual ser epicurista é sacrificar tudo em nome dos prazeres dos sentidos.

19. *De Natura Rerum de Lucrécio*: obra do poeta e filósofo romano Lucrécio (94-55 a.C.). *De Rerum Natura* ("Sobre a Natureza das Coisas", do latim) é livro em que se encontra a parcela mais significativa da obra de Epicuro.

20. *Ernest Heinrich Haeckel* (1834-1919): zoologista alemão, elaborou árvores genealógicas de organismos vivos. Um dos principais defensores do darwinismo, tentou aplicar o evolucionismo à filosofia e à religião na obra *O Enigma do Universo* (1899).

21. *Thomas Henry Huxley* (1825-1895): biólogo inglês de enorme prestígio e popularidade. Adepto do evolucionismo de Darwin, fixou a posição do homem na escala zoológica, dentro da ordem dos primatas.

Capítulo IX

1. *Caco*: da mitologia grega (filho de Vulcano), bandido que foi morto por Hércules. Monstruoso, meio homem e meio sátiro, vomitava fogo.
2. *Calábria*: região da Itália que adquiriu má reputação por ser considerada berço de bandidos e contraventores.
3. *Zangão*: agenciador de pensões e hotéis.
4. *Alfenide*: liga metálica que imita a prata.
5. *Estearina*: mistura de ácido esteárico e ácido palmítico.
6. *Aprestos*: apetrechos, utensílios.
7. *Sarah Bernhardt* (1845-1923): atriz francesa e produtora de teatro, considerada uma das maiores artistas dramáticas do século XIX, com atuações destacadas em *Fedra* de Racine e *Hamlet* de Shakespeare.
8. *Pejo*: pudor, vergonha, acanhamento.
9. *Bretanha*: tecido fino, de linho ou de algodão.
10. *Rostiu*: roçou.
11. *Tota mulier in utero*: do latim, "toda mulher (está) no útero".
12. *Van Helmont*: cientista flamengo, dedicado à química e à medicina.
13. *Ferdinand de Lesseps* (1805-1894): engenheiro que construiu o Canal de Suez e deu início ao Canal do Panamá.
14. *Arrostar*: afrontar, encarar, enfrentar.
15. *Cerros*: pequenas colinas.
16. *Avatar*: reencarnação de um deus e, no caso da religião hindu, do deus Vishnu. Em sentido lato, metamorfose, transformação.
17. *Coobada*: destilada repetidamente.
18. *Renque*: fileira, alinhamento, série.
19. *Corimbos*: tipo muito comum de inflorescências em que as flores partem de alturas diferentes e alcançam o mesmo nível.
20. *Alfanjadas*: semelhantes a alfanje: sabre de folha curta e larga.
21. *Pecíolos*: hastes que sustentam o limbo da folha e a unem ao ramo.
22. *Gonzalo Hernandez, Léry, Benzoni, Cristóvão Acosta*: cronistas e viajantes que elaboraram relatos sobre as terras tropicais, entre as quais, o Brasil.
23. *Pascia*: pastava.
24. *Cabriolas*: saltos, pulos.
25. *Alcantil*: despenhadeiro, precipício.
26. *Perigalho*: pele descaída, pelanca.
27. *Engelhou*: contraiu, encolheu.

28. *Ilhargas*: partes inferiores do baixo-ventre.
29. *Chapinhava*: agitava-se (na água com as mãos ou com os pés), chafurdava.
30. *Álveo*: leito, sulco, canal.
31. *Sofraldou-se*: ergueu o próprio vestuário.
32. *Alcantil*: lugar alto e íngreme; despenhadeiro, escarpa, abismo.

Capítulo X

1. *Brasido*: grande porção de brasas; calor do lume.
2. *Carpa*: período no qual se carpem as lavouras.
3. *Adufes*: pandeiros quadrados de madeira.
4. *Melopeia*: canção, toada, cantilena.
5. *Coreomania*: mania de dançar.
6. *Asiu-o*: agarrou-o, segurou-o.
7. *Faúlas*: fagulhas.
8. *Gaifonas*: trejeitos, caretas.
9. *Embarafustou*: entrou, penetrou.
10. *Enlevados*: extasiados, encantados.
11. *Sarro de pito*: cinza de cigarro.
12. *Similhava*: assemelhava-se.
13. *Aduncas*: recurvadas.
14. *Chalo*: cama de vara armada sobre estacas fincadas no chão batido.
15. *Nauseabundo*: que provoca náuseas, nojento, repugnante.
16. *Samburás*: cestos feitos de cipó ou de taquara.
17. *Porungas*: vasos de couro.
18. *Féssa póta*: fecha a porta.
19. *Divos*: homens divinizados.
20. *Larário*: espécie de capela.
21. *Cambuto*: raquítico.
22. *Excretos*: excrementos.
23. *Manipanso*: ídolo africano.
24. *Neófito*: recém-admitido numa seita, converso ou prosélito novo.
25. *Sotoposto*: posto por baixo.
26. *Testo*: tampa de barro ou de ferro.
27. *Engrimanço*: fala ou expressão obscura, ininteligível.
28. *Crebros*: frequentes, repetidos.

308 — A CARNE

29. *Hierofante*: sacerdote de Elêusis, na Grécia, a quem cabia a iniciação dos neófitos e a interpretação dos mistérios e coisas sagradas.
30. *Plangente*: lastimoso, triste, choroso.

Capítulo XI

1. *Chouto*: trote miúdo da montaria.
2. *Ruço*: de cor tirante a pardo.
3. *Pelure d'oignon*: do francês, "casca de cebola"; nome atribuído ao rosa violáceo.
4. *Martim Afonso de Souza* (1500-1564): militar e navegador português. Comandou a expedição enviada ao Brasil em 1530, com o objetivo de combater os franceses e colonizar as populações nativas.Fundou a vila de São Vicente em 1532.
5. *Kidder e Fletcher*: reverendos que escreveram obras sobre o Brasil. Damiel P. Kidder escreveu *Reminiscências de Viagem* e *Permanência no Brasil* e James Cooley Fletcher, *O Brasil e os Brasileiros*.
6. *Deram-se a perros*: foram obstinados, muito dedicados.
7. *Franças*: conjuntos das ramificações das copas das árvores.
8. *George Gordon Byron* (1788-1824): poeta inglês romântico, autor de *O Prisioneiro de Chillon* (1816), *Manfred* (1817) e *Don Juan* (1819). Sua influência foi tão marcante na literatura brasileira que nossa historiografia literária passou a chamar a geração de poetas como Álvares de Azevedo e Casimiro de Abreu de *byroniana*.
9. *Gourmets*: do francês, pessoas exigentes e sofisticadas em matéria de gastronomia; apreciadores e provadores de vinhos e acepipes.
10. *Marquim-Tandon* (1804-1863): naturalista francês.
11. *Achille Valenciennes* (1794-1865): zoólogo francês.
12. *Bory de St. Vicent* (1778-1846): geógrafo e naturalista francês.
13. *Benjamin Gaillon* (1782-1839): naturalista francês.
14. *Joseph Priestley* (1733-1804): químico, filósofo e teólogo inglês.
15. *Marcelin Berthelot* (1827-1907): químico francês.
16. *Anasarca*: endema generalizado; hidropsia.
17. *Marotte*: do francês, monomania, capricho, teima; bastão ou cetro que simboliza a loucura.
18. *Debruada*: ladeada, beirada.

⟊ Notas ⟊

19. *Arrecifes*: rochedos ou séries de rochedos situados próximos à costa ou a ela diretamente ligados; recifes.

20. *Barbacã*: obra avançada de fortificação destinada a proteger pontos estratégicos.

21. *Macaréus*: grandes vagas que, na foz de alguns rios, anunciam a preamar.

22. *Luís IX* (1226-2270): rei da França que empreendeu a sétima cruzada no Egito. Foi canonizado pelo papa Bonifácio VIII em 1297.

23. *Plateau*: do francês, chapada, planalto.

24. *Black town*: do inglês, literalmente, "cidade negra".

25. *Tabicas*: peças da borda do navio, sobre o topo das aposturas.

26. *Laia*: casta, qualidade, espécie, raça.

27. *Capelhar*: vestuário árabe usado em torneios.

28. *Atávica*: produzida por atavismo: reaparecimento, em um descendente, de um caráter não presente em seus ascendentes imediatos, mas sim em remotos.

29. *Pantopolista*: relativo a todas as cidades; cosmopolita.

30. *Alcatifa*: tapete grande, almofada.

31. *Betada*: listrada, matizada.

32. *Pego*: o ponto mais fundo de um rio, lago etc.

33. *Alma pater*: do latim, "pai nutridor", por oposição a *alma mater*, "mãe nutriz".

34. *Struggle for life*: do inglês, "luta pela vida"; expressão usada pelo naturalista Charles Darwin (ver nota 20 do capítulo V) no processo da seleção natural.

35. *Paulo minora canamus*: do latim, "Paulo, cantemos mais baixo".

36. *Terre à terre*: do francês, "terra a terra", ou seja, no nível do chão; de maneira prática, realista, sem exageros ou arroubos.

37 *Amende honorable*: admissão de culpa, retratação, reparo de um erro.

38. *Turfa*: matéria esponjosa constituída de restos vegetais em decomposição.

39. *Conglobaram-se*: amontoaram-se, acumularam-se.

40. *Aunaram-se*: ajuntaram-se num todo.

41. *Chã*: terreno plano, superfície.

42. *Tender*: vagão do carvão e da água engatado à locomotiva.

43. *Algares*: despenhadeiros.

44. *Gliptodonte*: gênero de mamíferos desdentados, que compreende animais gigantescos.

45. *Imane*: desmedido, enorme.

46. *Rechano*: planalto.
47. *Brake*: do inglês, "freio".
48. *Bulcões*: nuvens de fumaça.
49. *Bicames*: condutores de águas pluviais.
50. *Treillages*: do francês, caniçados, sebes.
51. *Hors ligne*: do francês, "fora de linha", ou seja, fora do comum, excepcional.
52. *Creso (c. 550 a.C.)*: rei da Lídia, célebre por suas riquezas.
53. *Rule, Britannia! Hurrah for the English!*: frases do inglês: "Governa, Inglaterra!, Hurrah para o Inglês!".
54. *Santo Tomás de Aquino (1227-1274)*: teólogo e filósofo italiano.
55. *Ventura de Raulica (1792-1861)*: teólogo italiano.
56. *Abade Moigno (1804-1884)*: sábio francês.
57. *Hands-shake*: do inglês, "aperto de mão".
58. *Pungir*: estímulo; aflição, tormento.
59. *Acerbo*: cruel, doloroso, lancinante.
60. *Recalcitrar*: resistir.
61. *Hyde-Park*: famoso parque no centro de Londres.
62. *Criterium*: do latim, termo que designa método de análise e julgamento.
63. *Putifar*: do antigo testamento bíblico, personagem cuja esposa se apaixona por Josué, filho de Jacó. Ao resistir à sedução, Josué é acusado por ela de sedutor perante o marido.
64. *Efebo*: rapaz que chegou à puberdade, homem jovem.

Capítulo XII

1. *Alimária*: animal.
2. *Pandas*: largas, cheias.
3. *Librou-se*: sustentou-se, equilibrou-se; ergueu-se.
4. *Aperrou*: engatilhou.
5. *Alector*: da língua grega, "galo".
6. *Vascas*: grandes convulsões.
7. *Cordiformes*: em forma de coração.
8. *São Bartolomeu*: alusão à terrível Noite de São Bartolomeu de 1572, massacre ordenado por Catarina de Médicis e Carlos IX em que foram mortos milhares de protestantes.
9. *Diana*: da mitologia romana, filha de Júpiter e irmã de Apolo, afeiçoada à caça.

NOTAS

311

10. *Marotte*: ver nota 17 do capítulo XI.
11. *Inefável*: indescritível.
12. *Marquesa*: espécie de canapé largo, com assento de palhinha.
13. *Tumefata*: inchada.
14. *Emético*: substância que provoca vômito.
15. *Atropina*: substância venenosa, usada como antiespamódico e sedativo.
16. *Beladona*: planta ornamental, originária da Europa e da Ásia, cujo alcaloide, a atropina, é de uso perigoso.
17. *Decocção*: líquido usado pela extração dos princípios ativos de uma substância vegetal.
18. *Cicuta*: veneno extraído de uma planta glabra, da família das ubelíferas.
19. *Guiné*: planta da família das fitoláceas.
20. *Mamparras*: evasivas, escapatórias.
21. *Forro*: alforriado, liberto.
22. *Imprecações*: pragas, maldições.
23. *Chamusco*: queima daquilo que se passa pelo fogo.

Capítulo XIII

1. *Senhor de baraço e cutelo*: aquele que exercia poder absoluto sobre seus súditos.
2. *Vindita*: vingança, punição.
3. *Razzias*: do italiano, devastações, destruições; saques, pilhagens, roubos.
4. *Ceva*: isca para atrair animais.
5. *Reparo*: resguardo, trincheira.
6. *Azado*: oportuno, apropriado.
7. *Bulha*: ruído, barulho; algazarra.
8. *Buffet*: do francês, mesa em que são servidos pratos e bebidas durante uma festa.
9. *Cotillon*: do francês, "baile".
10. *Conchego*: conforto, comodidade.
11. *Water-proff*: do inglês, "à prova d'água", impermeável; sobretudo, capa.
12. *Venatório*: respeitante à caça.
13. *Sopesou-o*: levantou-o com a mão.
14. *Choke-rifled*: do inglês, "cano de choque"; arma cujo cano é estreito.
15. *Cães*: peças de espingarda que percutem a cápsula.

312   ⌒ A CARNE ⌒

16. *Gafanhotos*: molas que fazem subir ou descer o cão das armas de fogo.
17. *Albo notanda dies lapillo!*: do latim: "O dia deve ser marcado com uma pedrinha branca!". Segundo um costume romano, os seixos brancos marcavam os dias felizes.
18. *Colmilhos*: dentes caninos.
19. *Esvurmou-lhe*: limpou-lhe (do vurmo ou pus).
20. *Lúrida*: pálida, lívida.
21. *Bífida*: bipartida.
22. *Atáxicos*: relativos à ataxia: incapacidade de coordenação dos movimentos musculares voluntários.
23. *Fulmíneo*: destruidor como o raio.
24. *Preia*: presa.
25. *Equídnica*: relativo à cobra.
26. *La hure*: do francês, a cabeça de certos animais, principalmente depois de cortada; cabeça mal penteada, desgrenhada; vasculho.
27. *Epífitas*: vegetais que vivem sobre outros sem retirar nutrimento, apenas apoiando-se neles.
28. *Vara*: manada de porcos.
29. *Urus*: aves galiformes, da família dos fasianídeos.
30. *Desidiosos*: preguiçosos; negligentes; desleixados.
31. *Dispépticos*: que sofrem de dispepsia: dificuldade de digerir.
32. *Crótalo*: cascavel.
33. *Vegetalina*: antídoto contra o veneno ofídico.
34. *Paul Bert* (1833-1886): médico e cientista francês, promoveu estudos sobre fisiologia, anatomia e botânica. Publicou *Notas de Anatomia e de Fisiologia Comparadas* (1867), *A Máquina Humana* (1868), *Elementos de Zoologia* (1886), entre tantas outras obras.
35. *Claude Bernard* (1813-1878): fisiologista e filósofo francês, autor de *Introdução à Medicina Experimental* (1865) e *Fisiologia Geral* (1872). Seus estudos influenciaram diretamente as concepções do movimento naturalista defendidas por Émile Zola.
36. *Curarizadas*: que levam curare.

Capítulo XIV

1. *Flirtation*: do inglês, flerte, namorico.
2. *Badauds*: do francês, basbaques, palermas, tolos.

NOTAS   313

3. *Aquiles*: personagem da *Ilíada* de Homero, poema épico em que são narrados alguns episódios da guerra de Troia. No centro da epopeia homérica está a ira de Aquiles contra Argaménon e Heitor.

4. *Santa Teresa* (1515-1582): religiosa espanhola. Entrou no Carmelo de Ávila em 1535 e realizou, a partir de 1554, a reforma de sua ordem com a ajuda de São João da Cruz. Seus escritos integram as obras-primas da língua castelhana e do misticismo cristão. Foi canonizada em 1622.

5. *Vênus Afrodite*: da mitologia greco-romana. Afrodite, a deusa do amor para os romanos, corresponde à Vênus da mitologia grega.

6. *Patrona*: bolsa de couro em que os soldados de infantaria levavam os cartuchos, cartucheira.

7. *Langue*: lânguido, sensual, lascivo, voluptuoso.

8. *Estos*: agitações, ruídos.

9. *Estremeções*: estremecimentos, tremores.

10. *Obtemperou*: obedeceu.

11. *Hispidada*: eriçada, arrepiada.

12. *Estuar*: ferver, agitar-se.

13. *Pródromos*: prefácios, preâmbulos.

14. *Osculou-os*: beijou-os.

15. *Arreitados*: excitados; levantados.

16. *Misantropo*: indivíduo que tem aversão aos homens, que odeia a sociedade.

17. *Tito Márcio Plauto* (254-184 a.C.): comediógrafo romano, autor de *O Soldado Fanfarrão*, entre outras obras.

18. *Bacante*: sacerdotisa de Baco (da mitologia romana), mulher que participava das bacanais, mulher dissoluta, pervertida, libertina.

19. *Tempestuar infrene*: agitação descomedida, sem freio.

20. *Temulento*: em que há orgias ou cenas de embriaguez.

21. *Peganhenta*: pegajosa; viscosa.

Capítulo XV

1. *Rozilho*: cavalo que tem o pelo avermelhado e branco.

2. *Macacoa*: doença, indisposição, mal-estar.

3. *Fiambre*: carne, geralmente presunto, preparada para se comer fria; presunto cozido.

314 〜 A Carne 〜

4. *Ginger-ale*: do inglês, "limonada gasosa".
5. *Aborrida*: detestável, aborrecida.
6. *Quatriênio*: período de quatro anos.
7. *Morigerado*: que tem bons costumes, boa educação; comedido.
8. *Barão de Cotegipe* (1815-1889): ministro do Império brasileiro.
9. *Samuel Wallace Mac Dowell* (1843-1908): político brasileiro.

Capítulo XVI

1. *Veleiras*: rápidas, ligeiras, velozes.
2. *Mala mentis guadia*: do latim, "prazeres maus da mente".
3. *Plubius Vergilius Maro* (70-15 a.C.): Virgílio, poeta latino, autor de *Éclogas, Geórgicas* e da epopeia *Eneida,* em que se narram as ações de Eneias após a queda de Troia.
4. *Arrufava-lho*: fazia-lhe pregas, apanhados.
5. *Pigmalião à Galateia*: da mitologia grega, Pigmalião é o escultor da ilha de Creta que modelou Galateia, uma estátua que, de tão bela, tornou-se objeto da paixão de seu criador.
6. *Miguel Ângelo ao Moisés*: *Moisés* é uma das grandes obras esculpidas por Michelangelo Buonarroti (1475-1564), escultor, pintor, arquiteto, desenhista, um dos maiores nomes do Renascimento. Conta-se que, após concluir *Moisés,* diante da perfeição das formas, Miguel Ângelo teria dito: "Fala!"
7. *Frisasse*: se penteasse, fazendo frisos no cabelo.
8. *High-life*: do inglês, segundo a tradução literal, "alta-vida". Designa a classe alta, a elite.
9. *Mundus mulieris*: do latim, "adornos da mulher".
10. *Luís da Baviera*: Luís II de Wittelsbach, rei da Baviera, de 1864 a 1866. Idealista e romântico, destacou-se como mecenas apoiando, sobretudo, Richard Wagner.
11. *Richard Wilhelm Wagner* (1813-1883): compositor alemão, autor de *O Navio Fantasma* (1843), *O Anel dos Nibelungos* (1853) e *Tristão e Isolda* (1859), entre outras obras. Wagner renovou profundamente o gênero da ópera e influenciou a música dos séculos XIX e XX.
12. *Peau de Suède*: do francês, famoso couro da Suécia.
13. *Mitaines*: do francês, luvas que não cobrem toda a mão, deixando os dedos descobertos, com exceção do polegar.

⌁ Notas ⌁

14. *Fímbria*: guarnição (do vestido); franja.
15. *Estuoso*: que tem grande calor; ardente.
16. *Afestoada*: ornada, enfeitada.
17. *Latria*: culto, adoração.
18. *Açor*: ave de rapina diurna da Europa.
19. *Anfratuosidade*: saliência, cavidade, depressão.
20. *Alcatifou*: revestiu com alcatifa, atapeteou.
21. *Alfombrou*: revestiu com almofada, atapetou.
22. *Estélio*: espécie de lagarto.
23. Os pontilhados dessa passagem procuram insinuar o que o narrador oculta como forma de intensificar o poder de sugestão. Tratando-se de gesto de extrema intimidade sexual, a narrativa esconde para mostrar. É tradicional a noção de que o erotismo artístico consiste no ocultamento habilidoso das partes. A técnica do pontilhado foi adotada de modo irônico nas *Memórias Póstumas de Brás Cubas*, de Machado de Assis. Em *O Primo Basílio*, Eça de Queirós é mais explícito em cena de sexo oral. No capítulo seguinte de *A Carne*, o pontilhado é utilizado com o mesmo propósito, mas em situação um pouco diferente. (N. do E.)
24. *Ralada*: atormentada, torturada.
25. *Estearina*: porção sólida de qualquer gordura, em oposição à oleína.
26. *Hiperestesiado*: sensível a qualquer estímulo.
27. *Flébil*: choroso, plangente, lacrimoso.
28. *Zigomáticos*: relativos ou pertencentes ao zigoma.
29. *Debuxado*: esboçado, delineado.
30. *Atreito*: propenso, inclinado.

Capítulo XVII

1. *Rodetes*: cilindros denticulados das moendas.
2. *Caipora*: ente fantástico; de acordo com a crendice popular, a caipora traz desgraça às pessoas de quem se aproxima.
3. *Arreliado*: aborrecido, zangado.
4. *Lúbricas*: lascivas, sensuais.
5. *Viso*: alto, cimo, cume.
6. *Ecônoma*: encarregada da administração da casa.
7. *Pábulo*: maledicência; motivo para escárnio.

8. *Torpitudes*: impudicícias, desvergonhas, desonestidades.
9. *Sur place*: do francês, em tradução literal, "no próprio lugar"; sem demora, sem hesitação.
10 Vide nota 23, cap. XVI.
11. *Borracheira*: tolice, disparate; grosseria.
12. *Dom João*: referência a Don Juan Tenório de Espanha, personagem da obra *El Burlador de Sevilha* de Tirso de Molina. Don Juan tornou--se um mito da cultura ocidental, símbolo do homem conquistador, sedutor e sem escrúpulos.
13. *Épave*: do francês, "coisa perdida", sem dono.
14. *Barregã*: mulher amancebada; amásia, concubina.
15. *Capão*: moita grande; bosque isolado.
16. *Jó*: personagem do Antigo Testamento, símbolo de paciência e resignação. Jó era um homem rico e feliz. No entanto, Deus resolve pô-lo à prova, tirando-lhe os bens, os filhos, a saúde. Como suportou com resignação, Deus devolveu-lhe tudo com recompensas.
17. *Tiberius Claudius Germanicus* (10 a.C.-54 d.C.): imperador romano (41-54 d.C.), sobrinho de Tibério e tio de Calígula. A esposa de Cáudio, Messalina, notabilizou-se por sua liberalidade sexual.
18. *Látego*: castigo, flagelo; estímulo; chicote.
19. *Pego*: abismo, voragem.
20. *Vasa*: lodo, limo, terra atoladiça; degradação moral.
21. *Báratro*: abismo, cova, voragem, inferno.
22. *Nuga*: insignificância, ninharia.
23. *François Rabelais* (1494-1553): escritor francês, autor de obras marcadas pela veia satírica e cômica como *Gargântua* (1532) e *Pantagruel* (1553). A obra de Rabelais expõe uma variedade de manifestações populares de fins da Idade Média e início do Renascimento.
24. *Les bêtes sur leurs ventrées n'endurent jamais le mâle masculant*: do francês, "os animais nunca admitem o macho sobre suas ninhadas".
25. *Trolley*: do inglês, "bonde".

Capítulo XVIII

1. *Chaise-longue*: do francês, literalmente, cadeira comprida; espreguiçadeira.
2. *Sèvres*: artefato de porcelana fabricado na cidade francesa de Sèvres, no departamento de Deux-Sèvres.

Notas

3. *Esgazeados*: esbranquiçados, desbotados.

4. *Baruch Spinoza* (1632-1677): filósofo, considerado um dos maiores racionalistas, influenciado por René Descartes. Sua principal obra é *Ética* (1677), organizada segundo axiomas e com aspirações para constituir um sistema em analogia com a matemática. Um dos aspectos notáveis da obra de Spinoza refere-se à servidão humana às paixões (impulsos e desejos incontroláveis) e o papel libertador do intelecto.

5. *Fantasque*: do francês, sujeito a fantasias, ilusões, alucinações.

6. *Non ragionar di lor, guardar, passar!*: do italiano, "Calemos sobre eles, e tu, olha e passa!", verso que pertence ao Canto Terceiro do Inferno da *Divina Comédia* de Dante Alighieri (1265-1321), poeta florentino. Na *Divina Comédia*, a cosmografia medieval está aliada à doutrina cristã numa trajetória narrativa que vai da queda à redenção.

7. *Túnica de Dejanira*: da mitologia grega. Dejanira envia para Hércules, seu esposo, uma túnica, elemento que assegura a fidelidade. A túnica, no entanto, acaba envenenando Hércules, matando-o.

8. *Coruchéu*: torre que coroa um edifício.

9. *Mole*: construção gigantesca e maciça.

10. *Tassement*: do francês, encaixamento, arrumação, amontoamento.

11. *Manes*: almas dos mortos consideradas como divindades.

12. *Loyola*: referência a Santo Inácio de Loyola (1491-1556), reformador eclesiástico, fundador da ordem dos jesuítas.

13. *Caturra*: aferrada a ideias e costumes antiquados.

14. *Compita*: rivalidade, porfia.

15. *Barbedienne*: ver nota 6 do capítulo III.

16. *Gladiador Borghese*: ver nota 7 do capítulo III.

17. *Vênus de Milo*: famosa estátua de Vênus (deusa do amor para a mitologia grega), encontrada na Ilha de Milo em 1820, representante típica da arte helenística.

18. *Vênus de Salona*: ver nota 18 do capítulo IV.

19. *Louis Ernest Barrias* (1841-1905): escultor francês, conhecido por uma série de bustos e por obras como *O Primeiro Funeral*.

20. *Claude Michel Clodion* (1738-1814): escultor francês que produziu estátuas pastoris com traços de sensualidade. Dedicou-se também à escultura monumental.

21. *Simonte*: fumo usado para cheirar, rapé.

22. *Pince-nez*: óculo sem haste, preso ao nariz por uma mola.

23. *Bureau*: do francês, escrivaninha, secretária, escritório.

24. *Casa Garraux*: livraria fundada por A. L. Garraux, autor de *Bibliographie Brésilienne*.
25. *Babel*: segundo a narrativa bíblica, torre em que se falavam inúmeras línguas; confusão de línguas.
26. *Cliquot*: marca tradicional de champanhe francês.
27. *Aisance*: do francês, facilidade, oportunidade, comodidade.
28. *Toute la tête*: do francês, literalmente, "toda a cabeça".
29. *François de Salignac de la Mothe Fénelon* (1651-1715): prelado e moralista francês, autor de *Explicação das Máximas dos Santos*, obra cuja doutrina foi condenada pelo papa em 1699, o que custou ao autor o exílio em sua diocese. Como se lê na nota 3 do capítulo III, Fénelon é autor de *Telêmaco*.
30. *José Duarte Ramalho Ortigão* (1836-1915): escritor português que produziu, em parceria com Eça de Queirós, *As Farpas* e *O Mistério da Estrada de Cintra*, ambas em 1871. *As Farpas*, publicação mensal, caracterizam-se pela crítica geral da sociedade portuguesa, contendo comentários satíricos dos acontecimentos e instituições.
31. *Causeur*: do francês, "conversador".
32. *Alfacinha*: relativo a Lisboa ou a seus habitantes.
33. *Qu'il pose toujours*: do francês, "que posa sempre", que se comporta artificialmente, nunca com espontaneidade.
34. *Almeida Garret* (1799-1854): poeta, romancista e dramaturgo português. Foi o introdutor do Romantismo em Portugal com o livro de poemas *Camões* (1825).
35. *Estadulho*: pau grosseiro.
36. *Ficelles*: do francês, cordão, barbante; esperteza, manha. Na carta de Lenita, o termo está em linguagem metafórica, referindo-se às artimanhas expressivas usadas por um escritor.
37. *Toilette*: ver nota 1 do capítulo VI.
38. *José Cardoso de Castro* (1838-1872): político e orador português.
39. *Pater est is quem instae nuptiae demonstrant*: do latim, "pai é aquele que os instantes contatos nupciais demonstram".
40. *Calembour*: do francês, "trocadilho".
41. *Estioladas*: murchas, mirradas, abatidas.
42. *Bouquet*: do francês, aroma ou perfume do vinho.
43. *Charão*: espécie de verniz da laca, proveniente da China e do Japão.
44. *Escarificador*: instrumento para efetuar a escarificação: produção de pequenas incisões simultâneas e superficiais na pele.

NOTAS

45. *Batoque*: rolha grossa.
46. *Curare*: veneno muito poderoso, fatal, preparado pelos índios sul-americanos.
47. *Moringue*: bilha para água, quartinha.
48. *Inspissou-se*: condensou-se, tornou-se espesso.
49. *Aracnide*: espécie dos aracnídeos (aranhas, escorpiões e ácaros).
50. *Harmônium*: pequeno órgão; espécie de harmônica.
51. *Tísico*: aquele que sofre de tísica (tuberculose pulmonar).
52. *Chaise-longue*: ver nota 1 do capítulo XVIII.
53. *Senectude*: decreptude, senilidade, velhice.
54. *Minotauro*: da mitologia grega, monstro fabuloso que lutou e foi morto por Teseu, com corpo de homem e cabeça de touro.
55. *Chatim refece*: tratante miserável, vil, infame.
56. *Lepidóptero*: inseto que possui asas escamosas.
57. *Hematose*: arterização do sangue nos pulmões; sanguificação.

APÊNDICES

Breve Histórico das Primeiras Edições de *A Carne*[*]

Israel Souza Lima

(1888 – 1ª edição)[**]

JÚLIO RIBEIRO / – / A CARNE / For ever reading, never to be read. / POPE. / (vinheta ornamental) / S. PAULO / TEIXEIRA & IRMÃO – EDITORES / RUA DE S. BENTO 26-A / – / 1888

10 p.s.n. + 278 p. + XIV p. + "ERRATA". 14,3 x 8,3 cm

f.f.r.: "A CARNE /"; p.s.n. (5): dedicatória "AO PRÍNCIPE DO NATURALISMO / EMILIO ZOLA; / aos meus amigos / Luiz de Mattos, M. H. de Bittencourt, J.V. de Almeida e Joaquim Elias; / ao distincto physiologo, / DR. MIRANDA AZEVEDO / O. D. C. / JULIO RIBEIRO. /"; 2 f.s.n., reproduzindo carta dirigida "A Mr. Emile Zola", datada de "St. Paul, le 25 janvier 1888", e assinada "Jules Ribeiro"; p.s.n. (9): "Os meus editores, os irmãos Teixeiras", assinado "Julio Ribeiro"; – "A CARNE" – p. 1-278, o texto da obra, dividido em capítulos sem títulos, numerados de I a XVIII; p. 278, ao final do texto: "FIM"; p. I a VII: "Glossário"; p. IX a XIV: "NOTA SOBRE A

---

[*] Extraído do verbete Júlio Ribeiro da *Bibliografia dos Patronos* da Academia Brasileira de Letras – Coleção Afrânio Peixoto, publicada pela própria ABL.
[**] IEB-USP.

324 ISRAEL SOUZA LIMA

ORTOGRAFIA", tendo ao final das notas (p. XIV), uma "Errata", e ao pé da página, a subscrição tipográfica: "/ – / Porto – Typographia da Empreza Litteraria e Typographica, / 178, rua de D. Pedro, 184 – 1888 /"; as 2 páginas finais, s.n., trazem outra "ERRATA", que tem ao seu final, uma crítica aos compositores tipográficos de suas obras.

Como essa "Errata" deve ter sido impressa depois da obra já se encontrar em fase de distribuição às livrarias, poucos são os exemplares que a possuem, merecendo, por isso, sua transcrição na íntegra:

"Sou infeliz quanto a correcção das obras que faço imprimir: a minha khirographia, comquanto distincta em si, não o é para os compositores typographos, e quer o accaso que nunca possa eu ler as provas. Os compositores confundem os meus z z com s s, e põem por minha conta *camisa*, *jasigo*, *praser* e outros identicos disparates etymologicos. Eu só uso do s quando a palavra o tem de origem; por exemplo, escrevo – *casa*, *Cesar*, porque em latim é – *casa*, *Caesar*, representando o z portuguez s latino: escrevo *produzir*, *razão*, porque em latim é *producere*, *ratione*, e nestes casos o som de z portuguez não representa o s latino, mas sim outras modificações vocaes diversas.

"Protesto, pois: os s s anti-etymologicos, de que está inçada esta obra, não são devidos à minha ignorancia, e nem tão pouco o é o absurdo, o asinino apostropho que se vê em *n'aquelle*, *n'este*, *n'isso*, e em outras phrases similares. Eu escrevo sempre *naquelle*, *neste*, *nisso*, etc. sem apostropho, singelamente." (assinado: "Julio Ribeiro").

A "Errata" da página XIV, refere-se tão somente à "Nota sobre ortografia", enquanto a que ocupa as duas páginas finais, sem numeração, corrige o texto do romance.

Duas particularidades desta 1ª edição: as páginas 207 e 208 não existem, por erro de numeração na impressão, porém o texto está completo; o último capítulo, que é o XVIII, encontra-se numerado XVII, repetindo a numeração do anterior. A partir da 2ª edição, de 1896, foi corrigida essa falha tipográfica.

(1896 – 2ª edição)★

JULIO RIBEIRO / – / A CARNE / For ever reading, never to be read. / POPE. / – / SEGUNDA EDIÇÃO / – / S. PAULO /

★ O exemplar sobre o qual foi feito este registro pertence à biblioteca do bibliófilo Erich Gemeinder, de São Paulo.

BREVE HISTÓRICO DAS PRIMEIRAS EDIÇÕES DE *A CARNE* 325

LIVRARIA TEIXEIRA – EDITORA / Melillo & Cia. – sucessores / 65 – *Rua de S. Bento – 65* / – / 1896

10 p.s.n. + 438 p. + XVI p. 13,8 x 7,3 cm

f.f.r.: "A CARNE /"; 3 f.s.n., com dedicatórias e carta (da 1ª edição); – "A CARNE" – p. 1-438: cap. I a XVIII; p. 438, ao final do texto: "FIM"; p. I a IX: GLOSSÁRIO; p. XI a XVI: NOTA SOBRE ORTOGRAFIA; p. XVI, ao final das notas, a subscrição tipográfica: "/ – / Porto – Typographia da Empreza Litteraria e Typographica, / 178, rua de D. Pedro, 184 – 1896".

O "Glossário" e a "Nota sobre ortografia", são cópias fiéis da 1ª edição, já corrigidos os erros registrados na "Errata" daquela edição.

(1902 – 3ª edição)★

JULIO RIBEIRO / = / A CARNE / For ever reading, never to be read / POPE. / – / TERCEIRA EDIÇÃO / – / S. PAULO / GRANDE LIVRARIA PAULISTA – EDITORA / Miguel Melillo & Cia. / 65 – *Rua de S. Bento – 65* / – / 1902

4 f. prel. + 230 p. 16,1 x 9,1 cm

f.f.r.: "A CARNE /"; f.s.n.; tendo na 1ª página: dedicatória (da 1ª edição); a 2ª página, em branco: f.s.n.: carta a Emile Zola (da 1ª edição); – "A CARNE" – p. 1-230: cap. I a XVIII; p. 230, ao final do texto: "FIM"; no colofão: "Typographia a Vapor / ★ / M. L. BUHNAEDS & CO. / ★ / São Paulo".

A parir desta edição, foram suprimidos o "Glossário" e a "Nota sobre ortografia", presentes nas duas primeiras edições.

★ RGPL.

(4ª edição – 1908)★

JULIO RIBEIRO / = / A CARNE / For ever reading never to be read / POPE / – / QUARTA EDIÇÃO / – / Livraria Francisco Alves & Cia. / 134, Rua de (*sic*) Ouvidor, 134 – Rio de Janeiro / Rua de S. Bento, 65 – S. Paulo / Rua da Bahia – Bello Horizonte (*sic*) / – / 1908

4 f. prel. + 230 p. 16,1 x9,1 cm

f.f.r.: "A CARNE /"; 2 f.s.n., com dedicatória e carta a Emilio Zola (da 1ª edição); – "A CARNE" – p. 1-230: cap. I a XVIII; p. 230, ao final do texto: "FIM".
Esta é a primeira edição da Livraria Francisco Alves, com omissão da tipografia e local de impressão.

(5ª edição – 1911)

JULIO RIBEIRO / – – / A CARNE / For ever reading never to be read. / POPE / – / QUINTA EDIÇÃO / – / FRANCISCO ALVES & Cia. / RIO DE JANEIRO, 166, Rua do Ouvidor, 166 / S. PAULO / 65, Rua de S. Bento, 65 / BELLO HORIZONTE / 1055, Rua da Bahia, 1055 / | / AILLAUD, ALVES & Cia. / PARIS / 96, Boulevard Montparnasse, 96 / (LIVRARIA AILLAUD) / LISBOA / 73, Rua Garret, 73 / (LIVRARIA BERTRAND) / – / 1911

296 p. 14,0 x 7,7 cm

f.f.r.: "A CARNE /"; 2 f.s.n. (p. 5-8), com dedicatória e carta a Emilio Zola (da 1ª edição); – "A CARNE" – p. 9-295: cap. I a XVIII; p. 295, ao final do texto: "FIM"; p. (296), ao centro: "/ – / PARIS. – TYP. AILLAUD, ALVES & Cia. / – /".
Edição impressa em Paris.

★ RGPL.

A CARNE DE JÚLIO RIBEIRO[*]

(Carta)

Acabo de ler o novo romance de Júlio Ribeiro, tão ansiosamente esperado, em torno do qual se levantara uma como onda de escândalo, que serviu para dar ao livro o arzinho simpático do fruto proibido do Paraíso.

Li-o com avidez, cheio de curiosidades por essa obra que diziam atrevidamente ofensiva à moral pública, obra de rebeldia, de revolta, diziam outros, cheia de verdade nua e de observação exata, filiada à grande corrente do naturalismo, a mais bela, a mais grandiosa, a mais admirável manifestação da arte neste século.

Atraído, preso, seduzido pelo poderoso estilo de Júlio Ribeiro, deixei-me levar, da primeira à última página, chumbado a uma cadeira, experimentando fortíssimas sensações, ora de prazer e de admiração, ora de tristeza e de mágoa, direi aqui, de nojo.

Eu esperava muito do talento de Júlio Ribeiro; e, habituado à leitura das epopeias de Zola e Flaubert; dos ternos dramas, tão profundamente humanos e tão fielmente copiados, de Guy de Maupassant; das formosíssimas páginas, de um saber tão genuinamente naturalista, espalhadas nas obras de Alphonse Daudet; habituado à

---

[*] Artigo publicado no *Diário Mercantil*: 12 de agosto de 1888.

leitura de todos os mestres e ainda sob a impressão recentíssima desse livro monumental dos *Maias*, onde o grande escritor Eça de Queirós atingiu a perfeição no processo naturalista, – eu supunha que o livro de Júlio Ribeiro fosse digno da escola a que se filiara, que encerrasse um estudo meditado, profundo, sério, honesto, inteiramente vazado nos moldes que produziram *Germinal, Madame Bovary, La Terre, Sapho, Une vie, Primo Basílio, Padre Amaro;* livro digno da arte suprema e digno de Júlio Ribeiro, um escritor feito, um escritor notável, respeitado, conhecido, invejado, estimado por muitos, admirado por todos.

Frustrou-se, porém, a minha expectativa.

A Carne não é um padrão de justo orgulho, de justa glória, de justo desvanecimento para um escritor da têmpera de Júlio Ribeiro.

Considero uma afronta ao seu talento supor este livro à altura dele.

A Carne é uma obra de escândalo; não visa fim literário. É um misto de ciência e pornografia; é um *pandemonium* sem classificação na história literária.

Contém, é certo, páginas de uma ousadia dominadora, de um colorido encantador, de um brilho surpreendente, de uma leitura verdadeiramente magistral; ao lado, porém, dessas belezas, há uma falsíssima intuição da arte moderna, há *ficellles* tremendas, há o mais completo falseamento na compreensão da estética naturalista.

Il épouvante et il déconcerte.

A ação do romance é a mais simples que se possa imaginar; o círculo dos personagens limitadíssimo.

O Dr. Lopes Mattoso, viúvo, tem uma filha inteligentíssima, Lenita, a quem manda ensinar diversas línguas, o grego inclusive, matemáticas, ciências físicas e naturais, sociologia – a cujos problemas mais complexos não era estranha a menina – e dá-lhe, ao demais, uma educação artística de primeira ordem.

Morre Lopes Mattoso, e Lenita, ainda sob a ação do violento abalo moral que lhe causara a morte do pai, retira-se para a fazenda do coronel Barbosa, velho amigo da casa, e tutor, que fora, de Mattoso.

Pouco depois da instalação de Lenita na fazenda, volta do sertão, onde andara à caça, Manuel Barbosa, filho do coronel, sujeito já velhusco, esquisitão, que vivia separado da mulher, muito metido com seus estudos e com suas caçadas. Sabendo da próxima chegada do *homem*, Lenita prepara-se em desusa *toilette* para recebê-lo, sofrendo triste decepção ao deparar-se-lhe um caipira sórdido, suarento e barbado, mal-ajeitado, quase brutal.

No dia seguinte, ou dois dias depois, vai surpreendê-la, no jardim, um cavalheiro correto, trajando bem, barbeado de fresco, bem penteado, gentil e palavroso. Era o próprio Manuel Barbosa, cuja metamorfose teve para Lenita o efeito de um milagre.

Este Barbosa, que o leitor julga a princípio um caçador vulgar, sai-nos então um grande letrado, que andara pela Alemanha, pela Inglaterra e pela França, e fora discípulo de Darwin, de Haeckel, de Paul Bert.

Ora, Lenita conhecia mais ciências e mais línguas do que o imperador; travou-se de palestra com o Manuel Barbosa, e logo montou na fazenda um gabinete completo de física electrológica, com os mais complicados e os mais modernos aparelhos, onde faziam ambos grande número de experiências; entrou a traduzir, com o outro, Lucrécio e Epicuro, começando para os dois uma vida de grande intimidade, determinada pelas afinidades intelectuais que os arrastavam um para o outro.

Dentro em pouco, Lenita, com a carne eriçada de desejos, toma-se de amores pelo colega. Partindo este para Santos, a negócios do pai, Lenita, em um dos seus passeios ao campo, assiste a duas cenas de ligação fisiológica e entra na posse real do segredo da reprodução da espécie.

Os mil aguilhões de reclamantes desejos continuam a picar-lhe dolorosamente a carne, até que uma noite, tendo Barbosa regressado, Lenita vai, sem dizer uma palavra, entregar-lhe o corpo imaculado.

Passam-se dois meses de íntimas relações – durante as quais o letrado revela-se devasso consumado – e, ao cabo desse tempo, em uma nova ausência do amante, resolve Lenita partir para São Paulo; resolução brusca, repentina, determinada pelo ódio que lhe inspirara Barbosa, depois que ela lera, no quarto daquele, certas cartas reveladoras de que o seu amante de hoje tivera amantes outrora.

Chegando a São Paulo, Lenita escreve a Barbosa longa carta, comunicando-lhe a resolução que tomara de casar com um bacharel, descrevendo minuciosamente a capital, e concluindo por umas frases sem pudor, de mulher que atingiu o último grau na escala da devassidão.

Barbosa, com toda a calma, refletidamente, pensadamente, pausadamente, suicida-se.

É este, em resumo, o entrecho da *Carne*. É um drama ruim, inverossímil, impossível, com personagens fantásticos, desenrolado em um cenário estupendo, por entre quadros e paisagens inexcedíveis, em que a natureza brasileira palpita cheia de vida e a exuberância tropical se ostenta em toda a sua intensidade, em todo o seu vigor.

A Carne é um caso de histerismo que arrasta a sua vítima à prostituição; é uma *nevrose* que aparece depois de uma sensação violenta, na época das transformações porque passa o organismo da mulher, sujeito a uma infinidade de acidentes psicológicos, de mais ou menos gravidade.

Mas, são tão complexos os *symptos* da histeria – a grande enfermidade do século – que o romancista psicólogo vê-se a braços com uma série variadíssima de tipos, na formação dos quais a *imaginação* fica perfeitamente à vontade.

Na grande família psicológica das *nevroses* aparecem tantas e tão variadas manifestações do histerismo, com caracteres tão inconstantes, tão *pessoais*, tão vários, que o romancista pode criar à vontade o seu tipo, dar plena liberdade à fantasia, porque tudo quanto ele imaginar deve-se crer *natural*, desde que não seja *impossível*.

Assim, falece ao escritor a margem para revelar suas qualidades de observador, para *contar*, para *descrever*, para *fotografar*; deve haver, necessariamente, um falseamento do princípio naturalista.

Aluísio Azevedo, no *Homem*, apresenta-nos Magdá, cuja *nevrose* vai à monomania religiosa e à personalidade dupla, terminando na loucura, que arrasta ao homicídio.

Júlio Ribeiro, que parece ter concebido *A Carne* depois da leitura do *Homem*, havendo, mesmo, entre os dois romances, íntimas afinidades – creu Lenita, uma mulher ilustradíssima, que se deixa levar pelos instintos carnais até a prostituição.

Onde o naturalismo, na dualidade psíquica de Magdá?

A dupla personalidade desta, a sua vida real e a sua vida de sonhos eróticos, são descritas, no *Homem*, com todos os detalhes, com todos os incidentes da vida observável; mas a verdade é que Aluísio Azevedo fugiu à arte, desviou-se da essência do naturalismo, seduzido por um caso de histeria, que repele, em absoluto, o domínio da observação.

O que há de *natural*, no *Homem*, é a parte que Aluísio ampliou em um novo romance, ainda inédito; é tudo quanto se refere ao *cortiço*, páginas soberbas, comparáveis às melhores do autor do *Assomoir*.

Lenita, como um exemplar da moça brasileira, é um tipo falso, absurdo, puro resultado de fantasia, mas de fantasia infeliz, que não conseguiu dar-lhe condições psicológicas que determinassem o fim a que chega Lenita.

No domínio da fisiologia – nos traços gerais da *nevrose* – pode o tipo ser verdadeiro. De fato, é perfeitamente científica a forma *vaporosa* em que a princípio se manifesta a histeria de Lenita, bem como a forma psíquica, em que degenera aquela, produzindo a perversão do caráter e a tendência impulsiva que conduz à prostituição.

Mas o tipo não é de pura observação; as circunstâncias acessórias que se prendem à enfermidade, a direção mesmo que toma esta, os mínimos incidentes que formam a vida, o todo, o organismo do livro, podem ser produtos de pura fantasia, determinados por uma dada ordem de ideias, que, na *Carne*, se resumem no propósito feito de escrever obra escandalosa, de escrever conto pornográfico, criando tipos incoerentes, devassos, mesquinhos, pequeninos, sórdidos, infames, que absolutamente *não se encontram* na sociedade, cuja existência de forma alguma se pode admitir.

Lenita pode ser um produto da leitura de Houchard, Bouchut, Küss ou Briquet; é uma criação, inteiramente livre, do romancista.

Ela podia ter-se entregue ou não ao Barbosa; ter casado honestamente ou ter resvalado na infâmia da prostituição; ter enlouquecido ou ter abafado, com um rigoroso regime, os instintos brutais de sua carne exigente.

Todas essas hipóteses se admitem; todas são igualmente *possíveis*.

De sorte que a *verdade*, neste caso, é tudo quanto se considera no domínio da *possibilidade*. A imaginação trabalha livremente: pode fazer de Lenita uma esposa casta, uma concubina ordinária ou uma prostituta devassa: pode torná-la sã ou fazê-la enlouquecer...

Barbosa é um indivíduo repulsivo. Nem personalidade tem, o mísero. Júlio Ribeiro precisava de um homem que se aproximasse de Lenita; inventou um filho de fazendeiro, velhote já, esquisito, dado a caçada e a leitura. O sujeito revela-se um sábio, e a cada passo impinge a sua *ciência*, ou por outra, a ciência de Júlio Ribeiro, que a gente surpreende constantemente por detrás do Barbosa. Apesar de sua idade e sua erudição este senhor – esquisito, metido consigo, misantropo – é um devasso.

Júlio Ribeiro fez dele um devasso e teve ensejo de perpetuar as cenas do mais consumado deboche em seu estilo fluente, vernáculo, atraentíssimo.

Doloroso espetáculo, esse desmoronamento da verdadeira arte, essa abdicação do mérito em favor do escândalo, essa prostituição da pena em troca de um arruído inglório!

Pondo de parte o falseamento da escola, que noto na *Carne*, devo dizer que não foi o assunto melindroso, escolhido por Júlio Ribeiro, o que me encheu de tristeza, de verdadeira mágoa no correr da leitura de seu livro.

Toda a obra artística deve ser estudada no plano em que a concebeu o autor, deve ser criticada segundo a direção que lhe imprimiu o artista.

A crítica estuda a obra, como ela é, explica-a pelo *meio*, pelo *temperamento*, aceita-a como ela saiu das mãos do autor, fazendo abstração do assunto, para atender, simples e unicamente, à fórmula, aos meios empregados, aos elementos constitutivos do todo estético.

O assunto, escabroso ou não, sublime ou ridículo, indecoroso ou casto, belo ou terrível, desde que tenha um fundo de honestidade, de sinceridade, de verdade, em nada importa à crítica.

O assunto não se discute, absolutamente.

"Todos os gêneros pertencem à arte, que abrange tudo quanto possa ser suscetível de exercer sobre nós um atrativo ou uma repulsão." Disse-o M. Milsand, o autor da *Estética Inglesa*.

A escolha do assunto, escreve Ramalho Ortigão, explica-se como um fato do temperamento, do caráter, da idiossincrasia mental do artista, mas não se impõe, e por consequência, muito menos se censura.

O que há a indagar, em todo produto da arte, é se o autor, na reprodução da natureza, na sucessão das cenas, na fotografia dos caracteres, na pintura, em suma, de todos os elementos orgânicos de uma obra, foi *honesto* e *sincero*, dando a medida exata, rigorosamente exata, das coisas exteriores, sujeitas à observação, em relação ao curso psicológico de uma certa ordem de ideias, as quais filiou-se o assunto escolhido.

A perfeição no desdobramento das impressões recebidas, a verdade na perfeição, e a honestidade, a sinceridade na expressão do *real* e do *verdadeiro*, ou, ao menos, no que, de boa-fé, se presume verdadeiro é um princípio inerente à própria noção da estética, é o *credo* do verdadeiro artista.

No estudo, pois, da *Carne*, compete a crítica examinar a *realidade* que o livro contém, e explicar o *temperamento* que produziu os desvios de verdade nele observados.

Júlio Ribeiro foi verdadeiro, foi sincero, foi fiel à natureza, na elaboração da *Carne*?

Parece-me que não o foi.

Fazendo abstração da escolha do assunto – que encerra um desviamento de escola, um falseamento da arte – examinemos a *fórmula*, o *processo* empregado na *Carne*.

O grande defeito que encerra este livro é a *personalidade* do autor, que a gente surpreende a cada passo, dirigindo-nos a palavra, como se o estivéssemos a ouvir em palestra científica.

A todo instante, põe Júlio Ribeiro na boca do devasso Barbosa preleções eruditas de Botânica, de Zoologia, de Fisiologia, de Medicina, de Orografia, conhecimentos que o notável filólogo possui e que empresta a um sujeito inverossímil, impossível, intratável, ora pela necessidade de o aproximar da ilustrada Lenita – o que é um *tour de force* infelicíssimo – ora pelo simples prazer de exibir erudição.

Em um passeio à chácara, à vista de umas *ameixeiras* e de uns *ananazeiros*, Barbosa fala em *Nespilus japonica* e *Bromelia ananaz*, cita Gonzalo Hernández, Lévy e Benzoni, Christovam Acosta, refere a opinião de Fernando, o Católico, sobre o ananaz, enumera as variedades da fruta, os países onde ela se aclimatou...

Em uma carta que de Santos escreve a Lenita, carta que vai da página 113 à página 139, Barbosa faz a descrição científica da viagem, desde os campos de Piratininga (tendo o mau gosto de citar, de passagem, o desarranjo intestinal de Pedro I) até a Vila de S. Vicente, descrição minuciosa, cheia de verdadeira ciência, citando o conde de Lahure, Kidder e Fletcher; estudando a *ostra* de Santos, comparando-a com as *rosáceas* do Mediterrâneo, as *lamelosas* da Córsega, as de Ostende, as de Cancale, as de Marennes, e referindo os trabalhos de Gaillon, Priestley, Berthelot, Bory de Saint Vicent.

Descreve a estrada de ferro de Santos a Jundiaí de um modo admirável de exatidão e de beleza; explana-se em apreciações científicas sobre a orografia de toda a região percorrida, trabalho verdadeiramente notável, que se poderia, sem favor para Júlio Ribeiro, atribuir a Gustavo Le Bon, se o autor do *Civilização dos Árabes* escrevesse em português... e tivesse o vigoroso e másculo estilo de Júlio Ribeiro.

Toda essa carta sobre a viagem a Santos é um prodígio de observação e de ciência, que poderia figurar com grande brilho em uma obra de história geográfica do Brasil. Mas em um romance psicológico, em um romance naturalista, o trecho está deslocado, está encaixado a martelo, falseia o grande princípio da arte moderna.

Não é *possível*, não é *natural* que o Barbosa escrevesse aquilo. Demais, Barbosa não existe, nunca existiu.

É um tipo feito de incoerência, é um manequim criado especialmente para prostituir a Lenita.

E não para ali o *cientificismo* da *Carne*, tão contrário aos princípios do grande mestre a quem Júlio Ribeiro dedicou o seu livro, e tão desastradamente espachado, em uma promiscuidade de *biblioteca do povo*, por quase todas as páginas do romance.

Além do Barbosa – que não perde vasa para exibir seus conhecimentos, citando, a propósito da atropina, os estudos de Laudenburg e Schmidt sobre a *daturina*; mostrando, numa caçada, sua erudição em Ornitologia; dando aos *catetos* e aos *queixadas* os nomes técnicos de *Dycotilos torquatas* e *Dycotilus labiatus*; dissertando, a propósito de uma mordedura de cobra, sobre o tratamento aplicado por Claude Bernard e Paul Bert; além de toda essa ciência, tão prejudicial ao livro, tão ostentosa, tão pedantesca, tão imprópria, tão pouco natural no Barbosa, e, ainda mais, tão indigna do caráter paulista – mesmo do paulista letrado – a exibição da ciência de Júlio Ribeiro faz-se na *Carne*, também fora das personalidades no domínio do descritivo.

Assim é que, na esplêndida cena da irmandade de S. Miguel das Almas, quando o feiticeiro Cambinda revela ao neófito os segredos da sua *medicina*, aparecem os termos *Datura stramonium, Pylocarpus pinatifolis, Mappa graveolens, Femillea cordifolia*, para designar o *mamoninho bravo*, o *jaborandi*, a *raiz de Guiné*, e a *nhandirova*; em outro trecho, descrevendo uma sucessão de ideias que se formam na imaginação doentia da Lenita, faz Júlio Ribeiro um verdadeiro catálogo de bibelôs e de objetos de arte, em cuja leitura a gente esquece a menina-prodígio, a ilustrada menina que até *problemas sociológicos resolvia*, e vê, palpitando naquelas páginas, a personalidade do autor, com todo o seu amor pelos *bibelôs*, pelos bronzes de Barbedienne, pelas porcelanas da China e do Japão, pelos cristais da Bohemia, pelos vasos de Sévres, pelos mármores de Falconet, pelas terracotas de Clodion...

Sem dúvida que o romancista deve ter a nota do seu tempo, a intuição do progresso das ciências.

A mesma lei que dirige a sociologia, a moral, a história, predomina no seio das literaturas: a evolução transformista.

Ninguém hoje escreve como escreveu Balzac, como escreveu Sthendal. Mas esse elemento sintético do espírito de uma época, "esse esforço humano, no dizer de Zola, que o homem ajunta à natureza, a fim de novamente criá-la de conformidade com leis pessoais de *ótica*" só deve aparecer em um caráter inconsciente no romance, fruto de observação, de análise fria, "depoimento de uma testemunha ocular", na bela expressão de Taine.

Foi por esse processo que um homem que se chamou Gustave Flaubert escreveu um livro imortal, livro que há de atravessar todas as idades, que há de ser eternamente belo, porque é profundamente humano, porque é rigorosamente verdadeiro, porque é sinceramente honesto.

Foi ainda por esse processo que Zola escreveu essa atrevida epopeia da *Terra*, livro estupendo, de uma verdade terrível, onde o amor bestial do camponês à terra é estudado de uma maneira assombrosa: onde Zola, lutando contra todas as convenções, seguro do terreno, audaz, e altivo, "denunciou a folha de vinha como um ultraje aos costumes, aos belos costumes naturais e livres".

Mas esta arte está acima de tudo; por sobre essas misérias humanas, por sobre esse fervilhar de uma pornografia imunda, porém *verdadeira*, observada em todos os seus ínfimos incidentes, em todas as suas *nuanças* medonhas, por sobre esse estudo *brutal*, porém *humano*, de uma observação precisa, de um colorido majestoso, de uma meticulosidade rigorosa – a que nem sequer escapou a nota característica de um asno bêbado – por sobre todo esse monturo perpassa o sopro genial de Émile Zola, depurando esse enxame de torpeza no cadinho de sua inspiração portentosa, erguendo, sobre a realidade banal da vida campesina, uma epopeia gigantesca, onde o camponês se fez estátua, no tipo imortal do *père* Fouan.

Que diferença entre esse *processo* de estudo e a *nevrose* científica de Júlio Ribeiro!

É tristíssima essa exibição constante do autor da *Carne*, essa preocupação fatal de mostrar tudo quanto sabe, tudo quanto estudou.

Será uma questão de temperamento?

Aceito. Mas semelhante temperamento, arrastando um autor a uma tal ostentação de sabedoria, um temperamento que tão acentuadamente influi sobre o objetivo, deve forçosamente, fatalmente, matar a obra do artista e deixar, no lugar desta, simplesmente o *inventário* dos conhecimentos do autor.

Não quero firmar o princípio absoluto da *impersonalidade* na arte.

É fora de dúvida que deve haver uma conexão entre a impressão objetiva, a reprodução da natureza, e o sentimento estético, a personalidade do romancista. O seu modo de *ver*, de *sentir*, de *perceber*, o seu processo lógico, hão de necessariamente influir sobre o produto artístico, mas com um caráter de completa *passividade*, sem *parti pris*, sem influência imediata, quase inconscientemente, deixando apenas entrever, ao fundo da obra, as linhas gerais de um temperamento.

Isso é fatal. Toda a obra artística traz o cunho de uma individualidade; o romance naturalista dá a nota, dá a fotografia do mundo externo, modificada, porém, pelos fatores mentais, pelo estado do espírito, que varia na progressão evolutiva das faculdades estéticas.

Grande diferença, porém, vai entre essa manifestação psíquica e a exibição, constante, impertinente, massadora, do escritor, com todas as qualidades do seu caráter.

Aí está o *mal-entendido* da escola.

Chega a ser nojento, repulsivo, supinamente ridículo, o ilustrado fonógrafo Barbosa, idiota supremo – caráter e tipo impossíveis – a reproduzir a cada passo a erudição de Júlio Ribeiro!

Não! Isto não é precisamente a arte, a grande, a bela, a sedutora arte, que paira muito acima desse escândalo, desse triste desviamento da verdadeira compreensão da estética naturalista.

Por entre esses grandes desastres, existem na *Carne* trechos de uma beleza incomparável.

Há ali fragmentos de uma força de atração irresistível, que prendem o espírito nas linhas soberbas, nos contornos firmes de um estilo maravilhoso, que agitam violentamente todas as fibras nervosas, que abalam as funções cerebrais, que nos arrastam insensivelmente pelo caminho iluminado daquela adjetivação sem rival, daquelas frases de bronze, fotografando a imagem com uma nitidez irrepreensível, batendo firme na ideia, subjugando-a, dominando-a, esticando-a sobre o papel, quente ainda da genesia cerebral, viva, rubra, palpitante, sob o domínio absoluto de uma pena mágica, vibrado por um mestre na grande arte de escrever.

Na belíssima descrição das dependências da fazenda do Coronel, na grande cena do sonho, em que o *Gladiador* parece à imaginação de Lenita tomar estatura humana, mover-se, aproximar-se do leito em que ela repousa e estender-se a seu lado – cena que parece ter sido inspirada na leitura de outra semelhante no *Homem*; a do Cristo e Magdá – o passeio de Lenita, por um dia quente, depois do almoço, e a cena magistral do banho, página de uma contextura deslumbrante, digna de um livro como *Madame Bovary*; a descrição da *moagem*, o mais belo trecho do livro, a meu ver, trecho em nada inferior às extraordinárias cenas da lavoura, em *La Terre*, descrição monumental de uma plástica de estilo admirável, em que a gente percebe o cheiro penetrante da cana esmagada e a morrinha suarenta dos escravos, parecendo até ouvir o chiar dos carros e o borborinho do trabalho, grande cena *impressionista*, de um vibrante colorido de realidade, tão espontânea, tão bela, tão verdadeira, tão perfeita como a do envenenamento de Emma, em *Madame Bovary*, que é uma das cenas mais grandiosas da literatura de todos os tempos; o castigo de um escravo, outro trecho de um poderoso vigor descritivo e, finalmente, o episódio da velha entrevada, que ao saber da morte do filho, como por um milagre, se arrasta, engatinhando, até ao lado deste, episódio de um grande valor artístico e que encerra, nas suas poucas linhas, todo o grande poema do amor materno – tudo isso, todas essas páginas fulgurantes, traçadas por uma pena castigada, pura, audaz e valente, constitui a prova irrefutável de que Júlio Ribeiro, se o quiser, poderá escrever um livro de artista e de pensador, à altura do seu talento e do respeito devido aos grandes mestres do naturalismo.

A Carne, no seu conjunto, como romance, como obra de arte, como livro de combate, de reação contra os velhos moldes do romantismo, a que ainda se prende a nossa literatura, é um trabalho indigno de Júlio Ribeiro, é um trabalho falso, sem orientação estética, escrito com o propósito da pornografia, querendo, tentando arrastar a arte sagrada até a baixa craveira da *imoralidade* proposital em que ele se empoleirou.

Os personagens principais do livro, Lenita e Barbosa, filhos do *meio* brasileiro, do *meio* paulista, descendentes de honestos e laboriosos fazendeiros, e com uma educação exageradíssima, convencional – porque se tornou necessária ao êxito da pornografia – são meras criações de fantasia. O falseamento da verdadeira intuição naturalista vai desde a ilustração impossível de Lenita até o fim do livro – fazendo abstração do cenário, do descritivo, que é maravilhoso, e de uma ou outra cena rara – vai até ao fim do livro, até a carta que Lenita escreve, de S. Paulo, a Barbosa; carta em que ela descreve a capital, citando pessoas conhecidas, criticando Ramalho Ortigão, fazendo a apologia de casas comerciais e dos bigodes do Gaspar da Silva, mostrando as qualidades do próprio Júlio Ribeiro (!), e, depois de citar Spinoza, concluindo por um *texto de Direito Romano* (!!) e por um *calembourg* nojento, indecentíssimo, de feira, indigno de uma mulher, ainda que prostituída, nas condições de Lenita.

Esta carta é um dos elementos do escândalo, na *Carne*; carta--anúncio, carta-*réclame*, onde Júlio Ribeiro nem sequer teve escrúpulos em exibir a sua personalidade, o seu nome, em cheio, com todas as letras, e ainda mais, as suas qualidades adoráveis.

Toda essa carta é um desastre lamentável; entristece profunda-mente a quantos amam a arte *honesta* e a quantos admiram o talento de Júlio Ribeiro.

Impressões atiradas ao papel sem pretensão a *estudo crítico*, essas linhas que aí ficam obedeceram a um pensamento único: o amor acrisolado, o culto religioso que voto ao Naturalismo.

Esta grande escola repele a oferenda de Júlio Ribeiro.

A Carne é indigna de ambos. Não tem a feição *natural*, embora seja *carne...* crua.

"Uma nota crua nem sempre é uma nota verdadeira."

A Carne, no seu conjunto, é um livro desonesto. Há ali a rara harmonia de um grande estilo; há descrições majestosas: há períodos coruscantes, frases potentíssimas, há palavras de uma sonoridade en-cantadora, palavras que falam, que riem, que choram, que cantam; há coloridos vigorosíssimos, esbraseados, relampejantes.

Mas a banalidade dos tipos é deplorável; o todo é chocho, pulha, reles, pornográfico, chato, sem uma direção estética, sem unidade psicológica, sem arte, sem verdade, sem honestidade.

É um mau romance; ou, melhor, não é um romance.

Júlio Ribeiro tem fibra para muito mais.

A Carne, confessemo-lo, é uma obra de escândalo, única e simplesmente.

Não tem mérito literário, porque não é *honesta*, não é verdadeira, não é *possível*.

A apoteose da pornografia só se aceita quando obedece a um grande impulso estético, como o que ditou *La Terre*.

A Carne obedeceu a um impulso muito rasteiro: a sede de uma popularidade inglória, indigna de um homem de espírito.

Felizmente para Júlio Ribeiro, ele não irá à posteridade com esta *carne* à cabeça, à guisa de coroa de louros.

Antes disso, estou certo, ela há de apodrecer.

Campinas, 4 de Setembro de 1888.

Alfredo Pujol
O dr. Alfredo Pujol nasceu a 10 de Março de 1865 em S. João do Príncipe.

CENTENÁRIO DE JÚLIO RIBEIRO*

Conferência do sr. Manuel Bandeira, em sessão pública da Academia Brasileira de Letras no dia 16 de abril de 1945

O homem insólito, irrequieto, intrépido, cujo centenário celebramos neste momento, nasceu na cidade mineira de Sabará. Informa ele mesmo em uma nota lançada num caderno do tempo de sua meninice. A nota está redigida parte em inglês, parte em português: "J. C. Vaughan. Born in Sabará/16 April 1845/10 o'clock in the morning raining. Fui batizado na matriz de Sabará, no dia de Corpo de Deus [22 de Maio de 1845], sendo padrinhos Antº. Avelino da Silva, e Mariana Ant. da Sª.".

Vaughan era o apelido paterno, que, a partir de 60, ou talvez antes, abandonará, para adotar definitivamente o da mãe, como reconhecendo que a essa admirável Maria Francisca Ribeiro tudo devesse. Do pai só herdará a inquietação andeja e o orgulho de se dizer mais tarde "filho de republicano, neto de republicano, tendo o nome de família inscrito no livro de ouro dos fundadores da grande república norte-americana". Como viera dar no Brasil esse George Washington, natural da Virgínia? Tudo o que sabemos dele é que foi aqui artista de circo – volatim, segundo a tradição – e como tal levando a vida ambulante dos homens de sua profissão, ora na Corte, ora nas cidadezinhas e vilas do interior, hoje em Lorena, amanhã em Juiz

---

* Manuel Bandeira, "Centenário de Júlio Ribeiro", *Revista da Academia Brasileira de Letras*, vol. LXIX, 1945.

de Fora, logo em Águas Virtuosas... De passagem por Sabará casou-se com uma mineirinha de Tamandaré. O casamento não trouxe a felicidade a Maria Francisca: o marido andava sempre por fora, mal dando notícias de suas atividades circenses. Dinheiro não mandava nunca e desculpava-se: a última carta, escrita de Petrópolis, dizia: "Eu há dois meses a esta parte que não tenho ganho nem um vintém por causa das grandes enchentes e grandes chuvas..." Foi isso em janeiro de 56. Depois dessa data ainda apareceu em Pouso-Alto, onde no ano de 60, residia a mulher. Parece que já então esta o evitava. Deve ter morrido antes de novembro de 63, porque uma carta de Maria Francisca ao filho dá a entender que recebera proposta de casamento. Maria Francisca permaneceu viúva.

Júlio Ribeiro encontrou na mãe o apoio material e moral que seu pai nunca soube ou pôde dar-lhe. Pobre professorinha de primeiras letras, ajudando-se ainda com trabalhos de costura, Maria Francisca foi quem iniciou o filho no *abc* e na tabuada. Assistia ela então na cidade de Pouso-Alto, evocada mais tarde com funda saudade pelo romancista de *Padre Belchior de Pontes*:

"Salve, região selvática, em que correu veloz a minha infância! Salve, montanhas agrestes, que muito galguei com a fronte rorejada de suor e o coração cheio de crenças! Salve, florestas virgens confidentes de meus primeiros afetos! Salve, cascatas ruidosas, que me desalterastes tanta vez os lábios pulverulentos da jornada! Salve, linfa do riacho, vencida por mim a braço, domada por mim a remo! Salve, céu puríssimo, alentador de minhas esperanças de menino! Salve, ecos que repetistes as minhas primeiras queixas! salve, terra que bebestes as minhas primeiras lágrimas!

"Daqui destas plagas de indústria e trabalho [Sorocaba] onde o vapor tem o trono e a eletricidade um altar, gasto pelo atrito do mundo, sem ter mais no peito uma fibra que possa ressoar em doce acorde – eu ainda te envio uma saudação:

"Salve, Pouso-Alto, salve!"

Essas aventuras juvenis nas florestas virgens e nas cascatas ruidosas deviam encher de susto o coração materno e são de certo as "loucuras" a que alude numa carta escrita do colégio de Baipendi: "Eu quero lá ir a Pouso-Alto, não só porque preciso muito lhe falar, como também por ter demasiadas saudades de Vmcê; seria eu um ingrato e um indigno se não tivesse saudades de uma mãe tão cari-

CENTENÁRIO DE JÚLIO RIBEIRO

nhosa, que sempre me recebeu com um sorriso nos lábios e o amor no coração, apesar das minhas loucuras".

A casa de Pouso-Alto não era uma dessas tristes casas sem livros. Maria Francisca, professorinha da roça, gostava de ler e tinha a sua biblioteca. Nela encontrou Júlio Ribeiro o primeiro alimento à sua fome de saber, os primeiros estímulos ao despertar de sua imaginação. Desde logo viu Maria Francisca na inteligência e viva curiosidade intelectual do filho o penhor seguro de uma carreira brilhante fora do meio acanhado em que vivia. Por isso diligenciou dar-lhe instrução regular em colégio, aceitando sozinha já que não podia contar com o marido para nada, todos os sacrifícios necessários: pouparia mais em casa, costuraria mais.

Havia por esse tempo em Baipendi um colégio muito acreditado em toda a província, dirigido pelo cônego Luís Pereira Gonçalves de Araújo. Nele foi Júlio internado em 1860 e ali fez os estudos secundários, única instrução formal que recebeu, porque tudo mais adquiriu por si, ao azar de uma vida sempre eriçada de dificuldades. O levado menino de Pouso-Alto correspondeu à expectativa materna: na aula de francês era o primeiro; na latim um dos bons, no ano seguinte já estava traduzindo o inglês. No arquivo familiar se conserva um documento expedido pelo Colégio Baipendiano, onde se atesta que "o sr. Júlio Ribeiro, tendo sofrido exame em francês, foi aprovado plenamente com louvores". Uma carta de agosto de 62 informa desvanecidamente a próxima conclusão dos estudos de latim e filosofia: "Olhe", dizia à mãe, "que muitos outros estudam latim em cinco anos e não sabem o que eu sei, Deus louvado. A filosofia também se estuda em dois anos e eu pretendo acabá-la este ano, por consequência faço o meu curso em um só. No ano seguinte, se Deus quiser, concluo o meu curso preparatoriano, tendo gasto nele quatro anos, enquanto que muitos gastam oito, e nada sabem!"

Nem só dava distintamente conta do recado, fazia mais: no Colégio Baipendiano, aos alunos que demonstravam maior aproveitamento investia o cônego Araújo nas funções de docente. O filho de Maria Francisca era um deles, como se infere de uma carta de 4, escrita pelo padre à mãe do colegial: "O sr. Júlio continua a gozar saúde, e vai regendo bem as cadeiras que estão a seu cargo".

O mesmo informam outras cartas, do filho para a mãe, acrescentando que já dá lições particulares a alguns colegas. É também com orgulho, muito natural em tão verdes anos, orgulho que deve ter ecoado com dobrado alvoroço no coração materno, que o estudante repete a Maria Francisca os elogios feitos pelo senador Ottoni aos seus versos latinos, à sua ampla testa – "testa que só possuem os grandes homens". Ottoni, de passagem por Baipendi, fora visitado pelo rapaz e lhe retribuíra a visita. Impressionara-o a inteligência e instrução do colegial: a alguém que apontara Júlio Ribeiro como uma das esperanças de Baipendi, respondeu que não o era só de Baipendi, senão também do Brasil.

Todos esses triunfos, porém, não bastavam para capacitar o rapaz a sofrer sem azedume os arranhões abertos em seu orgulho pela condição de pobreza que o punha em inferioridade material junto dos colegas: tinha vergonha de suas cinco camisas rasgadas e muitas vezes chorou por falta de roupa de missa: "Sou obrigado", escrevia à mãe, "a ir com roupas velhas e curtas, no meio dos meus colegas tão bem vestidos". Em 62, tinha então dezessete anos, passou mesmo por uma crise de apreensão e desânimo, cuja causa ficou para sempre ignorada. Em setembro daquele ano as bexigas irromperam tanto em Pouso-Alto como em Baipendi. Júlio escreve à mãe: "Temo só por Vmcê e pelas meninas e escrava; quanto a mim não as temo porque julgo o mesmo como morrer ou viver". E na carta seguinte responde a Maria Francisca: "Vmcê me diz que não lhe fale em morrer, porém eu lhe digo que a única coisa que me obriga a viver é Vmcê e se não fosse Vmcê, já me tinha suicidado". Três meses depois mandava este misterioso bilhete: "Minha mãe, escreva uma carta ao Mestre Chico em agradecimento de ter ele me salvado a vida em uma circunstância que não lhe posso contar. Me recomende a ele, dizendo que eu sou sem pai, e lhe peça que me sirva de pai. Diga que Vmcê soube que ele me salvou, porque eu lhe contei, mas que não lhe quis contar como foi que se passou o fato: escreva sem falta nenhuma".

Naquele tempo o seu espírito andava longe do ateísmo em que terminou, impenitente, a amargurada vida. Na correspondência do colégio está sempre a invocar a Deus e aos santos; costumava desenhar nos cadernos de aula cruzes de complicados ornatos; pensou mesmo em fazer-se padre e há uma carta sua assinada "Padre Júlio Ribeiro". É que se sentia indeciso quanto à carreira que lhe conviria seguir e sabia que, ordenando-se padre, satisfazia a vontade da mãe.

Júlio Ribeiro não entrou para o seminário. Em 65 partia para a Corte a ver se conseguia matrícula em alguma escola superior. O momento era de intensa agitação patriótica suscitada pelas notícias que chegavam do Paraguai. Os jornais andavam cheios de apóstrofes convocadoras de voluntários, em verso e em prosa. Tobias Barreto saudava os voluntários do norte em oitavas inflamadas, que reboavam até o sul:

Para estes vultos brilhantes
Morrer... é não combater;
É apear-se uns instantes
Do vale ao fundo descer,
Fitar a noite estrelada,
E à espera d'outra alvorada,
Dormir nos copos da espada,
Deixando o sangue escorrer!

A pressão do sentimento nacional exacerbado deve ter influído decisivamente para levar o adolescente mineiro a matricular-se como aluno ouvinte na Escola Militar da Praia Vermelha, tanto mais que a matrícula em outra escola apresentava dificuldades, exigiria a proteção de Ottoni; na Praia Vermelha não, visto que os próprios cadetes já tinham sido mandados para o campo da luta.

Quem ficou desolada e medrosíssima foi Maria Francisca. Tudo fez para arrancar o filho ao perigo de partir e morrer na guerra. Júlio procurava tranquilizá-la. Mas nas férias de fim de ano não iria ficar com a mãe e desculpava-se: "Jurei bandeira, sou militar, daqui não posso sair sem licença do Ministro da Guerra".

Maria Francisca, porém, insistia, usando não só as tocantes súplicas do afeto mas também os fortes argumentos da razão: "Está da tua parte fazer todas as diligências e os maiores esforços e empenhar-te primeiro com o nosso bom Deus e a Virgem Maria e depois com o senador Ottoni e o Barão de Caxias, mostrando e alegando as tuas fortes razões e o meu estado de viúva e de estar sem parentes, só no meio de estranhos e só confiada primeiro em Deus e na Virgem Maria e depois em ti, meu único filho; pois põe-te em meu lugar e veja se eu não tenho tanta razão, pois veja se você estivesse velho em casa alheia, sem mais esperanças senão a de um filho único que você o tivesse criado e educado sem mais adjutório que o dos teus braços..." Júlio não pôde resistir às angústias da mãe, defendidas em termos tão razoáveis e patéticos: em junho deu baixa. Esta tem sido explicada pelos biógrafos de Júlio Ribeiro como resultante do exame físico, que o declarara inapto para o serviço militar. Oficialmente a notícia é exata. O patrocínio de Ottoni e Caxias deve ter atuado em favor do filho único de viúva sem amparo. Mas o verdadeiro motivo da baixa derivou exclusivamente da consciência do dever filial.

Não sabemos se Júlio Ribeiro tentou ainda no Rio entrar para alguma escola superior. De certo terá desistido da ideia em vista das dificuldades materiais. Acabou regressando a São Paulo e agarrando-se, no naufrágio de suas esperanças na Corte, à mesma tábua de salvação que valera à mãe quando se viu praticamente abandonada pelo esposo – o magistério primário. A par disso começa a escrever nos jornais, milita com os liberais e já em 67 declara-se republicano em artigo para o *Paraíba*, folha de Guaratinguetá. E no ano seguinte, a fim de se habilitar oficialmente como professor primário, vai à capital paulista prestar os exames exigidos. É aprovado em 11 de janeiro. Levado então à presença de Saldanha Marinho, Presidente da Província, este lhe diz que poucos moços como ele tinha visto e que lhe daria emprego em São Paulo, caso quisesse, pois merecia muito mais do que uma simples cadeira de primeiras letras. "Tudo isso", comenta escrevendo à mãe, "são eflúvios da graça que deixa escapar Nossa Senhora Aparecida". Era, pois, ainda católico, embora, como tantos católicos liberais do tempo, se tivesse feito maçon, o que comunica a Maria Francisca nessa mesma carta.

Numa das *Cartas Sertanejas* escreveu Júlio Ribeiro: "É verdade: fui católico, fui presbiteriano, sou ateu. A criação fez-me católico; a leitura da Bíblia separou-me de Roma; a razão tornou-me incrédulo". O seu afastamento da igreja católica foi provocado pelo contato com os missionários protestantes norte-americanos que desde 60 percorriam o interior de São Paulo e Minas em propaganda de sua doutrina. Vicente Temudo Lessa dedicou o undécimo capítulo de sua obra *Anais da Primeira Igreja Presbiteriana de São Paulo* à personalidade de Júlio Ribeiro protestante. A iniciação ocorreu por fins daquele mesmo ano de 68 em que ele ainda atribuía a sua boa sorte aos "eflúvios de Nossa Senhora Aparecida". De Taubaté, para onde veio depois dos exames em São Paulo, escreveu em 11 de dezembro de 69 uma carta ao pastor Schneider, na qual, agradecendo a remessa de um *Novo Testamento*, em grego, dizia: "Meu pai, a minha fé se robustece de dia em dia. Sinto encher-se de gozo inefável o vácuo que me desconsolava o peito; não sei que voz interna me diz ser eu um dos

CENTENÁRIO DE JÚLIO RIBEIRO

347

chamados, e um dos escolhidos". Já era, pois, um convertido. Mas só recebe o novo batismo a 17 de abril de 70, ano em que se muda para São Paulo. Seis meses depois professava também Maria Francisca, que essa nunca mais abandonará o Evangelho; nesse mesmo dia Júlio Ribeiro faz batizar um seu escravo menor, "o primeiro menino escravo batizado, no registro das atas de São Paulo", informa Vicente Temudo Lessa. Menino que mais tarde é alforriado com a mãe, também convertida à fé presbiteriana.

O presbiterianismo de Júlio Ribeiro parece ter sido já uma espécie de acomodação da sua crença às exigências da razão. Dura menos de um decênio, afirma Orígenes Lessa. As atas de Itapira registraram a passagem ali, em dezembro de 76, do Rev. Lane e de Júlio Ribeiro. Ambos pregaram. Porque o convertido, se nunca chegou ao ministério, foi pregador e propagandista, com a coragem e paixão que punha em tudo que fazia. E era preciso coragem para ser "bíblia" naqueles tempos em que as ingênuas populações do interior zombavam, insultavam e às vezes mesmo corriam a pau os evangelizadores protestantes, como aconteceu ao aliás admirável padre apóstata José Manuel da Conceição, a quem de outra feita uns capangas procuraram para o matar. Júlio Ribeiro nunca sofreu tais vexames, mas foi preso uma vez em Campinas por motivo de suas atividades heréticas. Estas não se limitaram à pregação em numerosas localidades do litoral e do interior paulista: traduziu o primeiro volume da *História da Reforma*, de D'Aubigné, traduziu e compôs ele próprio vários hinos.

Numa de suas viagens de propaganda religiosa passou Júlio Ribeiro em Sorocaba, onde os fiéis do credo evangélico se reuniam em casa de José Antônio de Sousa Bertoldo. Bertoldo tinha filhas bonitas e por uma delas, Sofia, menina e moça de treze anos, se apaixonou o pregador itinerante. Ficaram noivos. Em 13 de janeiro de 1871 Júlio lhe escreve de São Paulo uma carta, que termina com estas palavras: "Se te disser que te amo, que tu és a minha vida, que sem ti não posso existir, farei um papel de tolo, porque é o mesmo que dizer que o fogo queima, que a água molha e que o ferro é duro. Digo-te apenas que sou sempre o teu noivo e amigo Júlio". O casamento realizou-se no dia 4 do mês seguinte, sendo oficiante o Rev. Chamberlain. Casando-se em Sorocaba, de certo modo se vinculou à terra, tanto quanto se podia vincular em qualquer parte homem de seu natural tão andejo, nesse ponto bem filho do volatim de circo. Ele mesmo declarará nas *Cartas Sertanejas* que de 70 a 76 residiu alternativamente na capital, em São Roque e em Sorocaba. A esta consagrará durante aqueles anos as suas melhores energias, agremiando o partido republicano, colaborando no *Sorocabano*, em breve assumindo a direção do jornal e adquirindo as oficinas. Em agosto de 72 as dívidas acumuladas sufocam a folha idealista que não aceitava anúncios de escravos fugidos; mas já em setembro o jornalista lança com Pereira Sales, o editor, outro órgão, *O Sorocaba*. Sobrevêm-lhe as primeiras decepções políticas e o republicano incapaz de transigir arremete contra certos companheiros acomodatícios, aos quais considera desertistas. Quinze dias depois vende a tipografia a Sales, mas continua escrevendo os editoriais. Em outubro anuncia a abertura de classes de Latim, Francês, Inglês, Geografia e Primeiras Letras, inclusive o sistema métrico decimal. Preços: Línguas e Geografia, cinco mil-réis mensais; Primeiras Letras, três; sistema métrico, a convencionar. Mas os candidatos não vinham. O professor falhado pensa num emprego. É nomeado para agente da Fábrica de Ferro de Ipanema em 10 de janeiro de 73. Não toma posse do cargo. Em outubro de 74 tenta novamente o jornalismo, fundando, com o auxílio de Maylasky a *Gazeta Comercial*. Esse russo Maylasky foi um tipo curiosíssimo de aventureiro. Chegou a Sorocaba mendigando pousada e comida. Mas era homem culto, inventivo, cheio de iniciativa e convincente. Não tardou a dominar na cidade: iniciou o comércio de algodão, casou-se com a filha do capitalista José Joaquim de Andrade, fundou o Gabinete de Leitura Sorocabano, ainda hoje existente, organizou a primeira fábrica de tecidos de algodão e por fim, quando os magnatas da cidade, pleiteando o prolongamento da Ituana até Sorocaba, encontraram a oposição da gente de Itu, lança audaciosamente a ideia da Companhia Estrada de Ferro Sorocabana. Foi então que se aliou a Júlio Ribeiro, pondo-o em condições de abrir o jornal que sustentara a propaganda do empreendimento. Vêm os dois ao Rio adquirir o material tipográfico, material de primeira ordem, e os vendedores Bouchaud e Aubertie lhes cedem um técnico parisiense, Joseph Auguste Nicolas, que irá a Sorocaba montar a complicada máquina. Não é só. Júlio Ribeiro consegue contratar para a futura oficina João José da Silva, chefe de uma das seções do *Jornal do Comércio*. O negócio anuncia-se esplendidamente. A folha aparece em 7 de outubro e programa-se como jornal apolítico que, não olhando através do prisma das paixões, possa ter calma e lazer bastante para atender às causas verdadeiras do estiolamento da prosperidade pública. O texto inclui informações sobre o mercado de Santos e o da Corte, serviço telegráfico, artigos sobre imigração, agricultura científica, etc. Como leitura desinteressada, em folhetim, o romance *A Muralha do Cáucaso*, de Bestucheff, escritor russo, do qual informa Prampolini que sofreu o exílio na Sibéria, foi influenciado por Walter Scott e compôs "discretas narrativas militares". A tradução era de Júlio Ribeiro, que talvez nela acertasse a mão para escrever, a partir de dezembro, o romance de pretensão histórica *Padre Belchior de Pontes*.

No entanto, apesar do adjutório de Maylasky, apesar das encomendas de trabalhos tipográficos extraordinários, como faturas, guias, rótulos, cartões de visita, a situação financeira do jornal foi-se tornando difícil, de sorte que a 10 de julho de 77, quando se inaugura a Estrada de Ferro Sorocabana, com um hino da autoria de Júlio Ribeiro, a *Gazeta Comercial* está às portas da falência. O último número sai a 29 de agosto. Júlio Ribeiro liquida o jornal e a tipografia, despede-se da sociedade de Sorocaba em termos patéticos: "Prezamo-vos, povo sorocabano, como se entre vós tivéramos a dita de nascer; foi de entre vós que escolhemos a companheira de nossos trabalhos, foi dentro de vossos términos que ouvimos o primeiro sorriso do filhinho querido. Em qualquer parte que a fortuna nos arroje, Sorocaba será sempre para nós uma lembrança grata, que não poderá enuvear a recordação do muito que sofremos".

Do muito que sofremos... Sofrimentos de toda ordem. A sua saúde já estava definitivamente comprometida: enxaquecas terríveis, acessos de bronquite asmática, retendo-o dias seguidos em casa e acamado. Dificuldades de dinheiro na empresa jornalística. Ataques em prosa e verso de inimigos que o acusavam a esse homem rigorosamente probo e desinteressado, de mercenário. E culminando tanta má sorte o pesar sem consolo de ver definhar e morrer a filhinha estremecida, essa Selomith, pobre flor doentia que não vingou, e a respeito da qual seu pai escreve a Maria Francisca alguns bilhetes angustiados que são como que o seu "Cântico do Calvário": "Selomith continua a sofrer... Espero, porém, em Deus que me concedeu, que há de sarar... Selomith poucas esperanças dá... Sofia sofreu uma operação no peito e está bastante doente; eu estou bem de saúde, mas com o peito despedaçado, porque sofri o que a Senhora nunca sofreu. Já não tenho filha! No dia 26, às 9 e meia horas da noite morreu Selomith. Deus nos console".

Quatro anos depois, também em Sorocaba, morre a esposa. Além de Selomith, deu-lhe Sofia mais dois filhos: George Washington, logo falecido, e Joel, residente em São Paulo, casado e com filhos.

Até 1875, essa parte tão mal conhecida da vida atribulada de Júlio Ribeiro, podemos avançar em chão seguro porque meu confrade e amigo Orígenes Lessa pôs à minha disposição os dezenove primeiros capítulos do livro de sua autoria, primeiro ensaio biográfico fidedigno e completo sobre o patrono de minha cadeira nesta casa. Ninguém melhor aquinhoado para semelhante tarefa: ademais de seus dotes de escritor, da sua honestidade de pesquisador diligente, tem em mãos o arquivo de família, pois é casado com uma neta de Júlio Ribeiro, a sra. Elsie Lessa. Além de precioso acervo de autógrafos, pode utilizar as informações que obteve de boca da própria d. Belisária Ribeiro, segunda esposa do romancista da *Carne*. E procurou esclarecer os pontos lacunosos ou incertos procedendo a pesquisas nas cidades onde viveu Júlio Ribeiro, e até em Nova York para lhe rastrear a linha paterna.

Júlio Ribeiro muda-se para Campinas em 76. Nesse mesmo ano publica em livro o *Padre Belchior de Pontes*. Ainda é presbiteriano: atesta-o o próprio romance. Mas em Campinas perdera a fé, e o último serviço que prestou à causa evangélica foi, conta Vicente Temudo Lessa, ajudar o Rev. Boyle a corrigir o seu hinário. Abre-se para ele um novo rumo de atividade, segundo João Ribeiro a única para que mostrava a mais decidida vocação – o domínio da filologia. Ligava-se ela, de resto, ao seu exclusivo ganha-pão durante aqueles anos, as funções de professor no colégio "Culto à Ciência", dirigido pelo dr. Melquíades Trigueiros.

Narra Júlio Ribeiro nas *Cartas Sertanejas* que o plano de escrever uma gramática portuguesa lhe viera por sugestão de um trecho de Garrett, o qual, dizendo não existir em português um só livro de gramática com senso comum, pedia aos mestres e mentores de Portugal que estudassem a gramática do americano Lindley Murray e fizessem para a nossa língua algo de parecido. "Desde esse dia", escreveu Júlio Ribeiro, "foi sempre plano meu fazer aplicação da gramaticologia inglesa à língua portuguesa." Como lhe parecesse já antiquada a obra de Murray, leu dezenas de outras gramáticas inglesas, e por conselho do Rev. Morton acabou tomando por modelo a de Holmes. Primeiro publicou em dezembro de 79 no *Diário de*

Campinas uma série de quatro artigos sobre questões de gramática, no primeiro dos quais afirmava que, à parte os trabalhos de Adolfo Coelho, Teófilo Braga e Pacheco Júnior, "o que vem à luz em português sobre gramática é repetição do que disse Sotero dos Reis, que repetiu o que disse Soares Barbosa, que repetiu o que disse Amaro de Roboredo, que repetiu o que disseram os Afonsinhos, que repetiram o que lhes ensinou Noé, que o aprendeu de Matusalém, que o aprendeu de Henoc, que o aprendeu de Set, que o aprendeu de Adão!"

O dr. Augusto Freire da Silva, que era professor catedrático de Português na Academia de São Paulo e tinha a sua gramática publicada, sentiu-se visado nessas palavras e veio para a imprensa, respondendo ao professor de Campinas pela *Província de São Paulo*. Júlio voltou à carga. Freire da Silva, melindrado pelo tom escarninho do contendor, preferiu calar-se. A polêmica foi editada em 87 sob o título *Questão Gramatical*.

Logo em seguida à polêmica com Feire da Silva, publica Júlio Ribeiro, em março de 80, os *Traços Gerais de Linguística*, volumezinho em pequeno formato, que é hoje uma raridade bibliográfica. Nos *Traços Linguísticos* já se nos depara o ateu completo que será até a morte em Santos o seu autor: a introdução está calcada em Comte; o capítulo III começa dizendo que a "ciência pelos trabalhos de um Haeckel pode afirmar positivamente que o homem descende dos macacos catarrínios"; o capítulo seguinte expõe o quadro da teoria da evolução e apresenta as línguas como verdadeiros organismos sociológicos, sujeitos à grande lei da luta pela vida, à lei da seleção. À página 96, em nota ao texto, anuncia Júlio já estar pronta para entrar no prelo a sua *Gramática Analítica da Língua Portuguesa*. O livro sai em 81, mas com o título simplificado de *Gramática Portuguesa*. Nesta obra assentou a reputação indiscutida de Júlio Ribeiro. O romancista, o jornalista, o polemista teve os seus admiradores e os seus desafetos: o gramático, porém, impôs-se soberanamente. As novas ideias sobre linguística já haviam surgido aqui desde 69 com um opúsculo do alemão Carlos Hoefer; já as conhecia e utilizava Pacheco Júnior, colocado por Júlio Ribeiro entre os mestres a quem dedica o seu livro, mas a *Gramática Histórica da Língua Portuguesa* do catedrático do Pedro II parara na introdução. A de Júlio Ribeiro foi a primeira integral que apareceu entre nós, rompendo com a rotina e aplicando a nova orientação sob a forma de compêndio didático. Está claro que é hoje um livro antiquado, mas no tempo o seu prestígio se estendeu até Portugal. Sabe-se que Teófilo Braga, consultado por Nabuco, lhe respondera: "A melhor gramática da nossa língua é sem dúvida alguma a de um moço do Brasil que se chama Júlio Ribeiro". Da mesma opinião era o francês André Lefèvre. Passados vinte anos, em 1902, Rui Barbosa, na *Réplica*, em alguns pontos se escuda nela, e no parágrafo 192 escreve: "Ninguém terá em mais que eu a valia literária de Júlio Ribeiro. Dado que o não alce, como o sr. José Veríssimo, acima de todos os nossos gramáticos, acredito que nenhum lhe faz vantagem". Em 86, residindo na capital paulista, publicara uma tradução e adaptação ao português da *Introdução à Gramática Inglesa*, de Holmes, chamando-a *Holmes Brasileiro ou Gramática da Puerícia*. Com a *Nova Gramática Latina*, que deixou inacabada (editou-a em 95 Carlos Zanchi, de São Paulo), se encerra a bibliografia gramatical de Júlio Ribeiro. A essa última obra costumava aludir dizendo que seria, a seu ver, a sua coroa de glória.

Em 81 estava Júlio Ribeiro novamente casado, desta vez com uma moça da melhor sociedade de Capivari, e tão linda, senão mais linda que a primeira esposa. Era d. Belisária Amaral. Ouvi de sua neta, a sra. Elsie Lessa, a história romântica dessa paixão fulminante que deflagrou numa viagem de trem. D. Belisária ia de S. Paulo para Capivari; Júlio voltava a Campinas. A moça soube por uma amiga da presença do escritor, a quem só conhecia de fama. Quis conhecê-lo. Fez-se a apresentação, e o resultado é que Júlio, noivo em Campinas, e Belisária, noiva em Capivari, resolveram ali mesmo desmanchar os respectivos noivados e convolar o mais cedo possível. Era uma aventura. Mas o romantismo às vezes acerta. Foi um lar feliz, maus grado a pobreza, as doenças, os lutos domésticos. D. Belisária guardou até a morte, em 3 de junho de 1938, o amor e o culto de seu esposo. Dos quatro filhos do casal, Júlio morreu com um ano, envenenado por uma ama negra dada à feitiçaria, Árya com sete, Scintilla com cinco; sobreviveu Maria Francisca, que d. Belisária, depois da morte do esposo, passou a chamar Maria Júlia, a qual se casou em São Paulo com o dr. Albertino Pinheiro.

Em 82 Júlio Ribeiro abandona Campinas e estabelece-se em Capivari: demitira-se do Colégio "Culto à Ciência" por não concordar com certa medida tomada pela diretoria. Ia mais uma vez iniciar vida nova. Em 85 ainda mora em Capivari e de lá é que escreve para o *Diário Mercantil*, de São Paulo, as famosas *Cartas Sertanejas*, onde bravamente investe contra os chefes republicanos paulistas, que a seus olhos não passavam de escravocratas ferrenhos, de oportunistas sem escrúpulo de sacrificar a coerência do partido a duas cadeiras na Câmara; polemiza com *A Província de São Paulo*; desanca os bacharéis em Direito, respondendo "a um tal sr. Lúcio de Mendonça", que imprudentemente o chamara "sábio a título negativo, por não ser bacharel"; arrasa com a Academia de Direito, "esse polipeiro de metafísica e pedantismo insolente, onde os Kopkes, os Vieiras e os Leôncios constituem odiadas exceções"... O solitário de Capivari voltava furiosamente à política e à imprensa. Em 86 muda-se para São Paulo, depois de breve passagem por Santos, onde redige o *Correio de Santos*. Na capital funda *A Procelária* em 87. Leciona Português na Escola Normal. Concorre à cadeira de latim no curso anexo à Academia de Direito, triunfa, e por sua iniciativa o ensino daquela matéria passa por completa transformação. Em 88 funda novo jornal, *O Rebate*, em cujo primeiro número, aparecido a 16 de julho, lança o projeto de uma nova bandeira nacional, condenando a velha, baseado em razões de Estética, de História e de Heráldica. Naturalmente a sua ideia fracassa, porém mais tarde adotam-na os paulistas: é o alvinegro pendão cantado pelo nosso confrade Guilherme de Almeida nos versos da revolução de 32:

> Bandeira de minha terra,
> Bandeira das treze listas,
> São treze listas de guerra,
> Cercando o chão dos paulistas.

Só que no projeto de Júlio Ribeiro tinha ela quinze listas.

O ano de 88 foi ainda o ano da *Carne*, romance que teve e continua a ter êxito de venda mas que lhe trouxe enormes desgostos. Suportou dignamente os ataques puramente literários, como os de Pujol e Veríssimo. Quando, porém, o padre Senna Freitas ousou aludir à esposa e às filhinhas do romancista, "filhinhas tão encantadoras e tão mimosas e que amanhã saberão ler... para saberem que na sua província de São Paulo há ninfomaníacas da força da filha de Lopes Matoso e que a botânica é uma excelente estrada coimbrã para chegar ao amor livre", Júlio Ribeiro perdeu a cabeça. Travou-se feia descompostura e os artigos do romancista contra o padre visavam menos rebater a pecha de pornografia lançada à *Carne* do que desmoralizar literariamente o adversário: não obstante a fama que alcançaram, são,

354 MANUEL BANDEIRA

a meu ver, os únicos escritos do polemista que não lhe fazem honra, mesmo do ponto de vista gramatical.

Depois de proclamada a República foi Júlio Ribeiro nomeado professor de Retórica no Instituto Nacional de Instrução Secundária, em substituição do Barão de Loreto. Rui Barbosa, no parágrafo já citado da *Réplica*, diz que sob a sua administração das finanças o chamou espontaneamente a uma situação oficial "que minorava ao homem de letras os embaraços da vida, e desassombrava para os trabalhos do espírito o eminente escritor". A situação oficial devia ter sido o emprego de fiscal das loterias, modesto emprego que o homem de letras desempenhava com zelo misturado de *humour*. A sua saúde estava arruína. Em abril de 90, do Rio, escrevia ao filho Joel: "Estou sozinho aqui, porque é preciso ganhar o pão para todos! Triste sorte a de teu pai, meu filho!" E em *nota bene*: "Minha saúde não é boa, fiquei muito doente em São Paulo, e ainda não estou bom".

Por essa ocasião, encontrando-se com Artur Azevedo na rua do Ouvidor, saudou-o este com alegria:

– Viva o eterno moribundo! Então, como vai isso!

E Júlio:

– Vai se morrendo como Deus é servido.

Contou Júlio aquela anedota de Voltaire, que se despediu do sr. D'Aiguillon dizendo: "Interrompi a minha agonia para vir dar-lhe este abraço. Adeus, vou morrer". E acrescenta Artur Azevedo, "continuou Júlio, com aquele diabólico sorriso que tão bem dizia com a sua cara de cômico:

"– Eu de vez em quando faço como Voltaire, mas, na qualidade de moribundo, não entro em férias por tão pouco. Interrompi agora a minha agonia para ser fiscal de loterias".

Esse aspecto da fisionomia moral de Júlio Ribeiro transparece ainda melhor em outro encontro de rua, desta vez com Urbano Duarte, que o narrou em crônica para o *Diário Popular* de São Paulo, número de 17 de novembro:

"A última vez que estive com Júlio Ribeiro foi em um café da rua do Ouvidor. Achava-me em companhia de um médico do meu conhecimento, quando ele sentou-se à mesa. Ao fazer a apresentação, Júlio perguntou-lhe com aquele gesto brusco que lhe era peculiar: – O senhor é médico? – Sim, senhor. – Tem especialidade? – Dedico--me às vias respiratórias.

"O semblante de Júlio Ribeiro expandiu-se num sorriso sinistro, meio cômico, meio fúnebre, que frequentemente tremeluzia em suas faces cavadas e macilentas. E pôs-se a fazer uma preleção sobre a moléstia de que sofria, a descrição minuciosa da enfermidade desde o seu começo, todas as fases da marcha, todas as melhorias e agravações, e isto com uma facúndia, uma eloquência, uma exatidão, um luxo de termos técnicos e de cunho científico tal que o doutor, intrigado, perguntou-lhe: – V. S. é formado em medicina? – Não sou formado em coisa alguma! respondeu o Júlio com gesto despachado. Intervim então, dizendo: – É um distinto filólogo.

"O Júlio deu um salto na cadeira e fitando-me com olhar exprobrador: – Se repetes a pilhéria, chamo-te de distinto artilheiro!

"Momentos depois perguntei-lhe: – Qual o estudo para que sentes mais vocação? – Numismática!

"O médico, curioso por conhecer homem tão instruído, disse: – Está no Rio a passeio? – Não senhor: sou fiscal de loterias, responde o Júlio, sempre naquele tom rápido e perentório que caracterizava a sua conversação".

Em setembro de 89 a *Gazeta de Notícias* anunciava a promessa de colaboração do "eminente escritor e mestre da língua portuguesa". Mas só no ano seguinte é que Júlio Ribeiro manda alguma coisa – a tradução de umas cartas do diplomata russo Paulo de Vasili sobre o *high-life* inglês. Saíram elas nos números de 7, 8, 10 e 11 de fevereiro, 4, 23 e 28 de março. No bilhete de remessa, datado de Sorocaba, havia este fecho: "Saúde e… patacas, o que é um pouco mais positivo do que 'fraternidade'".

Parece que a desconfiança contra os correligionários republicanos persistia. A sua admiração e apreço por Quintino Bocaiúva é que nunca sofreram eclipse. Nas *Cartas Sertanejas* chama-lhe "o sumo sacerdote da imprensa brasileira". A 12 de março de 90 escreve-lhe de Sorocaba pleiteando a efetividade do lugar, interinamente ocupado, no Instituto Nacional. "Provas de concurso", justificava-se, "não se fazem mister: eu não sou um estreante nas letras pátrias, e toda a minha vida tem sido um concurso não interrompido." Terminando, subscreve-se "admirador entusiasta e amigo". Aliás toda a carta respira os sentimentos de admiração e amizade. Ela vale por um formal desmentido à anedota repetida por Medeiros e Albuquerque em seu livro *Quando Eu Era Vivo* e à qual aludi em meu discurso de entrada nesta casa: Quintino, então ministro, recebendo a visita de Júlio Ribeiro, teria puxado o relógio, advertindo ao amigo só poder dispensar-lhe cinco minutos de atenção; o outro ter-se-ia levantado e partido, depois de proferir uma grosseria. Evidentemente, se a história fosse verdadeira, não teria Júlio Ribeiro escrito uns três meses depois a mencionada carta.

Em meados de 90, o "eterno moribundo" sentiu agravarem-se o seus padecimentos e buscou refúgio em Santos. Passou os últimos dias de sua vida em casa de um amigo, o cirurgião-dentista Manuel Homem de Bittencourt. As notícias do seu estado de saúde chegaram aos padres de Itu, em cujo colégio estudava o filho de Júlio. O reitor do estabelecimento pensou em enviar um emissário encarregado de reconciliar o ateu com a Igreja. Mas a piedosa ideia não fez senão amargurar o doente, que se queixou a Vicente de Carvalho. O padre Senna Freitas procurou-o: Júlio Ribeiro virou-lhe o rosto: o lazarista continuava a ser para ele o "urubu Senna Freitas", que na *Carne* só vira carniça. Escreveu o padre depois um artigo em que dava o ex--amigo como tendo expirado arrependido e convertido ao cristia-nismo. Vicente de Carvalho desmentiu-o publicamente, ajuntando ao seu o depoimento do médico assistente, o dr. Silvério Fontes, pai de Martins Fontes.

Júlio Ribeiro faleceu às 10:30 horas da noite de 1º de novembro. Deixava a família em tal pobreza, que o *Diário de Santos* abriu uma subscrição em favor da viúva. Partindo de Santos, confiou d. Beli-sária os poucos bens do marido à guarda de um certo Comendador Matos. Entre esses objetos estava um retrato a óleo de Júlio Ribeiro pintado pelo grande Almeida Júnior. Era, dizia a viúva, excelente. O Comendador Matos nunca lhe quis devolver a pintura. Onde parará hoje essa tela duplamente preciosa, como obra de Almeida Júnior e retrato de Júlio Ribeiro?

Minhas senhoras e meus senhores: quando fui recebido nesta Academia, julguei de minha obrigação ocupar-me longamente da obra de Júlio Ribeiro, patrono de minha cadeira, esquecido nos seus discursos de posse pelos meus antecessores. Não quis hoje repetir-me. Tentei rememorar-lhe a vida e fio que, apesar das minhas deficiên-cias de biógrafo em segunda mão, tereis sentido a grandeza da figura evocada.

Bibliografia

Artigos em Periódicos

BANDEIRA, Manuel. "Centenário de Júlio Ribeiro". *Revista da Academia Brasileira de Letras*. Rio de Janeiro, vol. LXIX, 1945.

BROCA, Brito. "O Aparecimento de *O Cortiço* ". *Revista do Livro*. Rio de Janeiro, 1957.

CAMINHA, Adolfo. "Um Livro Condenado". *A Nova Revista*. Rio de Janeiro, 2 de fevereiro de 1886.

CANDIDO, Antonio. "A Literatura e a Formação do Homem". *In: Ciência e Cultura*. Reunião Anual da SBPC, XXIV. São Paulo, setembro de 1972.

MOISÉS, Massaud. "Alguns Aspectos da Obra de Aluísio Azevedo". Rio de Janeiro, *Revista do Livro*, n. 16, dezembro de 1959.

MOTA, Artur. "Júlio Ribeiro". *Revista da Academia Brasileira de Letras*. Rio de Janeiro, n. 166, outubro de 1935.

MOTA, Otoniel. "Júlio Ribeiro" – Algumas Notas sobre o Homem e o Romancista". *Província de São Paulo*, n. 5, junho de 1946.

PUJOL, Alfredo. "A Carne de Júlio Ribeiro". *Revista do Brasil*. São Paulo, n. 23, ano II, vol. VI, novembro de 1917.

RANGEL, Godofredo. "Júlio Ribeiro – Algumas Notas sobre o homem e o Romancista". *Província de São Paulo*. São Paulo, n. 5, junho de 1946.

SOUSA, Cláudio de. "*A Carne* de Júlio Ribeiro". *Revista da Academia Paulista de Letras*. São Paulo, vol. II/7, setembro de 1939.

Geral

ACKERMAN, Diane. *Uma História Natural dos Sentidos*. Trad. Ana Zelma Campos. Rio de Janeiro, Brertrand Brasil, 1992.

ALEIXO IRMÃO, José. *Júlio Ribeiro*. Sorocaba, Cupolo, s/d.

ALEXANDRIAN. *História da Literatura Erótica*. Rio de Janeiro, Rocco, 1994.

ALMEIDA SANTOS, José de. *Os Castanhos* – Episódios Provincianos. Buenos Aires, Talleres Graficos Americalee, 1946.

ARARIPE JÚNIOR, Tristão de. *Literatura Brasileira, Movimento de 1893*. Rio de Janeiro, Democrática Editora, 1896.

_____. *Obra Crítica* (1888-1894). Ed. e coord. de Afrânio Coutinho. Rio de Janeiro, MEC/Casa de Rui Barbosa, 1960.Vol. II.

_____. *Teoria, Crítica e História Literária*. Seleção e apresentação de Alfredo Bosi. São Paulo, Edusp, 1978.

AZEVEDO, Sânzio. "Pápi Júnior e *O Simas*". *In*: PÁPI JÚNIOR, Antônio. *O Simas*. Fortaleza, Publicação da Secretaria da Cultura, Desporto e Promoção Social do Ceará, 1975.

BANDEIRA, Manuel. "Discurso de Posse na Academia Brasileira de Letras". *In Obras Completas*. Vol. II. Rio de Janeiro, José Aguilar, 1958.

BROCA, Brito. *A Vida Literária no Brasil* – 1900. Rio de Janeiro, José Olympio, 1975.

_____. "Júlio Ribeiro e os Cacoetes Naturalistas". *In Machado de Assis e a Política*. Mais Outros Estudos. São Paulo. Polis; Brasília, INL, 1983.

_____. *Naturalistas, Parnasianos e Decadistas*: Vida Literária do Realismo ao Pré-Modernismo. Luiz Dantas (org.). Coordenação de Alexandre Eulálio. São Paulo, Unicamp, 1991.

CAMINHA, Adolfo. "Em Defesa Própria". *In Cartas* Literárias. Rio de Janeiro, Typografia Aldina, 1895.

_____. *O Discurso e a Cidade*. São Paulo, Duas Cidades, 1998.

CARVALHO, Aderbal de. *O Naturalismo no Brasil*. São Luis do Maranhão, Júlio Ramos, 1894.

DANTAS, Luiz. "As Armadilhas do Paraíso". *In* NOVAES, Adauto (org.). *O Desejo*. São Paulo, Companhia das Letras, 1995.

DANTAS, Paulo. *Aluízio Azevedo*. São Paulo, Melhoramentos, 1954.

DIMAS, Antonio. *Espaço e Romance*. São Paulo, Ática, 1995.

_____. "A Encruzilhada do Fim do Século". *In*: PIZZARRO, Ana (org.). *América Latina. Palavra, Literatura e Cultura*: Emancipação do Discurso. São Paulo, Memorial da América Latina. Campinas, Unicamp, 1994.

BIBLIOGRAFIA   359

FOUCAULT, Michel. *História da Sexualidade*: A Vontade de Saber. Trad. Maria Thereza da Costa Albuquerque e J. A. Guilhon Albuquerque. Rio de Janeiro, Graal, 1985, vol. I.

FREUD, Sigmund. *A História do Movimento Psicanalítico*. Trad. Themira de Oliveira Brito. Rio de Janeiro, Imago, 1997.

_____. "A Organização Genital Infantil: Uma Interpretação na Teoria da Sexualidade". *In*: *Edição Standard das Obras Psicológicas Completas de Sigmund Freud*. Trad. José Octávio de Aguiar Abreu. Rio de Janeiro, Imago, 1969. Vol. XIX.

_____. *Cinco Lições de Psicanálise/ Contribuições à Psicologia do Amor*. Trad. Durval Marcondes, J. Barbosa Corrêa, Clotilde da Silva Costa, Jaime Salomão e Davi Mussa. Rio de Janeiro, Imago, 1997.

_____. "O Instinto e suas Vicissitudes". *In*: *Edição Standard das Obras Psicológicas Completas de Sigmund Freud*. Trad. Thamira de Oliveira Brito. Rio de Janeiro, Imago, 1969. Vol. XIV.

_____. *Textos Essenciais da Psicanálise*: A Teoria da Sexualidade. Trad. Inês Busse. Portugal, Publicações Europa-América, s/d. Vol. II.

FREYRE, Gilberto. *Casa Grande e Senzala*: Introdução à História da Sociedade Patriarcal no Brasil – 1. Rio de Janeiro, Record, 1989.

FURST, Lilian & SKRINE, Peter N. *O Naturalismo*. Lisboa, Lysia, 1975.

IVO, Lêdo. "O Olhar Clandestino de Júlio Ribeiro". *In A República da Desilusão*. Rio de Janeiro, Topbooks, 1994.

JAUSS, Hans Robert. *A Literatura como Provocação*: História da Literatura como Provocação Literária. Trad. Teresa Cruz. Lisboa, Veja, 1993.

JOSEPHSON, Mathew. *Zola e seu Tempo*. São Paulo, Companhia Editora Nacional, 1958.

LAJOLO, Marisa & ZILBERMAN, Regina. *A Formação da Leitura no Brasil*. São Paulo, Ática, 1996.

LINS, Álvaro. *Jornal de Crítica*. 2. série. Rio de Janeiro, José Olympio, 1943.

_____. *Os Mortos de Sobrecasaca* (1940-1960): Obras, Autores e Problemas da Literatura Brasileira. Rio de Janeiro, Civilização Brasileira, 1963.

LOOS, Dorothy Scott. *The Naturalist Novel of Brasil*. New York, Hispanic Institute in the United States, 1963.

MAGALHÃES, Valentim. *Escritores e Escritos*. Rio de Janeiro, Carlos Gaspar da Silva, 1889.

MENEZES, Djacir. "O Romance Naturalista". *In Evolução do Pensamento Literário Brasileiro*. Rio de Janeiro. Org. Simões, 1954.

MIGUEL-PEREIRA, Lúcia. "Prosa de Ficção" (1870-1920). *In* LINS, Álvaro (dir.). *História da Literatura Brasileira*. Rio de Janeiro, José Olympio, 1950.

MOISÉS, Massaud. *História da Literatura Brasileira – Realismo*. São Paulo, Cultrix, 1984. Vol. III.

MONTELLO, Josué. "A Ficção Naturalista – Aluísio Azevedo, Inglês de Sousa, Júlio Ribeiro, Adolfo Caminha". *In* COUTINHO, Afrânio (org.). *A Literatura no Brasil*. Rio de Janeiro, Sul Americana, 1969.

NOVAES, Adauto (org.). *O Desejo*. São Paulo, Companhia das Letras/ Funart, 1995.

OLIVEIRA, Antônio. *O Urso*. Sorocaba, Casa Durski Editora, 1900.

PACHECO, João. *O Realismo* (1870-1900). São Paulo, Cultrix, 1963.

PERRONE-MOISÉS, Leyla. *Altas Literaturas*: Escolha e Valor na Obra Crítica de Escritores Modernos. São Paulo, Companhia das Letras, 1998.

PESSOA, Frota. *Crítica e Polêmica*. Rio de Janeiro, Artur Gurgulino, 1902.

RIBEIRO, Júlio & FREITAS, Padre Senna. *Uma Polêmica Célebre*. São Paulo, Edições Cultura Brasileira, s/d.

RODRIGO FILHO, Octávio. *Inglez de Souza*. Rio de Janeiro, Academia Brasileira de Letras, 1955.

ROMERO, Sílvio. *História da Literatura Brasileira*. Rio de Janeiro, Garnier, 1888.

_____. *O Naturalismo em Literatura*. São Paulo, Typografia de São Paulo, 1982.

_____. *Teoria, Crítica e História Literária*. Seleção e apresentação de Antonio Candido. São Paulo, Edusp, 1977.

SODRÉ, Nelson Werneck. *História da Literatura Brasileira*. Rio de Janeiro, Ed. Bertrand Brasil, 1988.

_____. *O Naturalismo no Brasil*. Rio de Janeiro, Editora Civilização Brasileira, 1965.

VAINFAS, Ronaldo "Moralidades Brasílicas: Deleites Sexuais e Linguagem Erótica na Sociedade Escravista". *In* NOVAIS, Fernando A. (coord.) e MELLO e SOUZA, Laura de (org.). *História da Vida Pivada no Brasil 1*: Cotidiano e Vida Privada na América Portuguesa. São Paulo, Companhia das Letras, 1997.

VERÍSSIMO, José. *História da Literatura Brasileira*: De Bento Teixeira a Machado de Assis. Brasília, Editora Universidade de Brasília, 1963.

_____. *Teoria, Crítica e História Literária*. Seleção e apresentação de João Alexandre Barbosa. São Paulo, Edusp, 1978.

VIEIRA, José Geraldo. Introdução a *O Homem*. *In*: Aluísio Azevedo. São Paulo, Martins, 1970.

YONAMINE, Marco Antônio. *O Reverso Especular*: Sexualidade e (Homo) Erotismo na Literatura Finissecular. Tese de Doutorado. São Paulo, FFLCH – USP, 1997.

ZOLA, Émile. *A Besta Humana*. Tradução de Eduardo Nunes Fonseca. São Paulo, Hemus, 1982.

_____. *Do Romance*. Trad. Plínio Augusto Coelho. São Paulo, Edusp/ Imaginário, 1995.

_____. *O Romance Experimental e o Naturalismo no Teatro*. Trad. Ítalo Caroni e Célia Berrettini. São Paulo, Perspectiva, 1982.

Coleção Clássicos Ateliê

A Carne, Júlio Ribeiro
    Apresentação e Notas: Marcelo Bulhões
A Cidade e as Serras, Eça de Queirós
    Apresentação: Paulo Franchetti
    Notas e Comentários: Leila Guenther
A Ilustre Casa de Ramires, Eça de Queirós
    Apresentação e Notas: Marise Hansen
A Relíquia, Eça de Queirós
    Apresentação e Notas: Fernando Marcílio L. Couto
Auto da Barca do Inferno, Gil Vicente
    Apresentação e Notas: Ivan Teixeira
Bom Crioulo, Adolfo Caminha
    Apresentação e Notas: Salete de Almeida Cara
Casa de Pensão, Aluísio de Azevedo
    Apresentação e Notas: Marcelo Bulhões
Clepsidra, Camilo Pessanha
    Organização, Apresentação e Notas: Paulo Franchetti
Dom Casmurro, Machado de Assis
    Apresentação: Paulo Frenchetti
    Notas e Comentários: Leila Guenther
Espumas Flutuantes, Castro Alves
    Apresentação e Notas: José De Paula Ramos Jr.
Farsa de Inês Pereira, Gil Vicente
    Apresentação e Notas: Izeti Fragata e
    Carlos Cortez Minchillo
Gil Vicente (O Velho da Horta, Auto da Barca do Inferno e
Farsa de Inês Pereira), Gil Vicente
    Apresentação e Notas: Segismundo Spina
Iracema, José de Alencar
    Apresentação: Paulo Frenchetti
    Notas e Comentários: Leila Guenther
Lira dos Vinte Anos, Álvares de Azevedo
    Apresentação e Notas: José Emílio Major Neto
Memórias de um Sargento de Milícias, Manuel Antônio de Almeida
    Apresentação e Notas: Mamede Mustafa Jarouche
Memórias Póstumas de Brás Cubas, Machado de Assis
    Apresentação e Notas: Antônio Medina Rodrigues

Mensagem, Fernando Pessoa
Apresentação e Notas: António Apolinário Lourenço
O Ateneu, Raul Pompéia
Apresentação e Notas: Emilia Amaral
O Cortiço, Aluísio Azevedo
Apresentação: Paulo Franchetti. Notas: Leila Guenther
O Guarani, José de Alencar
Apresentação e Notas: Eduardo Vieira Martins
O Noviço, Martins Pena
Apresentação e Notas: José De Paula Ramos Jr.
O Primo Basílio, Eça de Queirós
Apresentação e Notas: Paulo Franchetti
Os Lusíadas, Luís de Camões
Apresentação e Notas: Ivan Teixeira
Poemas Reunidos, Cesário Verde
Introdução e Notas: Mario Higa
Só, Antônio Nobre
Apresentação e Notas: Annie Gisele Fernandes e
Helder Garmes
Sonetos de Camões, Luís de Camões
Apresentação e Notas: Izeti Fragata Torralvo e
Carlos Cortez Minchillo
Til, José de Alencar
Apresentação e Notas: Ivan Teixeira
Triste Fim de Policarpo Quaresma, Lima Barreto
Apresentação: Ivan Teixeira. Notas: Ivan Teixeira e
Gustavo Martins
Várias Histórias, Machado de Assis
Apresentação e Notas: José De Paula Ramos Jr.
Viagens na minha Terra, Almeida Garrett
Apresentação e Notas: Ivan Teixeira

Título	A Carne
Autor	Júlio Ribeiro
Apresentação, Notas e Estabelecimento do Texto	Marcelo Bulhões
Editor	Plinio Martins Filho
Produção Editorial	Aline Sato
Ilustrações	Mônica Leite
Capa	Tomás Bolognani Martins (projeto)
	Mônica Leite (ilustração)
Editoração Eletrônica	Aline Sato
	Camyle Cosentino
Formato	12 x 18 cm
Tipologia	Bembo
Papel de Miolo	Chambril Avena 70 g/m^2
Papel de Capa	Cartão Super 6 250g/m^2
Número de Páginas	368
Impressão e Acabamento	Cromosete